神州奇侠剑气长江

◎著 温瑞安

作家出版社

目录·

"神州奇侠"始写于一九七七年，那时我正办神州诗社，心情义气，因人常热。那一段结交朋友、重视兄弟的时光岁月，不仅令我向往回味，连现在失散的兄弟朋友，就算他们嘴里也许说的是诿语怨言，心里也确知那一段日子确曾真诚相待、相知相守，只惜稍纵即逝，人生难再。奇怪的是，执笔的当时情节何等热闹辉煌，但行文里却早已洞悉日后的变化无常，似已万阶行尽，沧桑遍历。有时候人生梦幻难以预料，仿似真有命运在，只是人总是不服气，要跟他作方寸之争罢了。

特别好玩的统计是：除了我命中注定的江湖岁月，任侠生涯亘常变易，简直是不让一天无惊喜之外，我的写作生命中，连发表、出版的集中地，或可戏称为"热点"，也近乎（最慢）七年一易。如以我在一九六七年念初中一时即全面执编"绿洲期刊"及"华中月刊"和在大马文艺刊物正式且密集地发表作品为丌始，至一九七四我同时办成"天狼星诗社"和十大分社，并执编多种刊物，主办多次全国性文艺会聚，直至一九七四年年底我和一班元老干部赴台为暂结，我的"文艺活动范围"，多在新马。一九七四——一九八〇的七年则在台办"神州诗社"，进而"神州文社"，最后"神州社"，出版"神州文集"，成立"神州出版社"，编着诗社史及"青年中国杂志"。一九八〇年"出事"后，一九八一——一九八七年这七年我多在香港，照样在那儿成立"朋友工作室"，并在那儿大量创作、发表、连载、出书，兼涉影视圈。一九八七至一九九〇我重返台湾，曾大量地在报章发表、连载、出版各种作品、各类小说，这三四年间"活跃"范围也比较广泛，新马也有多个连载，且有发表频度甚高的专栏和专题作品，同时在韩国等地也有连载小说，在中国大陆更有比较可观的出版成绩，在香江的事业也并无中辍，并成立"自成一派合作社"。从一九九一年始的七年内，我的书在中国大陆得到大量读者支持，成立了所谓"温派""温迷"的组织，我自一九九三年起在内地也逗留了比较久的时间。

往后该怎么去？我也不知道。大江依然东去，且看时间之流拿我作品怎么办？生命之旅把我送到什么地方去？随遇而安，最重要的是心安，既然当不了别人，也不想当别人，我还是当我的温瑞安。

如此匆匆又过二十载，"神州诗社"远矣，但大好"神州"，依然活在我心中、笔下、江湖传说里。我先前的想法比较倾向：失败，只是尚未成功。现在的看法是：失败，只是因为快要成功。

稿于一九九八年三月十四日

与静飞相见后从此天涯海角喜怒哀乐携手不离不弃／温何叶念仪孙彩观赏静之一舞

校于一九九八年三月十四日

在"双天"酬酢刘华林、庞开祥、林雪婷、周晏燕、叶鸿图等，因与小飞有小妒，憋气，谈过往为气功师所伤及当年事，十分戏剧性／转道水湾，静之第一滴泪，惜之／常安书店发现云南新评点版"会京师"／叶浩发现"中友"新版"温瑞安作品全集"／自此日起刘静每日均至乐此间，有影皆双。

差不多过了二十五年之后，又一次（第十六次）为全新版的"神州奇侠"系列修改总序，还是这样地问自己（读者、朋友也一再地问过我同样的话）：

还能不能再写一系列像"神州奇侠"这样的小说来？

答案仍是：

不能——除了"不能"之外，前面还可以加两个字：

"绝对"。

——是"绝对不能"。

因为心情不一样了，信念也不一样了。为一首诗而往来三千里，为一句话而生死两无悔，为一次抱不平而对抗一统武林的权力帮，为一个信念而决战称霸江湖的朱大天王，那毕竟是少年时横刀立马、青年时横槊长歌的事。不过，我仍是我，温瑞安仍是温瑞安，有些情，有些事，有些意义和风格，岁月对我几乎不产生任何影响。

新派武侠小说写到我这一代，已逾一甲子。古龙是第一位把现代笔法引入武侠小说创作世界的宗师，尤其在"神州奇侠"系列里，我受他的精神、文风影响颇深。我在修改这系列作品时，非常有意地把这些受前辈影响的部分全予以保留下来，作为一个写作人成长过程中非常信实的纪念。我一再公开承认我受过他人的影响和启发，也再三对这些启蒙我的前辈表示致敬和感恩。我向来对某些同道中人以模仿、伪造乃至抄袭的方式盗用了他人作品却巴不得杀人灭口、毁尸灭迹，并以种种不长进、不合法，也不合理（诸如："天下文章本就一大抄袭嘛""哪部叫座的电影是不抄人桥的！""他的作品不合时代口味了，改头换面不就可以了吗！"……）的诸般借口来"自欺欺人"，是非常深恶痛绝的。

剽窃就是剽窃，抄袭就是抄袭，无创意（更重要的是创功，一味天马行空的"创"新，而全无扎实的"功"力，那种"创新"只是一种"破坏"，并非"建设"）不成宗师。

对"神州奇侠"系列而言，可能是中国武侠小说里第一部完全以现代叙事观点、现代人心态和写作人本身的心路历程（武侠小说以主角人物成长过程为主线的作品，在所多有，不过，不见得就是作者本身的"成长过程"，但"神州奇侠"的主人翁萧秋水和他的结义弟兄们显然如是，但对情节中的背叛与杀戮，在现实上则以一粲应之。）写成的作品。至于成功与否，当然不该由我来评定，但对一个当时二十出头、在海外根本未有太多良机能专心尽意掌握中文及中国文化传统的我而言，虽然瑕疵错漏难免，但这仍是一部很有纪念性、好玩有趣、敢作敢为的作品。

我喜欢"神州奇侠"，因为她本身就是曾是少年的我一个梦想，因为她本身就是一个传奇。

你呢？

　　　　稿于一九九三年五月廿七日：向三姑璇、七婆何、肥仔麒、钢琴怡、牛咩屎公布新稿"朝天一棍"。

　　　　校于五月廿九日：上海新民晚报约武侠连载稿；"说英雄"系列及"四大名捕"超新派系列销量报捷并加印，曹通知"今之侠者"版税将汇至，"七大寇"已出书；接函洽谈"金梅瓶"等书版权事／卅日：依然为情伤情／卅一日：首次呈递赴中国大陆之签证申请。

　　修正于一九九八年一月廿八日：初上尊又邂逅仔仔，喜甚／二月廿四日，因华林而致何梁结识小静／二月廿六、廿七日终初识刘静于水湾，第一次相约相见。

如果问我还能不能写出像"神州奇侠"故事这样的小说，答案是：

不能。

我的武侠小说系列，除了"侠少"、"杀人者唐斩"、"今之侠者"、"杀了你好吗"、"战僧与何平"、"绝对不要惹我"、"雪在烧"、"请你动手晚一点"、"傲慢雨偏剑"、"请借夫人一用"、"弹指相思"、"吞火情怀"、"山字经"等独立故事及其他中短篇不计外，其他的故事，主要由十一个系列构成：

一、白衣方振眉故事：如龙虎风云、落日大旗、试剑山庄、长安一战、小雪初晴等。

二、四大名捕故事：诸如凶手、毒手、血手、玉手、会京师、亡命、追杀、纵横、风流、快活、战山西、震关东、妖红、惨绿、艳雪、恶花、碎梦刀、大阵仗、开谢花、谈亭会、骷髅画、逆水寒、少年冷血、少年追命、少年铁手、少年无情、捕老鼠、打老虎、猿猴月、走龙蛇、猛鬼庙、白骨精、鬼关门、铁布衫、杜小月、金钟罩、四大名捕重出江湖、四大名捕捕四大名捕等。

三、神州奇侠故事：包括"正传"之剑气长江、两广豪杰、江山如画、英雄好汉、闯荡江湖、神州无敌、寂寞高手、天下有雪，和"外传"之"神州血河车"系列中的大宗师、逍遥游、养生主、人间世，及"后传"之大侠传奇系列中的刚极柔至盟、公子襄、传奇中的大侠，还有"别传"之唐方一战，加上"续传"蜀中唐门。

四、布衣神相故事：例如杀人的心跳、叶梦色、天威、赖药儿、风雪庙（取暖）、刀巴记、死人手指、翠羽眉、神相神医等篇。

五、七大寇故事：例如凄惨的刀口、祭剑、将军剑、黑白道等文。

六、说英雄、谁是英雄系列：计有温柔的刀、一怒拔剑、惊艳一枪、伤心小箭、朝天一棍、群龙之首、天下有敌、天下无敌、天敌等部。

七、杀楚（即方邪真）：共有杀楚、破阵、傲骨、静飞、惊梦等辑。

八、游侠纳兰系列，古之伤心人、纳兰一敌、此情可待成追击等文。

九、六人帮故事：黑火、金血、红电、蓝牙、绿发、青月、白眼、黄龙各本。

十、女神捕故事：销魂等小说。

十一、古之侠者系列：辛弃疾、霍去病、李太白、陆放翁、苏东坡……

这十一个系列中，要以"神州奇侠"最完整，因正传八部，早已出版，外传四部，亦已印行，后传也早就推出，只剩下续传的"蜀中唐门"，尚未出书。这算得上我的武侠创作中较完全的一部。

我写"神州奇侠"故事的第一部"剑气长江"，是在居台第三年（一九七七）开始的，那时间初创"神州诗社"，意兴风发，豪情万丈，以为相交满天下，知音可刎颈，我的原旨也是要把这段怒马鲜衣、睥睨风云的江湖岁月，明知不可为而为，有所为有所不为的社会历练，激发构思到作成这一部"神州奇侠"。所以，从第一部"剑气长江"到最后一部"天下有雪"，的确记录着我从小学时候的"刚击道"结义传奇、初中时代创"绿洲文社"、高中时办"天狼星诗社"、大学时建立"神州社"的种种冲突与挣扎，激越与伤情。那段岁月我一直活在一群朋友兄弟之中，相依相守，肝胆相照。最后一部"天下有雪"是在一九八〇年八月廿五日写成，一个月后，结局一如萧秋水寂寞的无形消失风雪之中，也一如原版封面我在飞雪中的凄凉背影，我也因一场劫难，消失在天地茫茫的江湖上。外传的"神州血河车"故事也在同年三月写完，结局相近，同样是繁华后的孤寂。到我开始写后传"大侠传奇"的时候，已身在囹圄之中，最后是在天涯流落中完稿。

所以，神州奇侠的激越、神州奇侠的情怀、神州奇侠的快意恩仇可歌可泣，我想，我不能也无法再从头活一次，故此不一定能再写得出同样激情和快意恩仇的作品来。虽然我以后的小说可能更臻成熟，结构或许更加周密，笔法或可更为洗练，但永远不是神州奇侠式的大气大概、大悲大喜、大起大落、大情大义。过去，这一系列的书，曾七度新版（在一九八四年计全新编排设计过的版本，再版、重印的不计）推出，都引起很多热诚读者对萧秋水的关注与关爱，也许，那是因为笔者和萧秋水，都是性情中人，那时正活在任意挥霍的性情之中。

稿于一九八四年五月廿六日

与雷成功威特公司签妥七部书的录影版权

修于一九九三年五月廿六日：达明王汇来"群龙之首"版税；恢复单身伤心快活人；新昌印刷厂厂长丁怀新来FAX重提合作事，感人；荣德侠兄以我捐献为基金，欲办"中华武侠小说创作大奖"；倩造成之情伤渐复元。

再校于一九九七年十一月廿三日

台林先生专诚飞来香江，与何包旦、叶浩会晤过后，莅临金屋相见甚契，相交甚欢，极有诚意，甚可信托，故订下合作大计。

在成都西郊，自百花潭溯流而上，至杜甫草堂，沿途景色十分苍翠旖旎，环绕成都的锦江，这一段叫作浣花溪。

千百年来，锦江浣花溪以它秀丽的景色招来了许多诗人的栖止和吟咏，唐代著名的女诗人薛涛曾寄居在百花潭，并用浣花溪洁净的江水制造出各种美丽颜色的诗笺，称为"薛涛笺"；至今在锦江右岸还有薛涛的故居崇丽阁和吟诗楼，都已成为成都有名的胜景，此外，南郊的诸葛武侯祠和刘备墓，也是游人凭吊的胜地，杜甫咏诸葛武侯祠云：

> 丞相祠堂何处寻？锦官城外柏森森。
> 映阶碧草自春色，隔叶黄鹂空好音。
> 三顾频烦天下计，两朝开济老臣心。
> 出师未捷身先死，长使英雄泪满襟。

这首诗，杜甫泛舟浣花溪而作，诸葛亮未出隆中前，曾在襄阳城西二十里地方的卧龙岗筑"草庐"隐居，后世的人为了要景仰他，于是在隆中坊以杜甫诗二句"三顾频烦天下计，两朝开济老臣心"高渺其下。

别人也许不会觉得什么，但是四川成都、浣花剑派掌门人萧西楼的第三个儿子萧秋水，却因为这两句诗，写于锦江，刻在隆中，所以特别带了三位好朋友，从四川赶到了湖北，就为了看那么一看，那惊才羡艳大诗人的诗，以及那名动八表的诸葛武侯故居！

浣花剑派掌门人萧西楼有三个儿子，一个女儿。大儿子萧易人，名震江湖，武林年轻一代里一位出类拔萃的人物；二儿子萧开雁，沉着练达，被誉为浣花剑派的护法金刚；三儿子萧秋水，在江湖，尚未成名，在武林，无权势，但为了看两句诗而奔驰数百里者，萧家却只有他一个人。

没料到萧秋水这一看，却看出了叱咤风云、武林色变的一段悲歌慷慨激昂的故事。

第壹回

锦江四兄弟

这四人的家世都很有名。

浣花萧家自不必说，蜀中唐门更是名门，鹰爪王、项释儒的名气自是不小，南海剑派也非同小可。

这四人中，以萧秋水为老大。

这就是锦江四兄弟。

萧秋水的祖父是萧栖梧，乃浣花剑派开山祖师。

浣花剑派的历史绝不比天山剑派、华山剑派、青城剑派、南海剑派、终南剑派悠久，但萧栖梧是当代剑术大师，以他个人剑术上的修为，却不在上述任何一派掌门之下，放眼天下，能让萧栖梧服膺的剑术名家，只今余几！除非是"剑王"出阵，萧栖梧才会严阵以待。就而"剑王"一脉的后台，却是"权力帮"。"权力帮"是天下第一大帮。

浣花剑派，却没有任何后台。

萧栖梧名震天下，到了晚年，就只有一个儿子，便是萧西楼。

萧西楼十九岁时，便已击败当时著名剑客"常伤剑"卓润昌。

萧栖梧很爱这个独生子，但是，萧西楼因无法接受他父亲要他舍弃其爱人、另娶一位尚未谋面但门当户对的女子为妻，最后离家出走，到了桂林，组成了外浣花剑派。故当时有内、外浣花剑派之分。

可是没过几年，萧栖梧与人比武惨败受伤，忧患成疾，终于撒手尘寰，敌人趁机入侵，整个内浣花剑派，几乎在三个月之内，给人瓦解了。

萧西楼得闻噩耗，率众赶回川中，单剑闯荡，终于重组浣花剑门内、外二支浣花剑派，故此又合成一脉。

浣花萧家在川中名气之大，声望之隆，财产之丰，足可翻云覆雨，萧西楼晚年更勤修剑法，大有进境。

有人说，浣花剑门下不只是一个世家，而是一个帮派。

又有人说，浣花剑门之所以盛起，当然是因萧西楼慎细老练，也因为有两个好儿子和一个好女儿。

萧易人的剑术传说已不在其父之下，而且在川中又有人望。

萧开雁忠心踏实，任劳任怨，是名忠厚朴实的好青年。

萧雪鱼是个美丽而聪明的女孩子，喜欢唱歌，据说她十三岁时，在溪边一面歌唱一面绣灵鱼戏水，结果真有一条活鱼跳上岸来，落在她的绣画上，也不知是因为歌声太好，还是绣得太像。

那时萧秋水还没有长大。

萧秋水从小就是在这种关照宠护下长大的。

萧秋水自小就聪敏过人，读书过目不忘，能诗善画，他的武技得自萧易人而非萧西楼，但十七岁时居然已自成一家。

萧西楼暗地当然很喜欢他，但是很不喜欢萧秋水的爱胡闹，爱抱打不平，爱闲荡遨游，爱广交朋友，爱怒易喜、干了再说的脾性。

萧西楼认为名门世家子弟，不应该那样，应该庄重点，俭约点，就像大哥萧易人、二哥萧开雁。

偏偏萧秋水就是萧秋水。

萧秋水要到卧龙岗去，却自长江西陵峡逆流而上，到了秭归，秭归是大诗人屈原出生之地，其时又正好是五月初五，中国的诗人节。

萧秋水的三个朋友，都是极爱冒险的青年。

长江三峡谓瞿塘峡、巫峡、西陵峡，位于长江上游，介乎四川、湖北两地，互相递接，长七百里，为行舟险地。

秭归背依高山，面临长江，景色壮丽，这是屈原故里，所以每年五月初五，更是热闹，龙舟满盈江上。

这是一个风和日丽的清晨，萧秋水到了秭归，就和他的几位朋友上了岸，心想：反正并不赶忙，于是决定看了这次空前未有的赛龙舟再催舟到隆中去。

萧秋水每次出门的时候，萧西楼就一定会吩咐他几件事：

不要胡乱结交朋友。

不得与陌生女子牵涉。

千万千万，不得不得，招惹"权力帮"的人。

第一点萧秋水懂得，因为成都浣花萧家乃名门世家，自然有人来攀亲结交，但萧家清誉，交了损友，自受影响，得罪了朋友，也等于是自掘坟墓。江湖上是非，有时要比手上的刀还利。

第二点萧秋水明白，因为他自己入世未深，而他的爸爸，就是因为女人，几乎被逐出成都萧家。萧秋水虽然懂得和明白，不见得就是同意，其一因萧秋水素好广游交友，其二是因为萧秋水风流倜傥。

但是第三点萧秋水就不明白，也不懂得了。

他已问过无数次，问过不少人："权力帮究竟是什么东西？"

那些人虽然答法都不同，说法也不大相同，但敬畏却是一致。

——权力帮就是权力帮，开帮立派，就是为了权力，所以直接命名权力帮，这是一个实事求是的名字，起这名字的当然是权力帮帮主李沉舟。

——李沉舟的外号叫"君临天下"，武功多高不知道，他有一个好妻子叫作赵师容，有一个好智囊，叫作柳随风，至少到现在为止，还没有听说过有人能斗得过赵师容、柳随风的。

——权力之获得，必须要有四件东西：金钱、地位、名声、拥护者。

——这四样东西，李沉舟都有。

——但是真正实行"权力帮"的霸权者，却是十九个执行人，江湖上闻名色变的"九天十地，十九人魔"。

——这十九人魔，武功不单高绝，而且其党羽遍布天下，不乏高手名家。此外据说还有八个可怕人物，人称为"王"，身份武功比这十九人魔还高！

——他们杀人与整人的手段，可以叫你痛恨妈妈为什么要把你给生出来。

——所以招惹了权力帮，不如去自杀更好！

——权力帮是招惹不得的。

以上所说的，萧秋水都明白。

他不明白的，只有一件事，那就是结论！

在他的心目中，这才是最好、最该招惹的对象，为什么，为什么招惹不得？

"千万不得招惹权力帮，否则必狠打一顿。"

萧秋水不知听过多少遍了，这次临出门时，又被吩咐了一遍。

但是后面那一句，却不是萧西楼说的，而是萧秋水的母亲孙慧珊附加的。

孙慧珊早年在江湖上也大大有名，是"十字慧剑"掌门人孙天庭的独生女儿。

可是如果后面的那句话是萧西楼说的，那在萧秋水心目中就有不同分量了，因为萧西楼言出必行。

孙慧珊是最疼萧秋水的慈爱的母亲。慈爱的母亲往往也就是不严厉的母亲。

所以萧秋水也听过就算了。

湖北秭归乃峡中古城，背依雄伟的山岭，面临浩荡的长江，景色壮丽。

萧秋水清晨抵达秭归，看见岸上停泊着大大小小的船，张灯结彩的龙舟十数艘，这儿是屈原的出生地，每逢五月初五，自然更是热闹，算是对这位爱国大诗人的追怀。

因为还是清晨，舟子都停泊在岸上，大部分是龙舟，还有些张罗体面的渔船，其中还夹杂着几艘商船，还有一艘看来极是讲究华丽的画舫。

敢情是什么富贵人家，老远赶来看赛龙舟的。

萧秋水自幼在浣花溪畔长大，这种画舫，萧家也有一两艘，不过在这个地方也有这种画舫，萧秋水不禁多留意了一眼。

本来他留意了一眼便知道是富人来凑热闹的，只是这一眼，却让他看到了不寻常的事儿！

于是他马上停了脚步！

他的朋友也跟着停步。

因为是清晨，岸上的人并不太拥挤。

要是换作平时，这岸堤根本不会有什么人。

这时画舫里有一名家丁在船头伸懒腰打呵欠，一名婢女正在倒痰桶里的秽物入江中。

而在岸上，走来了十一二个人。

精壮的大汉。

这并没有什么稀奇，而令人触目的是，这十一二大汉，腰间或背上，都佩有刀剑兵器。

在大白天这批人这么明目张胆地佩刀带剑，走在一起，未免有点不寻常。

不寻常的却是，这十二人都忽然拔出了兵器，一跃上船。

为首的人使的一双金斧，一跃上船头，吓坏了那名家丁，正想叫"救——"已被那双斧大汉用金斧架住脖子，推入船舱。

那婢女一声尖叫，一名使长枪的大汉立时一脚把她踢入江中，婢女呼救挣扎在江中。

其他的人立即进入船舱，只剩下两名使单刀壮汉把守船之两侧。

这一下也惊动了人，十几个人围上去观看，那两名使单刀的大汉立即"虎"地舞了几个刀花，粗声喝道："咱是'长江水道总瓢把子'朱大天王的人，现在来做笔生意，请各位不要插手，否则格杀勿论。"

众人一阵骚动，却无人敢上前去。

萧秋水三名朋友互觑一眼，心中意识到同一件事，那是：

抢劫！

这还得了？

这种事除非萧秋水不知道，一旦知道，则是管定了。

这萧秋水身形一动，他身旁的高个子朋友立即拉住他，萧秋水不耐烦地道："有话快说。"

高个子朋友道："你知道'朱大天王'是谁吗？"

萧秋水道："猪八戒？"

高个子朋友一脸凝重道："长江三峡十二连环坞水道上的大盟主，朱顺水朱老太爷。"

萧秋水道："哦，这倒有听说过。"

　　高个子朋友摇摇头叹道："你知道使双斧和使长枪的是谁吗？"

　　萧秋水不禁顿足道："你少卖关子好不好？"

　　高个子朋友道："使双斧的叫'紫金斧'薛金英，使长枪的叫'枪到人亡'战其力，这两人，武功不错，是朱大天王的得力手下。"

　　遂而叹道："你要去对付他们，要不要再考虑考虑？"

　　萧秋水转头笑问其他二人："你们呢？"

　　那两名朋友笑着答："要考虑。"

　　萧秋水道："哦？"

　　那白面书生朋友道："本来是要教训他们的！"

　　另一个女子口音的朋友接着道："现在却考虑杀掉他们。"

　　萧秋水笑着回首向高个子朋友问："你呢？"

　　高个子朋友叹息了一声，道："我就是要你们去杀人，不是去教训人而已。"

　　萧秋水笑道："你们？"

　　高个子朋友一笑道："不，我们。"

　　这就是萧秋水的朋友，他其中三位朋友。

　　就在这时，画舫中传来一声惨叫，一名公子模样的人自画舫窗帘伸头大叫救命，才叫了半声，忽然顿住，伏在窗棂，背后的窗帘都染红了。

　　萧秋水等人一见，这还得了。

　　那两名持刀大汉，只见眼前一花，船上竟已多了四个公子书生打扮的人。

那两名大汉哪里把他们放在眼里，指着萧秋水喝道："滚下去！"

他们之所以指着萧秋水，乃是因为在任何场合，萧秋水跟任何人出现，别人总是会先注意萧秋水，甚至眼中只有萧秋水的。

这是萧秋水与生俱有的。

但是等到那大汉喝出了那句话，船头上的四个人，忽然不见了三个人，只剩下那俏生生的白面书生，而船舱的布帘一阵急摇。

那两名大汉不禁呆了一呆，只听那白面书生低声道："你们是朱老太爷手下，一定杀过很多人了？"

其中一名大汉本能反应地答道："没一百，也有五十对了。"

另一名大汉吼道："加上你一个也不嫌多！"

白面书生低声笑了一笑，模糊地说一声："好。"

就在刹那间，白面书生忽然就到了这两名大汉的面前。

跟着下来，白面书生已在两名大汉的背后，缓步走进船舱。

然后是岸上的民众一阵惊呼，妇女们忍不住尖叫，因为那两名大汉，刀锵然落地，目中充满着惊疑与不信，而他们的喉管里，都同时有一股血箭，激射出来，喷得老远，洒在船板上。

白面书生掀开船舱布帘，跨入船里，一面阴声细气地附加了一句："好，就多加两个。"

那两名大汉听完了这句话，就倒了下去，岸上的人又是一阵惊呼："出了人命了！"

"出了人命了！"

萧秋水和他两个朋友跨入船舱的时候，里面有一大堆站着的人，只有两个是坐着的。

坐着的人是拿双斧和拿长枪的。

其他站着的人，有些是船里的人，家丁打扮，侍女打扮或者员外、夫人、公子、小姐打扮，但有八个人，黑水靠紧身劲装，右手是刀，左手在活动。

活动是：有些在翻衣箱，有些是抢发髻上的金饰，有些是揪着吓到脸色又青又白的人的头发，有的扼住别人咽喉，有的在一位小姐下巴上托着。

这些自然是强盗。

长江朱顺水朱大天王的手下。

萧秋水等人忽然进了来，大家的手，也就停止了活动。

拿长枪的震了震，系双斧的双眼直勾勾地向前看，连眨也未眨一眼。

萧秋水就笑着向不眨眼的人一拱手：“早。”

有人居然在这时候进来，跟你请安，实在是一件啼笑皆非的事，拿长枪的人已变了脸色，使双斧的人却仍是连眼睛也不眨一下。

拿长枪的大汉沉声道：“你知道我是谁？”

萧秋水向使双斧的道：“我知道你是薛金英。”

拿着长枪的大汉怒道：“我是在跟你说话。”

萧秋水向使双斧的笑道：“我开始还以为你是个女孩子，好端端的一个粗老汉怎么又是金又是英的呢？”

使长枪的吼道：“臭小子，你嘴里放干净点！”

萧秋水继续向薛金英笑道：“我知道你还有一个朋友叫作战其力的。”

“枪到人亡”战其力抢步欺近，怒嘶道：“不要命的就说下去！"

萧秋水依然向薛金英道："可惜那人很短命，就死在长江水道，秭归镇的一座画舫上。"

战其力发出一声震得船荡的大吼，薛金英这时才抬头，慢慢地向战其力说了一句话："他们是来送死的。"

战其力的脸上立即浮起了一个奇怪的笑容，其他的人也跟着恢复了左手的活动，就当萧秋水他们是已死了的人一般。

可是突然一切又停顿了。

有些人在翻衣箱时停顿了下来，有些是正抢到发髻上的金饰之际停了下来，有的是扯着别人头发的手忽然脱了力，有的是正扼住别人的咽喉忽然松了手，有的是在摸一位小姐的下巴时人僵住了，因为他们在忽然之间看见了自己的手，插了十数根细如牛毛的银针。

他们有的发出尖叫，有的发出怒吼，有的不敢置信地丢掉大刀，用右手抓住自己的左手。

那女子口音的朋友的衣袖不过了一动。

战其力的脸色变了。

薛金英也眨了眼，不只眨一次，而且眨无数次，因为连他也看不清，那年轻人是怎样出手的。

萧秋水笑道："我这位朋友，姓唐名柔，是蜀中唐门的外系嫡亲，'四川蜀中唐家'，你们总听说过吧？"

萧秋水一说完，船上八名中针的大汉，纷纷惊叫，拼命把手上的银针拔出来。

蜀中唐门，江湖上暗器之一大家，而且也是使毒的翘楚。

萧秋水却笑道："各位不必惊慌，这位唐兄是唐门中少数的暗器不淬毒的子弟之一。"

那八名大汉闻言停了手，纷纷我望你，你望我，说不出话来。

战其力忽然脖子粗了，大喝一声，一枪刺出！

他的枪本来斜挂在桌边，不知怎么突然已到了他手上，别人看到他手上有枪时，他的枪已到了别人的咽喉！

唐柔的咽喉！

唐家子弟都不是好惹的，所以战其力立刻准备先杀唐柔。

眼看枪尖就要刺进唐柔的咽喉，唐柔却连眼睛都不眨一下。

就在这时，一双手忽然前后绰住了枪杆，战其力一挣，一滚，沉肘反刺！

那人双手一剪一拖，仍绰住长枪。

战其力心中一凛，力抽长枪，不料连抽也抽不回来，抬头一望，只见一个高个子懒洋洋地对着自己微笑。

只听萧秋水笑道："他是我的朋友，姓左丘，名超然，为人却一点也不超然，只是有点懒。他是无所不知，胸怀可以装九州十八省进去的人，精通擒拿手、三十六手擒拿、大鹰爪擒拿、小擒拿门，奇门擒拿，进步擒拿……什么擒拿他都会。"

萧秋水的话讲完时左丘超然的双手已"喀嚓"一声，夹断了枪杆，再迫步埋身，与战其力双手对拆起来，三招一过，战其力前马被制，后马不能退，肩、胛、腰、臀四个部分，已被左丘超然闪电般拿住，只听左丘超然笑道："这是小天山的缠丝擒拿手，你记住了。"

萧秋水笑道："我还有一位朋友，在外面还没进来，他是南海剑派的高足，姓邓，名玉函，你知道，武林中人都说，不到必要，绝不与南海剑派的人交手，因为他们不出手则已，一出手就是杀手。"

只听一人自背后道:"背后说人闲话,不是好人。"

萧秋水大笑道:"邓玉函,难道你是好人了?"

邓玉函板着脸孔道:"我是好人。"

薛金英忽然道:"可惜好人都不会长命。"

他的话一说完,双斧抡劈邓玉函!

他似已看定,这几人当中,以邓玉函最难应付!

可是斧到中途,左右疾分,回斩萧秋水!

这一下转变之急,全场人皆未料及,薛金英其实一上来就看出来:这四个人的领袖必是萧秋水,要制住唐柔、左丘超然以及邓玉函的话,首先必要拿下萧秋水!

萧秋水的笑意忽然不见了,手上忽然漾起了一阵秋水波光,瀑布一般地奔泻过去!

瀑布泻至半途,忽然分成两道激流,"叮叮"撞开双斧,又复合成一泓秋水,秋水一凝,转而成剑。萧秋水手上的剑。

薛金英双斧被震开之后,猛吼一声,半空全身一拧,跃船而出。

他自然看出萧秋水的剑法。

浣花剑法!

浣花剑派的实力,浣花剑派的武功,不是他薛金英独力就可以应付得了的。

所以他立即决定:

三十六计,走为上计。

他身形一动，左丘超然便已动手，霎时间已封了战其力身上的十二处穴道。

唐柔的右手一动，不动的左手却打出七点寒星！

薛金英全身却化成斧头金芒，"叮叮叮叮叮叮叮"砸开七道寒芒！

寒芒折射四处，萧秋水飞扑过去，及时按下了一名老员外的头，才不致被寒芒钉中！

另一名劫匪却正好被一点寒芒打入额中，惨呼而倒。另一名大汉格得较快，但也被寒芒射入臂中。

邓玉函却在此时飞起，剑光一闪，又斜斜落在丈外。

薛金英半空一声大叫，左腿已多了道血口子！

但他仍有余力全力扑向船外。

可是这时左丘超然已拿住他的脚，薛金英落了下来，立刻用右腿蹬，左丘超然立刻拿住他的右腿，薛金英用双斧砍下去，左丘超然立时拿住他双手。

薛金英用力挣，左丘超然却把他全身也拿住了，薛金英张口欲呼，左丘超然一双手已钳住他双颊，薛金英不由张大了口，却叫不出声，左丘超然道："我们还未向你问话，不准你吵。"

"你们的头儿，朱大天王在哪里？"

薛金英睁着双目，没有答话。

战其力喘息着，闭起了双眼。

余下的七名劫匪，早已吓得不知逃到哪里去了。

萧秋水等让他们逃走，也希望他们能把朱顺水引过来，一并了结。

岸上的人还纷纷在比手画脚，在传说着："哗，这四个小英雄真厉害，一出手就把这些大块头打垮了。"

"有个人还会放暗器呢。"

"哎呀，他们也随便杀人，恐怕也是强盗黑吃黑！"有人忧愁地说。

"他们惹了朱大天王，只怕讨不了好喝。"有人更是难过地说。

船舱内金元银饰撒了一地，一名公子模样的人背上着了一刀，血流红了衣衫，船内的员外已年近花甲，气喘吁吁地走到萧秋水等人面前，一头就要叩跪下去，萧秋水连忙扶住，道："老丈你是干什么呀！"

员外带泪要挣着往下拜："老身要叩谢救命之恩。"一面指着地上的金银珠宝，道："我辛辛苦苦赚来的半辈子的银子，眼看都被他们劫去了，幸亏你们……"

萧秋水望望那些银圆，见元宝上都刻着"那"字，萧秋水心中暗笑忖道：这人敢情是个守财奴，要他的钱可不容易，连银两上也做了记号。当下笑道："老丈可是姓那？"

员外愕了一愕，道："是是是，我是姓那，叫作那锦亮，是杭州人，路经此地……壮士是怎样知道的？"

萧秋水笑道："没什么。这姓倒是少得很啊。"

那员外道："是是是，壮士等仗义相救，老身为表谢意，特赠……"

萧秋水听得不耐烦，转向薛金英道："你们头儿坐落在哪里，你说出来，我们也不一定杀得了他，说不定反而给他杀了，这样你也等于报了仇，你们又何苦不说呢！"

薛金英仍是咬紧了下唇，一言不发。左丘超然道："有道是朱大天王是长江黑水道的总瓢把子，手下猛将有'三英四棍、五剑六掌、双神君'，你和战其力是三英之二，你不说出朱大天王在哪里，只要说出你们的老大'双刀客'郑虎祥在哪里便行了。"

原来"长江三英"在武林人士心中，其实是"长江三恶"，大恶"双刀客"郑虎祥，武功最高，二恶"紫金斧"薛金英，武功次之，三恶"枪到人亡"战其力，武功最弱。

萧秋水道："你们三恶是素来行事焦孟不离的，而今符老大在哪里，我想你们也心知肚明吧！"

薛金英忽然开目，就在此时，长空传来一阵呼哨之声，薛金英冷笑道："他来了，你们的死期也就到了！"

一说完这句话，船身就忽然剧烈地动起来！

片刻间，船身的移动更剧烈了十倍！

萧秋水、左丘超然、唐柔、邓玉函四人相互一望，立即分四个方向飞出船舱！

四人身形极快，但第一个足尖点及船艄的是萧秋水。等到他脚尖也触及船板时，邓玉函也点落在船头。

他们四人一望，只见系住画舫的八根大绳，已俱被砍断，此时春水激流，江流浩荡，水流之急，无法想象，系锚一断，再被人一推，即卷入洪流，飞驰而去！

岸上一人，手持双刀，纵声长笑。

就在这片刻间，船已离岸数丈！

也在这刹那间，萧秋水已飞身掠出！

萧秋水一动，邓玉函也就动了！

萧秋水犹如大鹏，飞掠长空，险险落在滩头渡桥之端！

这一下，岸上的人都张口结舌，好一会才叫好；连岸上的"双刀客"郑虎祥，一时也忘了出手。

可是邓玉函因比萧秋水迟睐眼间的工夫掠起，距离便已拉远了五六尺，邓玉函雪衣飞动，离滩头尚有十余尺，强自提气，只差三尺，但已往下沉去！

众人自是一声惊呼。

就在这时，"双刀客"郑虎祥便已发动了。

郑虎祥左手飞瀑千重，直盖萧秋水。

他要在萧秋水尚未落定蓄势便要毁了他。

萧秋水右手拔剑，左手"呼"地扯开了腰带，"嗖"地抛上了半空。

邓玉函半空捞住了腰带一抽，邓玉函像一只燕子一般已落到滩上！

这时郑虎祥的左手刀忽然不见，只剩下右手一刀，直刺萧秋水！

右手刀才是杀着！

但是萧秋水的剑就刚刚横架在这一刀的刀锋上！

郑虎祥大怒，回刀再斩，忽然侧面一道寒风，吓得连忙闪身回架，只听萧秋水对邓玉函疾道："这厮交给你了。"

邓玉函点头，郑虎祥挥刀再上，邓玉函的剑寒立时把他迫退下来。

这片刻光景，船已离岸数十丈。

萧秋水担心的是，仍留在船上的两个朋友，不会应付不了薛金英与战其力，但却应付不了这长江水。

因为他已瞥见画舫两侧的船桨，全已折断。

他真后悔为什么要轻易地放走那七条大汉。

长江水里，显然还会有朱大天王的人。

船一旦翻，唐柔的暗器在水里就没了分量，左丘超然也不熟水性，而自己呢？连水都没有沾过。

何况还有一船不会武功的人。

萧秋水飞身到了艘扁细的龙舟上，呼叫一声道："借用！"

"唰唰"两剑，削断了缆绳，左右双桨，飞快地划去！

这叶龙舟，冲刺力本就极大，加上风向急流，和萧秋水的双桨，简直像飞舟般前航！

但是这时画舫已遇上一个险境。

原来秭归有一个地方，江中有巨石横卧，造成险滩，行舟的人，最怕遇到这地方。

传说屈原沉汨罗江后，其姐一天在此洗衣，见神鱼负屈原尸体溯江而至，乃葬之。故秭归亦有屈原墓。是为秭归八景之一，名"九龙奔江"。

画舫却正向险滩巨石撞去！

岸上的人纵声高呼，给萧秋水助威打气！

萧秋水此惊非同小可，双臂一加力，桨如双翼，他的腰带因救邓玉函而失去，长袍松开，江中风大，白衣翻飞，吹成一叶白衫，真如飞行一般！

龙船眼看就要追上画舫，而画舫也眼看就要撞上巨石！

这只不过是转眼间的事，萧秋水的龙舟已与画舫紧贴而进，前面已是一处峭壁断崖了！

这里的江水奇急而窄，如果贴舟而行，随时会遭撞毁，如果萧秋水一缓，则画舫必撞上险滩，欲救不及了！

好个萧秋水，却突然再加速！

萧秋水的龙舟闪电一般已越过画舫，千险万惊中几乎撞中了峭壁，但萧秋水猛用左手抓住岩石，猛止住船势，右手持桨，竟向撞来的画舫一拦！

这一拦，萧秋水也没多大把握，江流如此之急，画舫如此之疾，萧秋水眼看它距巨石不过十数尺，只求拦得一拦，再谋他策！

就在这时，他注意到，那横滩奇石上，竟有一人！

一名铁衣老翁，竟在该处垂钓！

只见那老翁猛抬目，精光四射，稳马立桩，把手中鱼竿一送，顶住画舫，鱼竿竟是铁铸的，虽已弯曲，但老者步桩纹丝未动。

那船居然给老者顶堵住了。

再加上萧秋水这及时一拦，画舫是顿住了。

就在此时，画舫上疾飞出两个人！

一人飞扑入萧秋水的龙舟上，正是唐柔。

唐柔一到，他的双袖暗器便发出！

水里立刻冒起了几股妖红。

朱大天王的人正在水里想跷翻萧秋水的船与画舫。

但唐柔的暗器虽在水里威力大减，可是从船上打到水里去却还是劲如急弩怒矢。

一人飞扑向巨岩，手中持了一柄断杖，也顶向船身，以助老者一臂之力。

这人正是左丘超然。

左丘超然一顶住画舫，便知压力，忍不住脱口向老者道："好腕力！"

老者淡淡一笑，也不答话。

左丘超然自幼师承"擒拿第一手"项释儒以及"鹰爪王"雷锋，腕力之强，只怕也没多少人能比得上他，而今却自叹弗如。

老者、萧秋水、左丘超然互望了一眼，发力一拖一带，同时大喝一声，一拨一捺，萧、左丘二人木桨折断，只有老者还能抽回铁竿，画舫已被他们三人借力带撞向沙滩——且险险避过了巨石，搁浅在碎石滩之上。

萧秋水立时拾起另一支桨，全力稳住差点又被激流催走的龙舟，滑向沙滩，唐柔不断发出暗器，水里不断地冒出艳红。

忽然呼哨一声，唐柔也不再发暗器了，水里再也没有活人了。

龙舟停在滩上，老者一手就把它扯上岸来，萧秋水、唐柔跳下舟来，看着左丘超然，一时生死乍逢，呆了一阵，说不出话来。

这时那员外等，才敢从画舫中探出头来，还弄不清楚自己是在生地还是鬼域。

岸上民众，淳朴情急，忍不住喝彩如雷动。

因为发生事件，岸上的人已愈聚愈多，恐怕已有数千人了，萧秋水一下龙舟，他们的心也吊在半空，现在见他虽屡遇奇险，却仍救下画舫，不禁欣喜无穷。

萧秋水正想向老者道谢，老者却铁青着脸，嗖地挺直上了画舫。

萧秋水一怔，左丘超然即道："他俩已给我封住了穴道。"

不料船上传来两声惨呼。萧秋水及唐柔、左丘超然立时掠上了船，只见老叟脸色铁青地持杖而立，薛金英、战其力目眦尽裂，天灵盖各已被一棍击碎！

萧秋水一怔道："老丈，您这……"

船上妇孺，各发出了一声尖叫，因从未见过如此血淋淋的场面。

老叟气呼呼地道："这种人，还留他在世上干什么？多留一个人渣，多添一场祸害！"

忽然转向三人道："敢情你们是初入江湖，是不是？"

萧秋水心中敬佩老叟力挽狂澜的功力气魄，当下俯首道："正是，尚请老前辈多多指点。"

老叟抚髯而道："这批人是朱大大王的手下'三恶四棍、五剑六掌、双神君'中的'三恶'，三恶不除，永无宁日，就算你们慈悲为怀，也得为长江两岸的人民想想啊……就算三恶不除，四棍五剑六掌双神君，也不会放过你们的。"

左丘超然道："前辈说得有理。前辈是——"

老叟忽然道："你们之中不是还有一人留在那岸上与符大恶作战吗？我们快赶去瞧瞧！"

萧秋水展动身形，一面笑道："是是。不过以邓玉函的武功，郑虎祥的双刀定奈何不了他。"

老叟也展动身形，向前赶去，一面道："你们四人是朋友？"

萧秋水笑着，眼睛发着亮。

"我们是朋友，也是兄弟，锦江一带，都知道我们。"

老叟奇道："知道你们什么？"

左丘超然接道："知道我们是'四兄弟'。"

唐柔也笑道："尚未结拜的'四兄弟'。"

在锦江一带，"四兄弟"是每个人听了都会微笑的。

四个志同道合、济世救民的世家子弟在一起，没有结拜，却有着比拜把兄弟更深浓的情感。

"四兄弟"仿佛就是这四位年轻、潇洒、才气纵横的少年英侠的总称。

这四人的家世都很有名。

浣花萧家自不必说，蜀中唐门更是名门，鹰爪王、项释儒的名气自是不小，南海剑派也非同小可。

这四人中，以萧秋水为老大。

这就是锦江四兄弟。

第贰回

秤千金 与管八方

——凡是干溥天义这种事业的，除了要有像"秤千金"那样善于管财的人，以及像"管八方"那么善于管理的人才外，当然还要有两种人。

——杀手和走狗。

萧秋水等在众人的欢呼中上了岸，已见到邓玉函笑望着他。

邓玉函的肩上也挂了彩，雪衣一片红，但神色间若无其事。

"我本不想杀他，可是他想杀我，我只有杀他。"

"我把他交给你，也是想要你杀他，因为他斩绳毁船，手段太毒，实留不得，你也不必难过。"

"死了。"

萧秋水向邓玉函一下子把话交代清楚，放声道："请问，适才我在此地借用一龙舟，现在搁浅在'九龙奔江'那儿，烦船主把它起出来，多少费用，在下愿意赔偿。"

只见一枯瘦的中年人走出来道："少侠哪里话。诸少侠冒险犯难，仗义除害，本镇的人尚未叩谢大恩，区区破船，又算得了什么？"

萧秋水一笑，身旁的那员外倒也知机，接道："喂，老乡，你的船我买一艘新的给你，就当是这几位少侠赠送的。"

萧秋水笑笑，看看那员外，也不想再缠下去，左丘超然道："大哥，我们还得看看热闹哩。"

旁边一位贫家少年讨好地接道："诸位若要看热闹，今日午时本镇赛龙舟，嘘嘘，十多条龙舟，呜呜哇哇咚咚的，很好很好看的唷，诸位一定要去看……"

萧秋水笑道："谢谢。"那员外怕萧秋水等走后，又有事变，急道："壮士……"萧秋水心里好生为难，生来便爱自由自在，而今救了这船人，又不得不照顾下去，不知如何是好。

这时老叟却道："萧少侠若有事务，可以先自离去，护送那员外的安危，老朽担了便是。"

萧秋水毕竟年轻，爱玩喜乐，忍不住谢过老叟。老叟呵呵而笑。那员外有些迟疑，嗫嚅道："这，这……"

萧秋水拍拍那员外的肩膀，笑道："这位老前辈，武功比我们加起来都好，你不要担心。"

于是别过众人，一行四人，心情畅快地赶到"五里墟"去。

秭归赛龙舟，是百里以内的第一件大事。

午时一至，旗炮一响，万众瞩目以待的龙舟大赛，即将开始了。

民众纷纷在岸上摇着不同颜色的彩券，指指点点。

原来比赛龙舟，本为纪念屈原投江。可是数百年来，因龙舟大赛吸引了不少人下赌注，所以兴起了一种行业，赌十色龙舟。

每年龙舟出赛前都要经过严格甄选，几经淘汰过后，剩下的只有十艘，出赛的十艘各涂上不同的颜色，打着颜色的旗号，哪一艘获胜，也等于哪一种颜色中奖。

大家所下的赌注，通常也会很大，以一赔十，有人以此一夜暴富，但却有无数人因而倾家荡产。他们要下赌注，只要先到"金钱银庄"去买十色彩券，中了以彩券去兑现赢款便可。

这一带地方，民风淳朴，但赌风其盛。多少人弄得倾家荡产，妻离子散，愈来愈富有的只有"金钱银庄"，还有县太爷，和一些公差捕头。

萧秋水等初来此地，自然不知道这里的情形，但见人手一沓彩券，心中纳闷，又见人山人海，甚为热闹，也不以为然，一齐挤在人堆里看热闹去。

龙舟每十二个人乘一艘，共分两排，主右桨五人，主左桨五人，另外在船艄擂鼓掌舵者各一人，合共一十二人。

一般来说，划船不比其他竞赛，长江水急，不是气力很大就可以胜任的，要熟悉水性、富有经验、精明干练的船夫，才能乘舟如飞。

所以练过武功的人，也不一定能派上用场。

大家都非常看好紫、绿二色，因为这两艘船的人，无不是有数十年舟船生活，而且精勇有劲，尤其是绿色这艘。

未开赛前，总是有一番酬神戏，八仙过海，鸣放鞭炮，舞狮舞龙等，然后一声礼鼓，继响不断，岸上的人也把粽子抛到水里，密如雨下。

最后在河角那端，竖起一颗特大的粽子，裹着彩旗，迎风摇晃不已。岸上的人一阵欢呼呐喊，知道压轴戏要到了。

河角的那颗粽子，便如采青的抢炮一般，谁先抵达那边，挥旗的人一手抢过，便是优胜者。

人们鼓掌的鼓掌，呐喊的呐喊，终于一声炮响，十艘张弦待发的龙舟，一齐冲出！

十艘龙舟如十支急箭，破浪而去！

开始的时候，十艘龙舟几乎是平行的，水流急又猛，到大粽子那儿，是相当惊险的。

可是不消片刻，十艘龙舟便有了个先后，有五艘落在后面，而前五艘几乎是平行的。

不久之后，绿、紫二色已抢在前头，尾随的是蓝、白二色。另一艘又被抛在后面。

岸上的人跃动呐喊不已！

"绿舟！绿舟！"

"紫舟！紫舟！"

也有人在喊："白舟！白舟！划！划！"

但没有人喊"蓝舟"。因为蓝舟上的人，都是虚应事故，但却又偏偏一副不可一世的样子，所以根本没几个人购他们的彩券。

上万个人在岸上大呼大叫，这场面实在热闹；萧秋水等虽没有买什么彩券，但也握拳捏掌，瞧得十分兴奋。唐柔更像小孩子一般，叫破了嗓子，哪里像平日江湖上闻之生畏唐家子弟的气派！

这时滩险流急，四舟离目标不过数丈，就在这时，绿舟与紫舟忽然地，奇迹地，几乎是同时地慢了下来。

这一慢下来，白舟与蓝舟就立即越过了它们。

可是离目标尚有丈余远时，白舟的人忽都停手不划了，蓝舟便轻而易举地，夺下了粽子，摇晃晃的，摆舟驶回这岸上，其他数舟，也无精打采地划回来。

这一下，不仅萧秋水等大为纳闷，岸上上万民众，纷纷跺脚怒骂呐喝，把没中的彩券丢进江中。

萧秋水与唐柔对望了一眼，心里好生奇怪。

邓玉函瞧着没过瘾，左丘超然说要走了，这时那群蓝衣大汉趾高气扬地上了岸，萧秋水忍不住瞥了一眼，这一眼瞥过后，便决定不走了。

原来其他颜色衣服的船夫上了岸，都垂头丧气，蓝舟船夫上了岸，却给一班蓝衣人围着，喁喁细语，神情十分崖岸自高，但没有任何民众上前。

有些人输了钱，还放声大哭了起来。

萧秋水瞥见的是：刚好从停泊的绿舟上来的一名中年船夫，他黝黑沧桑的脸孔上，竟禁不住挂下两行泪来。

这一看，萧秋水哪里还忍得住？便非要去问个究竟不可了。

萧秋水和唐柔马上就走了过去。

这名著名心狠手辣的唐门子弟，竟也是菩萨心肠。

萧秋水如行云流水，滑过众人，到了中年人面前，中年人猛见眼前出现一白衣少年，背后还有一华衣少年，不禁一怔，正欲低头行过，萧秋水却长揖道："敢问这位大叔——"

这中年人，仿佛心事重重，但对这温文有礼、清俊儒秀的青年人，却仍忍不住生了好感，当下止步道："有什么事？"

萧秋水道："大叔刚才是绿舟上的好手。偌百余丈的江，大叔只换了三次臂膊。歇过一次桨，实在了不起……"

中年大汉倒是一惊，随后一阵迷茫，别的不说，单只同舟便有十二人，动作快，穿插乱，气氛狂，怎么这年轻人却对自己换过多少次手都瞧得一清二楚？那是好远的距离呵。

萧秋水顿了顿，忽然正色道："敢问大叔，为何到了最后终点时，忽然放弃呢？"

那中年大汉一怔，这时随后跟上来了一位也是绿舟里出来的黑老汉，看见中年大汉与两个神俊少年对话，不禁大奇，拍了拍中年大汉肩膊道："阿旺，什么事？他们是谁？"

阿旺一听萧秋水的问话，脸色已沉了下来，小声道："我不知道。"这句话像是答那黑老汉的，也像是回答萧秋水的。

萧秋水小心翼翼地道："我们没有歹意，大叔你放心，只是心中不解，为何让蓝舟独占鳌头，请大叔们指点迷津而已。"

阿旺仍不作声，黑老汉却注视着萧秋水几人的脸。萧秋水等见他们行动古怪，更是好奇。

阿旺道："这不关你们的事，你们少惹麻烦。"说着转步要回避萧秋水他们而过。

左丘超然大感奇怪，道："麻烦？有什么麻烦？"

黑老汉却观察地道："你们是他们派来试探我们是否服气的？"

萧秋水道："他们？他们是谁，什么服气不服气？"

黑老汉终于恍然道："你们是外省来的公子少爷吧？"

萧秋水："我们确是外省来的。"

黑老汉摇头道："各位小哥有所不知，这种事情你们还是少沾为妙，否则，只怕活不出秭归哩。"

阿旺却道："黑哥，不要多说了，祸从口出，唏，还是走吧。"

萧秋水等犹自丈二金刚，摸不着头脑。这时只听一阵吆喝，五六名蓝衣大汉排开人群，走了过来，为首的一名粗声粗气地喝道："王八乌龟，划了船不回家，在这儿剪舌头，嘀咕些什么？"

阿旺偷偷地拭了眼泪，低头道："没说什么，没说什么。"黑老汉却板着脸孔，不出一声。

蓝衣大汉却用手推阿旺和黑老汉，一面道："咄，咄个什么，你们两个老乡巴还不赶快滚回家去，在这儿磨蹭些什么！"

这一推，阿旺是逆来顺受，黑老汉可火大了，手一扳开对手的掌，气冲冲道："要走我自己会走，不用你推！"

蓝衣大汉抽回了手，"嘿"的一声，道："哇呵呵，你这是不见棺材不流泪啦，穷发疯啰？"

阿旺吓得连忙挡在两人中心，扯住黑老汉的衣袖哀求道："大爷，大爷莫动气，我揪他回家便是。"

剑气长江

　　没料蓝衣大汉一拳冲来，阿旺被打个正中，鼻血长流，蓝衣大汉"桀桀"怪笑道："要你来多事！看我今天不收拾这黑煤炭，叫他娘生错这粒蛋——"

　　黑老汉本是火暴脾气，见阿旺为自己挨了揍，怒从心起，不管一切，一声大吼便出拳打了过去。

　　蓝衣大汉却是会家子。一绰手就封住了，进身一连三拳，"嘭嘭嘭"打在黑老汉身上，不料黑老汉身子极为硬朗，挨了三拳，居然没事，反而一拳捶过去，捶得这蓝衣大汉金星直冒。蓝衣大汉虽学过功夫，但平日仗势欺人，哪有人敢与之动手？所以甚少锻炼，绣花枕头，挨了一拳，呜呜呀呀地叫了一阵，双手一挥，向身旁的那六七名大汉呼道："给我宰了他！"

　　那五六名蓝衣人居然都霍地从靴里抽出牛耳尖刀，迫向黑老汉，阿旺嘶叫道："别，别——"

　　看热闹的人虽多，个个咬牙切齿，一副义愤填膺的样子，但谁也不敢助黑老汉一把。

　　这时忽然走出一个人，正是萧秋水，挡在黑老汉面前，冷冷地道："你们是谁？为何可以随便杀人！"

　　蓝衣人只见眼前一闪，忽然多了这样一个白衣少年，不禁大奇，一听他开口，才知道是外乡人，那蓝衣大汉狞笑道："你问阎王老子去吧。"

　　一说完，五六道刀光，有些刺向萧秋水，有些刺向黑老汉，有些刺向阿旺。

　　这时忽然见一人大步走了过来，抓到一个人的手，一拎，刀就掉了，再一扳，执刀的人手臂就给"格勒"地折了。他一面拧一面行，看来慢，但霎晔眼间七名蓝衣大汉，没有一个关节是完好的。

那蓝衣大汉痛得大汗如雨，嗄声道："你是谁？胆敢折了我们的手？"

左丘超然道："回家问你妈妈去吧。"顺手一钳一扯，这蓝衣大汉的下巴臼齿也给扯垮，下颚挂在脸上，张开口，却说不出一个字。

萧秋水淡淡笑道："你们走。要是激怒了我们南海邓公子，或者蜀中唐少爷，你们还有得瞧呢！"

蓝衣大汉一听，脸色登时如同死灰，互觑一眼，没命地奔窜而逃，一哄而散，全场顿时连一个蓝衣人也不剩。

这时只听一人喝道："什么事？打架吗？不准闹事！"只见一人排开人群，走了过来，身穿差服，头戴羽翎，只是二级捕快的装扮。

乡民一见此捕快到来，竟也有些尊敬，打躬作揖，纷纷叫道："唐大爷好！"

唐捕头一一回礼，走到黑老汉等人面前，打量了萧秋水诸人一眼，问道："怎么了？有什么事？"

黑老汉到现在还呆住了，他实在想不出这懒洋洋的高个子竟随随便便地就能使七个人的手臂脱了臼。

阿旺却道："唐大爷，我们又遭'金钱银庄'的人欺负了。"

唐捕头顿足道："哎呀，你们怎能跟他们作对呢，好汉不吃眼前亏啊——"

萧秋水一听，便知道事情大有文章，于是道："现在事情已闹到这样，旺叔，黑叔，不如把事情详告我们，也许我们可以替你们解决，否则，他们也不会放过你们的。"

唐捕头翻了翻眼，没好气地道："你们外乡人，哪里知道厉害，强龙不斗地头蛇，你们还是快快回乡去吧。"

萧秋水微笑了一下，他知道像唐捕头这种人，是需要唬一唬的。谁知道唐柔也有此意，这个静静不作响的白衣少年，忽然一扬手，三支小箭就不偏不倚，齐齐钉在唐捕头的翎帽上，唐捕头吓得目瞪口呆，唐柔细声笑道："我也是姓唐的。不过，是来自四川蜀中，唐门里的人。"

"唐门里的人"五个字一出，唐捕头的口更是合不起来。三百年来，又有谁敢惹上蜀中唐门？

忽然一道白芒一闪，剑已回鞘，唐捕头三绺长髯，却落下尖梢的一截，白面书生淡淡地道："南海邓玉平的弟弟，邓玉函，便是我。"

唐捕头毕竟也是在外面见过大风大浪的人，知道南海剑派邓玉平，是能够把大风大浪也变成风平浪静的高手。

左丘超然随手夺过黑老汉本来拿着的一根要用来对付蓝衣大汉的船桨，双手一拗，"噼啪"一声，臂腕粗的坚硬木桨，折断为二。左丘超然懒懒地道："'僵尸擒拿手'的劈棺折棍法，你要看哪一种擒拿手，我都可以演给你看。"

唐捕头忙摇手道："不，不必了。"

萧秋水也笑道："我姓萧，唐大人要不要验明我的身份？"

唐捕头尴尬地笑道："哦，哦，无须，无须，小的姓唐，单名砍字，不知萧公子等少侠驾到，真是……"

阿旺这时悄声道："若萧公子等真要知道此事真相，不如先到舍下一趟，定当详告，但愿萧公子能为我们除此祸害，此处谈话，只怕不便。"

萧秋水等人互望一眼，道："好。"

邓玉函忽然道："唐捕头。"

唐砍忙赔笑道："有何指教？"

邓玉函道："如果你没事，请随我们走一趟，这些地痞生的事，有官府的人插手，比较好办。"

唐砍忙俯首笑道："我没事。我没事！"

邓玉函道："那就去一趟。"说罢转身随阿旺等行去，唐砍只有俯首跟着。

一行七人到了茅舍，阿旺的老婆很是惊讶，阿旺支开了她，要她到外面天井洗衣，黑老汉却是常客，所以端茶出来，众人谢过，然后开始谈入正题。

——原来秭归这一带，数百里内，最有势力的要算"金钱银庄"。

——"金钱银庄"不只是金钱银庄，还开有赌场、妓院，还有一些更加见不得人的行业：贩卖奴仆、豢养杀手之类的组织。

——没有人敢惹"金钱银庄"的人，因为他们的后台便是名震天下、威扬九州的"权力帮"荆襄分舵。

——听说"九天十地，十九人魔"之一也在此驻扎，因为这地盘使他们赚了不少钱，他们用钱，买到了连官府也不敢惹的地位，这地位可以招揽到不少能人异士，使他们更扩充了势力。

——金钱、地位，加上人手，合起来就是权力。

——这里的人都只有敢怒不敢言。像这次赛龙舟，"金钱银庄"的人要爆冷门，赚大钱，于是其他各舟的人都事先被警告：让蓝舟夺魁，否则性命会难保。

——而且如有人胆敢泄密，当诛全家。镇里的人哪敢不乖乖听命？所以金钱银庄的人愈来愈富有，附近数乡穷人和死人也愈来愈多。

——待龙舟赛后，阿旺、黑老汉等信用全失，也不会再有人愿意雇用他们，这些后果，金钱银庄才不管。

——听说在赌场若赢了大钱，当天晚上自然就会在回家的路上失踪，可是，被人连哄带骗上赌场的人，也愈来愈多。

——自从金钱银庄多开了家妓院后，附近的少女失踪案件，也多了起来。

"这些，唉，官府的人不理，报到衙里先抽二十大板，久了也没人再敢报案。官家拿的是权力帮的钱，也就是我们替权力帮熬的血汗，才不管我们的事哩。只有少数几个官爷，像唐大爷、宋大爷等，还敢为我们说几句话，抓几个人，别的就不用说了。"阿旺摇头叹息道。

"说来惭愧，我们也是受够了压力，也只好抓几个喽啰而已。有次我抓了个'金钱银庄'的小头目，当天晚上就被三个人伏击，腰上挨了一刀，从今之后我也是少惹这些麻烦了。"唐砍也垂头叹息道。

左丘超然脸色凝重，道："你们可知主持这儿事务的'金钱银庄'庄主姓什么？样子如何？"

唐砍想了一阵道："谁能见过他？我家青天大老爷也只不过见他一两次，而且是黄金白银送去好几次，才得一见哩。至于姓什么……好像是，哦，对了，好像是姓溥的……"

萧秋水、左丘超然见识广博，互望一眼，失声道："铁腕神魔溥天义？"

邓玉函、唐柔初闯江湖，傲慢不群，不知就里，于是问："溥天义是谁？"

左丘超然向唐砍问道："在'金钱银庄'内，溥天义的手下中，可有一位姓程的？"

唐砍道："对呀。这人是掌管'金钱银庄'的财务，据说向来只赚不亏，故人人唤之'秤千金'，什么生意只要经过他一秤，钱财就会滚滚而来。"

左丘超然道："对。'秤千金'的名字，别人早已忘了，但'秤千金'却是溥天义手下四名要将之一，另一人姓管……"

唐砍拍腿道："溥天义在'金钱银庄'的管理人就是姓'管'的，人人都叫他'管八方'。"

左丘超然道："这'秤千金'和'管八方'都是溥天义手下两大功臣，但更难应付的是其他人，一名叫'凶手'，一名叫'无形'，这两人才是真正厉害角色。"

——凡是干溥天义这种事业的，除了要有像"秤千金"那样善于管财的人，以及像"管八方"那么善于管事的人才外，当然还要有两种人。

——杀手和走狗。

——杀手就是"凶手"。什么人不听话，或者与之作对，"凶手"的任务便是：杀！

——走狗却是"无形"的。他不会让你看出他是走狗。可是他比"凶手"更阴险，更毒辣，更防不胜防，因为走狗是"无形"的。当你发现他时，他已把你卖掉了。

——"秤千金"姓程，"管八方"姓管，可是"凶手"和"无形"，却连知道他们的姓氏和名字也没有。

——这才是真正可怕的敌人。

萧秋水的脸色沉了下来。

他不是怕难。

对手愈强，他愈喜欢与他对抗。

他对这些乡民，只有敬爱和尊重，就算他们显示那一下子武功，也是针对会武的唐砍捕头，而不是不会武功的民众。

——正如知识也是一样。就算是学识渊博，但应该用在济世扶弱，就算要表现，也只是对那些有知识、自傲自炫的人面前炫耀，而不是拿来愚弄民众自抬身价。

——否则的话，受知识的人岂不是比没受知识的人更卑下？

——所以萧秋水等很尊重阿旺、黑老汉等，他们也有权说话，有权划船，有权掉泪，如果他们的权利被剥夺，他们自会倾力替他们争取。

——也许做这些事，看来很傻，不过他们是专做傻事的。

——包括以前替一位焦急的母亲找回她遗失的孩子，他们翻山越岭、披荆斩棘地找了整整七天七夜，差点连自己也迷失掉。

——包括为了读到一篇志节高昂、浩气长存的好诗文，忍不住要在三天以内，遍访好友，也要他们能在适时同赏。

——对于这件事，也是一样。

只是，只是他们所面对的，却是最大的困难。

对手是权力帮。

天下第一大帮。

无论是萧秋水、邓玉函、左丘超然，或唐柔，未出门之前，都被吩咐过类似的话。

"千万不可惹上权力帮。"

"万万不能与权力帮为敌！"

萧秋水暗地里咬了咬牙，他不明白为什么大家都那么怕"权力帮"。

他心中在想，反正这一趟出门，吩咐的是娘亲，爹爹没有说过，一切干了再说。

因为如果是萧西楼说的话，他说打断你一双腿，绝不会打断一双手臂的。

可是孙慧珊则不同了。

母亲都是疼爱儿子的，有时候是近乎溺爱。

唐砍毕竟是吃了几十年公门饭的，看见他们都沉静了下来，也看出他们的为难，当下安慰道："'权力帮'有多强我不知道，但我知道连少林、武当都要忌之三分的，诸位少侠武艺过人，但又何苦招惹他们？不如想个办法托人去说个情，凭诸位的家世，'权力帮'也不致多生是非，说不定与诸位一笔勾销，而且放过阿旺叔等，唉，这也是委曲求全之法吧？"

萧秋水没有作声，可是心里面有一千个不愿意，一万个不愿意。

他现在最乐意的事莫过于从这里开步走，直走到"铁腕人魔"的跟前，把他的双手打断——其他的结果，他才不管。

可是他又确有所顾忌。

就在这时，后面忽然传来一声女人的惨呼！

阿旺的脸色立时变了，他认出这个声音。

他老婆的声音。

唐柔平时文静静的，现在却忽然动了。

一动如脱弦之矢，飞射而出。

他快，邓玉函更快。

他的人已和剑合成一体，冲出茅屋！

还有那懒懒散散的左丘超然，此刻变得何等精悍矫捷，只听一阵衣袂破空之声，左丘超然已越顶而过，落在天井。

但是有一个人已到了那里。

正是萧秋水。

他比谁都快捷，因为他最直截！

他是破窗而出的。

这"四兄弟"几乎是同时出现在天井中。

他们站在一起，仿佛世上已没有什么东西能将他们击垮。

天井的院子里伏倒着一个妇人，头颅浸在洗衣的木盘里，木盘的水已染红，木盘里的衣服都变成了殷红。

他们只来得及看见人影一闪。

他们立刻追过去，但人影已隐没在竹林里。

竹林密集错综，也不知道多深多远，四兄弟一呆，就在这时，茅屋里传来阿旺的第一声惨呼！

萧秋水猛止步，叫道："糟了！"

继而茅屋里又传来黑老汉的第二声惨呼！

四人的身形也立时展动，才出得竹林，茅屋里已传来第三声惨叫，那是捕头唐砍的。

萧秋水入到屋里，屋里已没有站着的人了。

萧秋水一直由脚底冷到手心里去。

阿旺死了，眉心穴中了一下凤眼拳，震断脑脉而死的。

黑老汉也死了，心口中了一下重击。

唐砍倒在地上，萧秋水眼睛一亮，冲过去，扶起了他，只见唐砍在呻吟着，按着腹部，十分疼痛的样子。

萧秋水大喜道："他还有救……"

只见唐砍缓缓睁开了眼睛，艰难地道："蓝……衣……人……是……金……钱……银……庄……的人下的……手……幸亏我挡……挡了一下………而……你们就……就……就来了……"

萧秋水的脸色变了，天下再厚的墙，也阻挡不了他扫平"权力帮"的斗志，他大声叫道："我要去金钱银庄，你们谁要先回？"

唐柔第一个大声道："我要去！"

邓玉函声音冷冷得像剑："去！"

三人同时望向左丘超然，左丘超然懒洋洋地道："吃屎狗才不去！"

"金钱银庄"。

"金钱银庄"本来是个热闹的地方，可是今天并不怎么热闹！

今天本来是极其热闹的日子，因为今天"金钱银庄"刚刚在龙舟赛上刮了一大笔。

一大笔！

可是自从上午十几个膀子垂着不能动的蓝衣大汉回来后，柜里的"秤千金"就放下了金秤。

他放下金秤，拿起了铁秤。

人人都知道，当"程掌柜"也放下金秤的时候，就是不做生意的时候，但另做一件东西：

做的是买卖，杀人的买卖！

下午的时候，四位公子走进"金钱银庄"来。

偌大的一所钱庄，就只有七八位顾客正在交易。

这四个人走进后，就一直走到柜前。

这四个人把手伸出来，萧秋水、邓玉函交上去的是佩剑，唐柔交上去的是三颗铁蒺藜，左丘超然交上的是一双手。

左丘超然一身邋里邋遢，一双手却洗得很干净。

练擒拿手的人，无不是爱惜自己的一双手的。

唐柔的铁蒺藜和一般无异，只不过上面多了一个小小小小的字，小小小小小的一个"唐"字。

这一个字，便足可叫人吓破了胆，这颗铁蒺藜，立刻和其他的铁蒺藜不同了。

别的铁蒺藜也许打不死人，但这粒有"唐"字的铁蒺藜，却是连沾着了也会死人的。

唐门毕竟是江湖中暗器之霸！

萧秋水交上去的剑，也没有什么特别，只不过剑鞘上多刻了一个"萧"字。

自从萧家练剑后，别的姓萧的剑手，谁都不敢似萧西楼一般，把姓氏刻在剑鞘上。

邓玉函的剑也不特别，只是多了一块看来什么颜色都像的佩玉！

这块佩玉，是当代最负盛名的南海剑客邓玉平的信物。

仅此而已。

这已够令人胆丧了。

这四样东西一交上去，那四个柜上的人立时顿住了，脸上立时绷紧，连笑也笑不出来。

几乎是同时的，这四人推动座椅，立即就要起来！

他们的反应已够快了，但是四兄弟更快。

但闻"呛"的一声，两柄剑已同时出鞘，因为同时，所以听来只有一声剑鸣。

萧秋水的长剑，马上抵住两名掌柜的头，剑身锋锐，冰一般地贴在皮肤上，那两名掌柜的脖子不禁起了一粒粒鸡皮。

左丘超然的右手，已扣在另一名掌柜的脖子上，这掌柜连丝毫都不敢动。

唐柔却连动都没动，只是把三颗毒蒺藜拿起了其中一颗，抬头望着这掌柜，这掌柜已是魂飞魄散，不敢再移动一步。

四名掌柜都怔在那里。

金钱银庄中四五名兑碎银的妇女与男子，不禁大吃一惊，慌得不知如何是好，又想走过来看热闹；场子里的八九名蓝衣大汉，一见这等情形，纷纷拔刀，怒叱暴喝，却投鼠忌器，不敢走上前来！

萧秋水笑道："四位想必是'权力帮'中的'金钱银庄'分舵里有头有面的人物，但我们找的不是你，冤有头，债有主，叫你们的当家出来。"

四人自是颤抖，说不出话来。

只听一人哈哈笑道："我就是当家的，不知欠你们什么债！"笑声震动了整个钱庄，连柜的铁栅也震得嗡嗡作响。

萧秋水道："可是程大老板？"

只见一人自柜内侧大步而出，大笑道："区区人称'秤千金'便是。"

萧秋水道："我想请你称样东西。"

"秤千金"笑道："什么东西？"

萧秋水道："人头！"

"秤千金"道："什么人头！"

萧秋水道："你的人头。"

"秤千金""哦"了一声，哈哈大笑起来，笑声一歇，然后道："少年人，你知道这是什么地方？"

萧秋水道："'金钱银庄'。"

"秤千金"道："你可知道'金钱银庄'的主人是谁？"

"'铁腕人魔'溥天义！"

"秤千金"道："很好。那你又知道溥爷是谁？"

萧秋水道："'九天十地，十九人魔'其中之一地魔。"

"秤千金"道："你又知道'九天十地，十九人魔'是些什么人组织的？"

萧秋水道："权力帮！"

"秤千金"道："你又知道不知道'权力帮'的地位名声实力？"

萧秋水道："天下第一大帮！"

"秤千金"道："那你还想怎样？"

萧秋水大声道："除此祸患！"

"秤千金"忽然仰天大笑，道："你既然已知道这些还敢与'权力帮'作对，我杀了你也好向萧老头交代。"话一说完，双手一挥。

萧秋水、唐柔、左丘超然、邓玉函忽觉背上被利刃所抵住，他们手都在柜上，反应已迟，只好不动，那四名掌柜绕道而退！

原来用尖刀抵住他们，是那四名看来只像典当东西的男女客人。

萧秋水等人本就没料到这些人是乔装的。

"秤千金"大笑走近，摇着铁秤，道："凭你们的道行，要跟大爷我作对还差远呢，还说什么打垮'权力帮'！"

萧秋水没有作声。

"秤千金"笑道："你们四人，谁最不想死的，只要说出来，我可以最后杀他。"

谁知道"四兄弟"还是没有作声。

"秤千金"笑道："那我要先杀一个人试试了。"

就在这时，萧秋水背后的妇人，额上忽然多了一样东西！

一颗铁蒺藜。

她立即便倒了下去。

萧秋水的剑马上抽回，刺穿剑抵邓玉函背后那妇人的咽喉。

邓玉函在萧秋水出剑的同时出剑，丝毫不理会后面的刀刃，一剑贯穿了刀抵左丘超然背后妇人的前胸。

而唐柔背后的妇人，也忽然间倒了下去。

她的双眉间，也多了一样东西。

一颗铁蒺藜。

"秤千金"扑近时，那四名掌柜抽出刀来之际，那四名背后动手的客人已成了死人。

这只不过刹那间的事！

这四名兄弟的配合如此无间、迅速、天衣无缝。

唐柔放在柜上的三粒铁蒺藜，只剩下一粒了。

"秤千金"望了一眼，好不容易才说出声："看来以后抓到唐家的人，还是杀了再说。"

唐柔温柔地笑道："可惜唐家的人是抓不到的。"指指桌上又笑道："这一颗是留给你的。"

刚才刀抵四人背后时，谁都不能动。

可是唐家的暗器却只要手指一动就可以发出，有时候甚至连不必动也能发出。

而且想要折射、回射、反射、直射都可以。

唐柔发出了两颗铁蒺藜，先解了自己和萧秋水之危。

萧秋水立即解了邓玉函，邓玉函也立刻救了左丘超然。

四人一气呵成，等"秤千金"要出手时，他们四人八眼已盯住"秤千金"。

"秤千金"苦笑道："四位要不要谈生意？"

左丘超然道："刚才大老板教四位男扮女装的妇人用刀抵住我们背后时，又为何不谈生意？"

"秤千金"强笑道："什么时候？"

左丘超然悠然道："我们被刀抵着背门的时候。"

"秤千金"苦笑道："那是个误会，那实在是个误会。"他在那一刻看出这四位少年的身手，除了这左丘超然尚未动手，也不知是何派之外，纵然以一敌一，他也无必胜的把握。

没有把握的事，他是从来不会轻易做的。

萧秋水忽道："大老板要谈生意?"

"秤千金"道："我是生意人，当然要谈生意。"

萧秋水道："好，那么我们就来谈生意。"

"秤千金"道："不知萧少侠要谈的是什么生意?"

萧秋水道："刚才那桩。"

"秤千金"呆了一呆，道："是哪一桩?"

萧秋水道："人头那一桩。"

"秤千金"小心翼翼地道："萧少侠说的是……"

萧秋水道："你的人头!"

"秤千金"苦笑道："在下的人头不卖。"

萧秋水冷冷道："那我就割下你的狗头。"

"秤千金"脸色一变，忽听一人朗声道："我也要买人头，你们四只小狗的人头。"

只见一人金衣金面，硕大无朋，大步行来，手里拿着根金刚杵，顿地耄然巨响，左丘超然道："管大总管。"

那巨人大笑道："正是我管八方。"

第叁回 凶手与无形

　　萧秋水缓缓站立起来，才知道暮色已全然降临了，萧秋水握拳道："我尽今生之力，瓦解'权力帮'！"长天划过一道金蛇，猛的一声霹雳，是个——

　　狂风暴雨夜！

左丘超然道："你可记得一个故人？"

"管八方"大笑道："我老管一生只有人记得我，我不记得人。"

左丘超然接道："那人复姓左丘，叫道亭。"

"管八方"的脸色一沉，厉声道："是你什么人？"

左丘超然："正是家父。"

"管八方"吼道："他在哪里？"

左丘超然道："他老人家告诉过我，十年前他放了一个不该放的人，现在这个人若仍作恶多端的话，就顺便把这个人的人头摘下来，看来，这点已不必劳动他老人家了。"

"管八方"狂笑道："好小子，你有种就来摘吧！"

丈二金刚杵在半空舞得"虎虎"作响，左丘超然忽然扑过去，每一招、每一式，都攻向金刚杵，反而不攻"管八方"。

相反的，"管八方"却十分狼狈，左闪右避，居然怕左丘超然的一双手会缠上金刚杵。

十年前，他之所以败于左丘道亭手上，乃是因为左丘道亭用"缠丝擒拿手"扣住了金刚杵，用"六阳金刚手"震断"金刚杵"，"管八方"就一败涂地。

这一来，"管八方"先势顿失，变成了处处受左丘超然所制。

"秤千金"嘻嘻一笑，忽然道："溥爷，你来了。"眼睛直直望向萧秋水后面。

萧秋水一回身，忽然背后风声大作。

"秤千金"的铁秤闪电般打到。

萧秋水不回身，反手一刺。

"秤千金"的铁秤，及不着剑长，所以他一个筋斗翻了出去；

邓玉函大叫道："别溜。"

正待出剑，忽然四名掌柜，四张快刀，向他砍去。

邓玉函居然连眼也不眨，冲了过去。

他一剑刺入一人的小腹，那人的身体弯了下来，他用手一扯，那人的尸身就替他挨了三刀。

他错步反身，连剑也来不及抽出，剑尖自那人背脊露了尺余长，再刺入另一人的胸膛。

然后一个反肘，撞飞了一人。

这时另一人一刀斩来，邓玉函拔剑，回身猛刺。

剑后发而先至。

那人的刀砍中邓玉函右肩才两分，邓玉函的剑尖已入那人咽喉七分，"突"地自后头露出一截剑尖来。

南海剑派使的都是拼命招式。

剩下的被撞飞的一人，简直已被吓疯了。

这种剑术之辛辣，与浣花剑派恰巧相反。

萧秋水若返回身子，就追不上"秤千金"了。

可是他退后得极快，已到了"秤千金"身前，并未回身，便已发剑。

一剑又一剑，犹如长江大河，雨打荷塘。

"秤千金"接下了十二剑，简直以为萧秋水背后长了眼睛。

接下二十四剑时，便知道这样打下去实在不是办法，何况邓玉函那边已杀了那三名掌柜，剩下的一名早已吓得不敢动手了。

"秤千金"一扬手，秤砣就飞打而出。

萧秋水一回身，左手接下了秤砣。

"秤千金"趁此掠起，飞过柜，眼看就要进入帘内，唐柔忽然一掌拍在桌上，桌上忽地一样东西飞起，闪电般嵌入"秤千金"的眉心"印堂穴"上。

于是"秤千金"就落下来，扶住柜喘息。

桌上的那仅存的一颗铁蒺藜，已经不见了。

唐柔平静地道："我说过，这一颗，是留给你的。"

"秤千金"听完了这句话之后，发出一声惊天动地的嘶吼，才扑倒下去的。

"秤千金"一死，"管八方"方寸便已乱了。

左丘超然已经从"先天擒拿手法"改用"泰山碎石擒拿手"，再转成用"小天山擒拿手"来对付"管八方"的金刚杵。

"管八方"左支右绌，难以应付，忽然左丘超然招式一变，用的是"武当分筋错穴擒拿手"一跃而上，竟搂住"管八方"的脖子。

"管八方"大惊，回手一记金刚杵横扫。

左丘超然忽然平平飞出。

"砰！"的一声，"管八方"收势不住，一杵击在自己的胸膛上，鲜血直喷。

另一方面，他的脖子已被左丘超然扭反了头筋，所以脸向后，耳在前，十分痛苦，狂吼挣扎。

萧秋水长叹一声道："此人虽作恶多端，但还是让他去吧。"

说完一剑平平刺出，刺入了"管八方"的胸口，"管八方"方才静了下来。

左丘超然缓缓道："此人最喜奸淫少女，试想，他硕大无朋的身段，施于女孩子的身上，是何等痛苦。"

萧秋水沉默。

这时银庄内的大汉，一见势败，早已走避一空，只剩下那名被撞伤的掌柜，唐柔问："是谁杀死阿旺叔他们的？"

那掌柜立时答了："是'凶手'。"

"凶手"在"权力帮"的"金钱银庄"分舵里是：

专门负责杀不听话的人。

当然也有杀他们的对抗者。

"无形"棘手在难防，但是这四人中武功最高的，要算"凶手"。

"凶手"才是他们的敌手。

"凶手"在哪里呢？

那掌柜摇首说不知道。

看他的神情，无论是谁都知道他说的是真话。

因为他简直怕死了邓玉函。

尤其是邓玉函腰间的剑。

看到了这柄剑，不让他不说实话。

邓玉函再问："'铁腕人魔'在什么地方？"

那掌柜摇了摇头舐了舐干涩的嘴唇道："我不知道，连程老板、管大爷也不知道，每次都是溥老爷遣'无形'来通知他们：何地相见，何时相见。"

邓玉函道："那'无形'是谁？"

掌柜头摇得像拨浪鼓一般："我不知道，每次他来的形貌都不同，时男时女，时老时少……"

走出"金钱银庄"时，他们的心情却不见得轻松。

"金钱银庄"是砸了，可是银庄的幕后主持铁腕神魔，却仍不知在哪里。

还有那随时杀人的"凶手"，随时都会伏伺在左右。

以及那时隐时现、令人防不胜防的"无形"。

左丘超然道："我们可以去找一个人。"

萧秋水道："谁？"

左丘超然道："唐砍。"

萧秋水的眼睛立刻亮了。

唐砍是本地人，而且吃六扇门的饭已吃了十几年了，要查起人来，自然比较方便，至少资料也会比别人多一些，说不定能找出"凶手"或"无形"来。

邓玉函忽然道："要找唐砍，也得先办一件事。"

萧秋水奇道："什么事？"

邓玉函说道："医肚子，我肚子饿坏了。"

唐柔像蚊子那么细的声音："我也是。"

英雄侠士也是要吃饭的，不单要吃饭，而且要赚钱，会拉肚子，一样有失恋的可能。

可是一般人看传奇小说多了，以为英雄侠士，江湖上的那批草莽龙蛇，既不会饿，就算饿了只喝酒就够。并且不会生病，银子花不完，时常有美女投怀送抱——要真是到了这个地步，这些人就不再是人了，而是遥不可及的神。

我们是人，要看有人性的故事，不是要听没有人情的神话。

萧秋水等可能比一般的江湖人都会好一些，因为他们原出身于世家。

所以他们可以怀着银子，问问路人，路人就一直引他们上了"谪仙楼"。

"谪仙楼"据说是李太白醉酒的地方，但李谪仙有没有来过秭归镇，就没有人知道了。

秭归镇的人都说，因为屈大夫是诞生在这里，所以诗仙李白也理所当然地在这儿逗留过，喝过酒才是。

不管是与不是，这"谪仙楼"的确非常古朴，也的确很淡雅，而且座位宽敞，可以望到全镇，以及镇后环山抱水，长江奔流，真有一股清爽的古风。

萧秋水等便就上了楼，选了一张临窗的位子坐下，点了几道菜，就顾盼闲聊起来。

他们没有叫酒，传奇故事里英雄喝起酒来都像喝水一样，可是我们这几位，却最怕喝酒，他们觉得酒又苦又辣，什么东西不好喝，何苦去喝酒？

楼上位子很多，但因近下午，黄昏未至，所以客人很少，多数是几个过路打尖的，在这里喝喝闷酒。

这里有三桌客人，有一桌有三条大汉，另一桌是一个老人，还有一桌是一个青年，他们桌上都有酒。

但那青年喝的酒，却比那两张桌子四个人加起来的都要多。

唐柔于是悄悄说话了："酒好喝吗？"

萧秋水本想充充英雄，终于还是摇了摇头。

唐柔喃喃道："奇怪，阿刚就喜欢喝酒，阿朋也是。"

萧秋水听了也不禁眉毛扬了扬。

唐刚是饮誉天下的唐门高手。

唐朋是义结武林的唐门才俊。

他们可一点都不像唐柔那么柔！

萧秋水一面与唐柔谈着，一面望向窗外、街上。

车辆、行人，都渐渐多了起来。

渐近黄昏！

更近黄昏！

萧秋水忽然皱了皱眉。

楼下街上，显然有些纷争。

楼上这时又很吵闹，萧秋水一时无法听清楚！

而唐柔又在喃喃自语，左丘超然和邓玉函正在高谈阔论。

萧秋水凭窗望卜，只见街上有一卖唱老头，走过一宅府第，一头大黑狗跑出来要咬他，这老头就唬得趴倒在地，身上的东西也散落四处。

那大狗就跳过来要咬他，他蹒跚地拾起石头扔了一下，那头狗吃了一记，"汪"的一声，往后就退，仍龇齿吠个不已，却也不敢再上前去。

那老头蹒跚爬起，但府第的大门，"咿呀"地开了，一个公子少爷打扮的人，和两个家丁跑了出来，一面好像在吆喝，"是谁打我的狗？他妈的，要死是吗？"

那老头想解释，一个家丁却上前来把老头推倒在地，那公子还催动那头狗去咬地上那老人。

这时街上正围着一大群人，个个咬牙切齿，但都不敢挺身而出，好像畏惧那公子的身份！

萧秋水心中忖道："这些高官权贵，怎么都拿饷不办事，只会欺压良民，如此下去，轻则家毁，重则国亡，唉！"

这时那狗得主人撑腰，大吼着张牙舞爪扑上去，萧秋水叹息一声，双手拎了一根筷子，对准那头狗，左手拇食二指拎着筷子身，右掌一拍，就要射出去——

这时唐柔喃喃说道："这几天我心绪都很不宁。万一有什么事，你代我转告朋哥，叫他不要再练'子母离魂镖'了，会很伤身的——"

而左丘超然与邓玉函双双长身而起，因为那老者和那三名大汉都已喝到七分酩酊，竟相骂起来，下面那三名大汉就越座而出，要揍那老头——

这种事，左丘超然与邓玉函自然不能不管——

就在这时候，当萧秋水的注意力集中在楼下，正要射出筷子的时候；唐柔沉湎在他的故事的时候；楼上正吵得不可开交的时候；左丘超然与邓玉函正要去劝架的时候——

黄昏已至。

那喝酒少年突然扔杯抽剑，越桌而起，剑若灵蛇，直刺萧秋水背心！

这一剑，竟比剑风先至！

但是这时候，却正是萧秋水扬手要发筷子之际。

少年猛见萧秋水手一扬，一惊之下不禁略一侧身，剑势也略略一滞，剑风已比剑尖先至！

萧秋水突然感觉到剑风，立时向前扑去。

他这一下是全力扑出，飞出窗外！

可是剑锋已在他的背上划了一道四寸长的血口！

萧秋水飞出窗外，双手已抓住窗棂。

少年一招失手，挺剑再刺！

萧秋水却一扬手，射出筷子！

少年再一剑削出，削断筷子，冲近出剑！

可是这时唐柔已出手了！

唐柔一扬手，少年立时就飞起！

只听"当"的一声，柱子上钉了一柄飞刀！

这少年竟避过了唐柔的暗器！

少年见已无法得手，飞起之际，已向对面另一扇窗口掠出。

可是"呼"的一声，一人越他头顶而过，落在窗前。

少年定睛一看，原来是萧秋水。

萧秋水双手攀住窗棂，用一抢之力，飞掠而出，截住少年的
去路。

少年目光闪动，但这时左丘超然已截住了楼梯口，唐柔已在
他后面。

少年深深吸了一口气，身子放松下来，反而不动了。

那边的邓玉函，已缓缓解下长剑，面对着那三条大汉，一名
老头。

这四人也慢慢拔出兵器。

萧秋水抚着背后的剑伤，苦笑道："你是'凶手'？"

那少年点点头。

萧秋水："你好快的剑。"

少年淡淡道："你好快的身手！"

萧秋水道："要不是我手上刚好一动，你剑势一气呵成，我就死定了。"

少年道："你运气好。"

萧秋水道："你既然在四人中选中我，那我就跟你生死一决吧。"

少年淡淡地道："四对一也可以，不必客气！"

少年的脸色刹那变青，一双手也青筋毕露。

萧秋水向左丘超然道："左丘，下面有人欺负一个老头子，你去解决一下。"

左丘超然应了一声，已飞身下楼。

萧秋水迄今仍然关心楼下那卖唱老者的安危，如不关心萧秋水刚才就不会出手，如果他不出手，适才只怕就死定了。

萧秋水请左丘超然去施援手，却没请邓玉函或唐柔。

邓玉函的剑，杀气太大，唐柔的暗器，一旦发出去，生死是连他也不能肯定的事了。

料理这种事，最好的人选当然还是左丘超然以及他的大小擒拿手。

邓玉函缓缓拔出了剑，用力握住剑柄，忽然大声道："你们的戏演完了，还不快走！"

那四人互觑一眼，呆坐当堂。

邓玉函怒道："我不想杀你们，还不快滚！"

那四人紧握兵刃，不知如何是好。

那少年突然道："你们走吧！你们不是他的对手。"

那四人低语了一阵，终于向少年一躬身，飞快地走下楼去，消失在人丛里。

少年冷冷地看他们消失了之后，才道："可以开始了。"

萧秋水缓缓拔出长剑，宛若一泓秋水，笑道："是的。"

那少年忽然把长剑往地上一扔，一个虎扑向前，一出手就是"少林虎爪"。

萧秋水把剑往地上一插，双指如铁，反戳过去！

众人没料到这两大剑手，一动起手来，却先用拳脚而不用剑！

那少年的"虎爪功"，沉猛威实，和他的身段年龄，恰好相反，攻守之间，步步为营，却又有碎石裂碑之威势！

萧秋水的"仙人指"，是嵩山派的奇技，嵩山的古深禅师，素来不服少林僧人，所以创"仙人指"，自称"一指破七十二技"；弦外之音是只要学会"仙人指"，少林的"七十二绝技"都可以不怕。

古深禅师正如其名，行事孤僻，但和萧西楼却是十分交好。古深禅师曾把"仙人指"七十二招传了三招给萧西楼，萧西楼费了七年才能精通，再传于三个儿子，萧秋水自幼天生聪明，学了一年，已学会了一指半招。

这一指半招，施用起来，已千变万化，防不胜防，转眼间两人已对拆了二十七招，萧秋水每招一指，那少年竟讨不了半分便宜。

三十招一过，萧秋水渐渐觉得自己的指法受制，招式施展不开来，而少年的"虎爪功"却愈战愈沉猛；萧秋水一声清啸，翻掌起脚，猛若飞花叶落，竟是萧家掌剑二绝的"飞絮掌"！

　　只见满楼人影倏闪，只听衣袂掠起之声，少年肃杀，威猛沉潜，但萧秋水倏起倏落，衣影缤纷，双掌始终不离少年全身七十二道要穴！

　　又一盏茶的时光过去了，萧秋水的身法随着黄昏的脚步而慢了下来，渐渐地，那少年的虎爪破空之声，愈来愈响，愈来愈压人。

　　这时窗外人影一闪，左丘超然已飘然落定。

　　邓玉函忽然道："老大累了。"

　　唐柔道："这少年几岁？"

　　左丘超然端详了一会，道："十七八岁。"

　　唐柔了然地点头道："那他至少就练了十七八年的'虎爪功'。"

　　左丘超然道："少林的'虎爪功'给他使成那么肃杀，只怕非佛门正宗。"

　　邓玉函忽然道："我听说'权力帮'里，'九天十地，十九人魔'中有一'天魔'，是少林高僧中的叛逆。"

　　唐柔道，"你是说……"

　　邓玉函道："'魔僧'血影大师。"

　　唐柔道："那么这少年……"

　　左丘超然道："只怕正是血影大师的传人。"

　　三人几句对话中，忽然萧秋水再度振起，出掌急缓倏忽，不带丝毫风声，左丘超然失声道："老大的'阴柔绵掌'进步得好快！"

　　萧秋水的母亲孙慧珊，正是当今十大名剑之一"十字慧剑"

孙天庭的独生女，孙天庭的"阴柔绵掌"，是华山一绝，也是当今正宗柔门掌功之冠。

这一套"阴柔绵掌"一施出来，刚好克住那少年的"虎爪功"。萧秋水连换三种奇技，但那少年始终用"虎爪功"，丝毫不为所动。

要知道"少林虎爪"，虽然并不是什么奇术，但一种武功，之所以能流布天下如此之广，其中必有取掘不尽的奥秘，层出不穷的变化，以及武学的精华，这少年别种武功并不通晓，却专心致力于一类，苦心浸淫，只以"虎爪功"力敌萧秋水，一百招刚过，"阴柔绵掌"又在"虎爪"的笼罩之下，渐渐只见漫天爪影，飞爪破空之声，却不见萧秋水的还击，仿佛楼里只有那少年一人在动武。

看的人只觉得压力如同暮色，愈来愈重，呼吸也愈来愈急促，都为萧秋水捏了一把汗。

唐柔忍不住道："老大要败了。"

左丘超然道："未必。"

邓玉函道："老大应该用剑的。"

正在这时，战局忽然一变。

少年的虎爪凌空之声，渐渐没有那么凌厉了。

而且攻守的进度，渐渐没有那么严密，那么肃杀了！

甚至连呼吸也反而沉重急促了起来。

显然这少年内力不足。

这少年虽致力苦练"虎爪功"，但"虎爪功"源出少林，若缺少了少林僧人的气功内力，以及数十年的苦行修炼，又怎能持久地施用"虎爪功"?

相反的，萧秋水的"仙人指"、"飞絮掌"、"阴柔绵掌"，一在功奇，二在力轻，三在借力打力，却是耗费体力极少的武功，反而能持久。

少年的内力一旦不足，虎爪便渐渐滞堵，攻不下萧秋水，萧秋水渐渐反守为攻，忽然招式一变，竟是至刚至急的"铁线拳法"!

"铁线拳"是萧家老大萧易人自创一格的拳功，与萧家的柔劲快力截然不同，一招比一招快，未出拳先发力，力未至劲已生，乃至刚至烈的拳法!

萧秋水等到这时候才使用"铁线拳"，那少年的"虎爪功"已是强弩之末，渐渐只有招架之能，无反攻之力了。

四十招一过，萧秋水如箭雨的双手忽然又是一变，一招"猛虎下山"打下去，那少年连忙一招"双虎霸门"守住，萧秋水一转身便是"饿虎擒羊"，那少年一连飞退七步，"嘶"的一声，衣襟被撕去一片，肩肉留下五道虎痕。

萧秋水这两招，是正宗少林"虎爪"，并未得名师指点，只是萧秋水天生好奇，又自幼颖悟，所以使得似模似样，后来萧西楼五十大寿，客人来拜寿中有顾君山者，乃少林俗家子弟，于后院习武，被萧秋水窥见这一套"虎爪"，便被他学得有门有路，有板有眼，两下在少年力竭技穷之际施出，当堂令他挂了彩。

只听萧秋水笑道："我这两下'虎爪'怎样?"

那少年冷笑道："很好。"

两个字一说完，猛拔地上剑，急刺过去!

萧秋水一惊，滚地躲过一剑，猛自地上抽剑，回剑一刺，

"叮"的一声，两剑交击。

两人各自一声冷哼，手中剑加快，这时天色渐黑，两人剑芒耀动，反而映得楼上一片肃杀的亮。

两人一攻一守，一进一退，愈打愈快，剑来剑往，煞是好看。唐柔看得眉飞色舞，左丘超然瞧得暗自担心，独有邓玉函，一面看一面叫"可惜"连连，仿佛可惜搏剑的不是自己而是别人一般。

少年出剑辛辣迅急，萧秋水剑法倏忽有度，两人交手一百零三剑，竟不分上下。

少年忽然"咄"的一声大喝道："看我绝招！"

忽然掷剑而出，剑射之快，无可匹比，众人忍不住失声一叫，萧秋水忽然用剑鞘，恰好接下一剑，剑飞插入鞘内。

原来少年使剑，手中已无鞘，萧秋水的剑鞘，却一直仍在腰间。

只听萧秋水大喝道："回敬你绝招！"忽然剑身碎裂，犹如花雨，剑片飞射出来，那少年始料不及，拨落一半，另一半剑雨射在身上、脸上，那少年退了七八步，倚着柱子滑落于地。

左丘超然失声叫道："好个'浣花剑派'的'漫天花雨'！"

那少年一倒下，萧秋水连忙什么都不顾，冲上去扶起了那少年，喘气呼呼。

原来两人搏斗了良久，从掌到剑，实已十分之累，刚才是剑风遮掩了喘息之声，所以大家都没有觉察出来。

萧秋水一扶起那少年，那少年一身都是血，却仍喘息道："好……好剑法！"

萧秋水痛恨地道："我害了你。我害了你。"

那少年反展出一丝微笑，道："没关系。我死得……心服。"

萧秋水还是重复道："我害了你！"

那少年道："你这样的绝招，一共有几……招？"

萧秋水长叹道："三招。可是一旦使出来，死活我都不能控制。"

那少年疑惑地道："刚才……只是……其中之……一招？"

萧秋水点头道："我打急了，就忍不住了。"

那少年惨笑道："我也用了，不过只有一招。"

萧秋水安慰道："你那一招，我差些闪避不过去！"

那少年倔强地道："对……你的运气好。"

忽然身子一挺，大汗涔涔而下咬牙忍了好一会儿，道："我死在你手上，不会有什么怨言。你有什么要问我的？"

萧秋水恨声道："不，不，你不必告诉我，你不必告诉我。"

那少年惨笑道："不，是我自己愿意告诉你的。我当了一辈子'凶手'，都是不得不听人之命杀人，杀得自己也……也麻木了。不知……不知有多少人……喔……也像我一样，唉……"

萧秋水连声道："只要你有决心改变过来，一定可以改过来的。"

那少年摇首道："'权力帮'哪有……哪有这么容易……呃……我不行了……我告诉你……铁腕神魔……现在正在'巨石横滩'……等我……等我杀人消……息……"

忽然一阵急喘，左丘超然踏前一步，大声问道："谁是'无形'？"

那少年双眼一翻，却已咽了气。

萧秋水呆视了良久，好一会儿才慢慢放开了手，把那少年平放在地上，他和"凶手"连番比试，因而惺惺相惜，英雄互重。

萧秋水缓缓站立起来，才知道暮色已全然降临了，萧秋水握拳道："我尽今生之力，瓦解'权力帮'！"

长天划过一道金蛇，猛的一声霹雳，是个——

狂风暴雨夜！

第肆回 巨石横滩·铁腕神魔

雨中。狂风。巨石横江。乱石横滩。这里赫然就是"九龙奔江"。白天飞舟救人，生死天险的地方。在巨石上，赫然有一风雨中垂钓的老人。

"什么地方是'巨石横滩'？"

"找个人来问问。"

"不，以免打草惊蛇，我们叫个熟人带我们去。"

"谁？"

"捕头唐砍。"

乌云密集，虽然天色是一片浓郁，但仍可以感觉得到，天上风云，迅速变易，偶尔有一道金蛇闪电，映照出整个动乱的天空。

萧秋水等在风涌云动之际，敲响了唐砍的门。

门"咿呀"地开了，唐砍扎着纱布，伤口显然未好全，但不愧为练家子，精神却颇为硬朗。

"诸侠风雨来访，不知是……"

"你知道何处是'巨石横滩'？"

"知道。"

"铁腕神魔现刻就在那儿！"

唐砍怔了怔，终于侧身进门提了把油纸伞。

"好，我带你们去。"

"轰隆"一声，又是一道闪电，风四处乱吹，有窒息的压迫感，然后雨就疾打下来了，开始是"滴答"的一二下，然后是又急又快又有力的密集的雨，乱棍一般地向无情大地打落下来——

雨中。

狂风。

巨石横江。

乱石横滩。

这里赫然就是"九龙奔江"。

白天飞舟救人，生死天险的地方。

在巨石上，赫然有一风雨中垂钓的老人。

这老人赫然就是日间里独撑激舟的铁衣老叟。

那老叟白眉白须，玄衣如铁，坐在江水飞浪、奔流怒潮的巨石临江，纹丝不动，连眼也不抬一下，道："你们来了？"

邓玉函道："我们来了。"

铁腕神魔淡淡地道："我手边死了三个人，你们可以填补上。"

左丘超然摇头道："假如我们不愿意呢？"

飞雨愈猛，这懒洋洋的人，却似根劲草地钉在地下，任风雨而不拔。

铁腕神魔说道："你们不会不愿意吧？"

唐柔平平静静地道："我们不是不愿意，而是不肯。"

铁腕神魔仰天大笑，如怒涛江水，鬼泣神号："你们岂是我敌手？"

白天，长江激流，一双铁手，独撑画舫，好强的内力，好深的功夫，萧秋水忽然道："以一敌一，我们不是你的对手，但若以四战一，你绝对占不了便宜。"

铁腕神魔脸色一沉："你以为你有四个人？"

萧秋水昂然道："不是以为，而是事实。"

铁腕神魔又在巨石上，仰天怒笑："如果我叫你们少一人呢？"

萧秋水淡淡地道："人心一致，不可或缺。"

他们四人并立在一起，在风雨中，在怒涛中，在行雷闪电里，他们是那么英勇，那么无畏，那么生死同心……

铁腕神魔目光也闪了闪，竟闪过一丝孤寂，但随即又变得狰狞狂暴："好！自古唐家暗器最难防，先毁了他！"

"霹雳"一声，雷光一耀，唐柔心中忽然掠过一丝不祥，才侧了侧身，一道刀尖，已穿右胸而出。

唐柔看了看胸前的刀尖，脸上忽然出现一种很奇怪的表情，同时间，他的袖子双双挥出。

刀光忽然不见了。

刀已拔了出来，刀变成了伞。

油纸伞。

油伞一张，不断旋转，人也疾退！

暗器却被拨落，人也退得快。

可是漫天风声，加上月黑风高，还是有一枚透骨钉，钉中了这人的小腿。

唐门的暗器还是防不胜防的。

但这更令人防不胜防的人，竟然是唐砍。

邓玉函"唰"地拔出了玉剑，嘶声叫道："你，你就是'无形'？"

唐砍很和蔼，甚至很瑟缩地笑道："对，我就是'无形'。"

然后拿着伞，遮挡着风雨，仿佛是一个很卑微，很希望找个庇护来遮挡风雨的人一般。

可是谁都不会忘掉，他手里的伞，是一柄曾刺穿唐柔胸膛的利刃！

唐柔身子开始发软，慢慢地倒下去，一面似笑非笑地说："没料到我死在你手上。"

"无形"赶紧道:"我也没料到。"

唐柔已快蹲到地上了,还道:"我不想死啊。"

"无形"很同情地道:"你还是安息吧。"

唐柔已经趴在地上了,不过他柔弱的话还是勉强可听得到:"不过……唐家的暗器却是有毒的,你……你也跟我一起去吧!"

这次"无形"笑不出了,垂下了伞,道:"我知道你是例外。"

唐柔说完了这句话,就闭了眼睛:"我对你,也是例外。"

"无形"站了好一会儿,脸色终于变了。

他甚至感到,他的腿部开始发痒,甚至开始麻木了。

"无形"嘶声道:"我的解药呢?"

他这才发现,那少年已经是再也没有声音了。

他一个箭步冲上前去,丢了雨伞,就俯身往唐柔身上找解药。

邓玉函、左丘超然、萧秋水立时想冲过去,但铁腕神魔飞掠长空,蓦然落在他们身前。

就在这时,忽听一声惨呼!

"无形"脸上被打了一蓬针。

至少有三百口银针。

"无形"的脸庞刹那间成了针窝。

"无形"猛地从蹲而跃起,捂住了脸,一面惨呼,一面要找油纸伞,最后却滑下了巨石,落入滚滚怒江之中,刹那不见!

铁腕神魔一怔,萧秋水立时趁机掠了过去,扶起了唐柔,只见这温文的孩子居然笑道:"他……他搜我的身,没有人……没有人敢碰未死的唐家人……"

萧秋水见他衣衫尽红，嘴角挂了一道血丝，心痛如焚地道："是的，是……"

唐柔无力地望向萧秋水，艰难地笑："我……我真的要死了吗？"

萧秋水没有答话，风雨却更猛烈了。

唐柔闭上了眼睛，平静地道："我知道……我知道我真的要死了……"

忽然又笑得像个孩子，道："他……他还以为我的暗器真的有毒……我唐柔，唐柔的暗器从来都没有毒……真正骄傲的暗器高手……是不必用毒的……"

唐柔一向都很骄傲。他虽然不是唐门中很有名气的人，武功也不算顶高，但无疑他是一个很有个性、很自负的人。

萧秋水含泪点了点头。

唐柔缓缓睁开了眼睛，握住了萧秋水的手，说出了最后一句话："假如……假如你见到我们的家里……唐大……你代我问他……为何我们唐家……不结成天下……天下第一家……而要让'权力帮'这些……这些鼠辈横行——"

唐柔说到这里，头一歪，伏倒在萧秋水怀里，再也没有说下去。

铁腕神魔那一提醒，唐柔及时一侧，刀虽刺中右胸，掠过心房——但胸膛仍是要害，唐柔还是免不了一死。

可是他最后这一番话，曾几何时，掀起了江湖上一场血雨纷飞的仇杀与风波。

风雨凄厉。

萧秋水放下了唐柔，缓缓地站了起来。

铁腕神魔像一盏不亮的灯塔，硕大无朋地站在那儿，忽然一招手，岩石后步出两名大汉，垂手而立，溥天义挥手掷出一锭银子，道："去给'无形'到下游去打捞打捞。"

那两人伸手想接，忽然剑光一闪，一柄剑已刺入了银两，挑起了银两。

出剑的人是萧秋水，他的剑是楼上那"凶手"的剑。

只听萧秋水嘎声道："你把那员外一家怎么了？"

那银两上刻有一个"那"字，因为"那"是很少的姓，也很少人把姓氏刻在金银上，因为费事，而且刻时又会磨损不少金银粉屑，除非暴发户，又是守财奴，有这两点特性的人，才会那么自寻烦恼。

所以萧秋水的印象很深刻！

铁腕神魔溥天义笑道："他们，他们早给我宰了！"

萧秋水握紧了拳头，是他把那员外一家交给溥天义的，再大的风雨，也掩盖不了萧秋水的自责。

刹那间他都明白了，阿旺叔、黑老汉等乃是被"无形"——捕头唐砍——所弑，"权力帮"让"无形"替人们立些小功，却换得来最有价值的情报，人们对他的信任，无疑是自掘一条死路。

他也明白了，为什么一入"金钱银庄"，庄内已部署埋伏，要不是唐柔的暗器，只怕他们就要伏尸当堂！

——因为他们的行踪，"无形"都了如指掌。

这时左丘超然道："那么，今天长江急流里的那一场劫案呢？"

溥天义道："朱老太爷那一伙，常跟我们'权力帮'作对，那员外的那一笔，他们也想染指，我正好借你们之手，除去'长江三凶'。"

——难怪溥天义一上船来就袭击薛金英与战其力。

铁腕神魔溥天义在风雨浪中，宛若魔神。

"好了，你们临死前，还有什么要问的？"

邓玉函忽然道："没有了。"

他的话一说完，他的剑闪电般划出，在那两名大汉不及为任何动作前，已一剑贯穿两人之咽喉。

南海剑派一向是诡异辛辣的，这一下，先绝了铁腕神魔的后援。

溥天义的脸色似也有些变了。

就在邓玉函出剑的刹那，萧秋水的剑尖也直奔铁腕神魔的面门。

萧秋水剑近铁腕神魔的脸门时，忽然划了三道剑花。

三道剑花过后，才刺出一剑。

在黑暗中来说，这三道剑花，实在太亮了。

铁腕神魔被迫得闭上了眼睛，可是他的手，同时拍出去！

双掌一拍，竟硬生生挟住剑尖。

萧秋水一抽，发觉这柄剑竟似镶在石里一般，一动也不动。

萧秋水连忙力扳，割切铁腕神魔的掌肉！

但是剑也转不动。

这人的双手敢情是铁铸的。

铁腕神魔这时已一脚踢来，萧秋水只有弃剑飞退一途！

这刹那间，邓玉函的剑已回刺溥天义的小腹！

左丘超然左刚擒拿、右柔擒拿已当头抓落。

　　溥天义左手一招，格住左丘超然的攻势，右手一抓，竟抓住了邓玉函迅急的长剑。

　　这时候，萧秋水所弃的剑，便自溥天义分开的双掌之间，落了下来。

　　萧秋水马上反扑了过去，捞住了长剑，剑一到手，又是三道剑花，剑花中心，便是夺命一刺！

　　这一招，是"浣花剑派"中的"梅花三弄"。

　　左丘超然的擒拿手双手扳溥天义一手，竟如扳铜拧铁一般，丝毫不为所动，而邓玉函的长剑被执，也挣不出来！

　　萧秋水那一刺，恰好解了两人之危。

　　溥天义只有两只手，不能破那第三剑了。

　　所以他只好松手，飞退，已落到巨石的边缘。

　　萧秋水、左丘超然、邓玉函互相对望一眼，交手才一招，已知对方腕力之强，武功之深，平生罕见。

　　三人只觉手心冒汗。

　　雨落如网，视线很是模糊。

　　忽地又是一道电光，在霹雳未起之前，三人已像箭一般地飙了过去。

　　刹那间他们已有了决定！

　　溥天义的双手是攻不进去的。

　　唯有制住他的双手，才有取胜希望。

　　左丘超然使的是"闪电擒拿手"。

　　溥天义的双手立时迎上了他。

铁腕神魔立意要先毁掉左丘超然的双手，再来对付萧秋水、邓玉函的双剑。

可是他错了。四手交缠下，左丘超然立时感觉得到可怕的压力，毕竟擒拿手是借力使力的武功。

左丘超然虽扳不动溥天义的手，但溥天义也拗不断左丘超然的手，因为左丘超然双手如灵蛇，转眼间换了三种擒拿手，仍然缠住了溥天义的双手。

这时邓玉函、萧秋水的剑已到了。溥天义大喝一声，双手一剪反带，把左丘超然直甩向双剑。

可是左丘超然全身宛若飞絮，双手却像索子一般，紧缠着溥天义的一只手。

邓玉函自右刺其左腿，萧秋水自左刺其右腿。

溥天义怒叱声中，连退两步，用力一抡，竟把左丘超然抡上了半天空！可是左丘超然的手仍然搭着他的手不放。就在这时，溥大义胸门大开，萧秋水掌中剑，忽然成了碎片千百，激射出去！

"漫天花雨"。

因为"浣花剑派"的剑随时发出"漫天花雨"，所以"萧"姓反而是刻在剑鞘上，而不是剑身上。

好个溥天义，忽然吐气扬声，力注于臂，把左丘超然整个人压了下去，变成左丘超然面向溥天义，而背对萧秋水，萧秋水的"漫天花雨"等于向他射过去。

萧秋水刹那间脸色死灰。

就在这时，忽然掠起一片剑光，剑光又绵又急又密。只听风雨中仍有一片"叮叮叮叮"之声，剑片都被撞散！

"南海剑派"的"落英剑法"！

邓玉函这一下，护住了左丘超然；萧秋水即抖擞神威，一剑刺出。萧秋水掌中虽已无剑，但剑鞘就是他的剑。"浣花剑派"三大绝技之二："以鞘作剑"。

这一剑自左丘超然胁下刺出，等溥天义发觉时，已近眉睫。

溥天义见左丘超然未死，又见剑招，着实吃了一惊，但是他毕竟是一代枭雄，临危不乱，猛地一个大仰身，避过一击！

萧秋水一击不中，剑鞘划三道剑花，又刺了过去！

溥天义一抬腿，"啪"地踢中萧秋水，萧秋水立时飞了出去！

原来萧秋水贪攻，以图营救左丘超然，却不防溥天义的"无影脚"，登时挨了一记！

就在萧秋水飞出去的同时，溥天义只觉脸上热辣辣的一阵刺痛，天黑风急，溥天义此惊非同小可，他实在弄不清自己何时着了道儿，伤势轻重！

就在这一惊之际，邓玉函已一剑"哧"地刺入他的左腿！

其实溥天义也并非受了什么伤。

原来萧秋水以鞘当剑，一击不中再划三道剑花时，离铁腕神魔脸部已然极近，所以三道剑花一划，又因风急，溥天义的几绺白须，竟被卷入鞘内，萧秋水的一刺尚未发出，却已中了溥天义一脚，倒飞出去时，也等于把溥天义的几绺胡子，一齐拔了出来！所以溥天义的脸上才会一阵刺痛。

所以邓玉函才能一剑得手。

溥天义中剑，奇痛攻心，另一脚踢出又收回来，左丘超然猛用"六阳金刚手"，溥天义一时支持不住，竟落下巨石峭壁！此际何等风急浪高，这一摔下去，纵武功再高，也是九死一生！

溥天义狂吼一声，濒死力抓，竟扣住了左丘超然的双手不放！

左丘超然力缠溥天义双手已久，萧、邓二人才能得手，左丘超然已感乏力，被这一扯，竟也扯出了悬崖，向下落去！邓玉函见状大惊，不及抽剑，双手死力一把抓住左丘超然背后的腰带，把住不放。

但此际山风狂急，浪高如山，加上溥天义痛而挣扎，邓玉函也没有力量把两人一起举上来。

就在这时，忽然"嗖"的一声，一物破空而出，直掠岩石，弯转折射，"哧"地刺入溥天义胸腹之间，在背后"噗"地露出一截来。

剑鞘。

"浣花剑派"的三大绝招之三："乱红飞过千秋去"！

溥天义惨叫，长啸，双手一松，竟抓住胸前剑鞘欲拔，这一松手之际，便已落下长江怒涛，在如山的高浪中不见！

邓玉函此时奋力抓住左丘超然，大喝一声："起！"左丘超然借力一翻，终于落到了崖上！

两人湿淋淋地呆立在岩上，萧秋水捂着心口，挣扎起来，三人并肩，在风雨中，望落岩下。江水怒咆，浪击千尺，仿佛水花是长江的怒愤，千年永世咆哮不绝……

稿于一九七七年末金山大聚会前后

校正于一九八三年中香江向风望海楼

香港山边社出版"碎、大、开、谈"四书

重校于一九九三年五月二十七日

向璇何麟梁怡公布"朝天一棍"稿／二十八日，大

剑气长江

马批准赴神州行；情伤艰苦复元中

三校于一九九七年十一月底

沈庆均来信负责态度动人至深，捎来第三次新版全
集合约／张叹失约，梁应对失当，惹我恚怒

【甲】

第一天

第伍回 浣花 剑派 权力帮

萧秋水心都凉了：他天不怕、地不怕，但最怕他父亲。

况且萧西楼要他出门之前还告诫过他：绝不准招惹"权力帮"的人。现在他不只是惹了，而且居然把"权力帮"中"九天十地，十九人魔"中的铁腕神魔杀了！

五月十五。

本日午时修坟扫墓加土不论凶煞。

锦江成都西礁，浣花溪萧家。

四川有两大名家，一是蜀中唐门，一是浣花萧家。

唐门暗器冠绝天下，纵横江湖四百余年，唐门还是唐门，当今江湖暗器名家，无一可与之匹敌。

萧家是剑派，浣花剑派。

掌门萧西楼。

三个儿子，一个女儿，当中最令萧西楼忧喜无定的就是小儿子萧秋水。

萧秋水就是萧秋水。

萧秋水也许没什么了不起，但萧秋水有朋友。

萧秋水的朋友中有性格孤僻、人丁单薄的南海剑派中的掌门师弟邓玉函。

也有擒拿手的祖宗"左丘世家"的嫡传左丘超然。

更有蜀中唐门，甚少结交朋友的唐柔。

萧秋水可以为一句诗"三顾频烦天下计，两朝开济老臣心"，远赴隆中坊；可以为了瞻仰韩愈与大颠和尚"方外之交"，远至潮阳"留衣亭"。

别人可以笑他傻，有人可以笑他无聊，连萧西楼也觉得他这个小儿子没有出息，然而这年满二十的儿子，却有了许多生死同心，弹剑作歌，直道而行，仗义而战的朋友。

当时天下第一大帮是"权力帮"。

权力帮代表的是权力，无人敢有不从的权力。

然而萧秋水却在此次秭归之行，与南海邓玉函、蜀中唐柔、左丘超然杀了"权力帮"座下"九天十地，十九人魔"之一"地魔"铁腕神魔溥天义，以及他座下四名大将：秤千金、管八方、凶手与无形。

权力帮纵横江湖三十年，十二门派、七大世家、黑白两道、正邪双方，都不敢撄其锋锐，然而却给这四位"小人物"毅然挑上了。

既然开始动上了手，就不会这么容易了结的。

权力帮帮主李沉舟，外号"君临天下"，他妻子是赵师容，他的智囊是柳随风，到目前为止，还没有听说有人敌得过赵师容、柳随风联手的。

李沉舟是一个一旦开始着手一件事，就不会随随便便罢手的人。

萧秋水也是。

不同的是，李沉舟是天下第一帮帮主，有金钱，有地位，有人手，而且有一身武功。

萧秋水只是在武林中一个刚冒出头来的青年，萧易人领袖群伦，早已名满江湖，萧开雁行事稳重，武林素有称誉，但多不知道萧家还有个好玩、爱热闹、喜交朋友的萧秋水。

萧秋水就是萧秋水，特立独行，与众不同，偏又和群众混在一起。

萧秋水在"九龙奔江"除掉了"铁腕神魔"，但唐柔也被"无形"所杀。

萧秋水四人共赴卧龙岗，返锦江时却只剩三人。

萧秋水是哀伤的，但也有激奋之情。

兴奋的原因大部分是与权力帮掀开的恶战，敢与权力帮作对，是一件武林大事。

这场武林大事，却由萧秋水一手掀开。

兴奋的另外部分原因，是萧家有三人必定在等着他。

三个朋友！

三个如兄弟般的朋友！

"泰山高，不及东海劳"。

这"东海劳"，指的就是劳山，或作崂山。

劳山有座"观日台"，是劳山一绝，可观日出奇景。

到过观日台上观日的人自是不少，但足足观了十年，风雨不改，日出日落，尽在眼里的，只有一人，这人就是"观日剑"康出渔。

康出渔有一子，叫作康劫生。

康出渔与萧西楼是至交，康出渔每来萧家，必带康劫生来，而萧秋水就这样与康劫生成了莫逆之交。

康出渔观日悟出剑法，康劫生虽然年纪轻轻，却尽得其父真传。

"万里赴戎机，关山度若飞。朔气传金柝，寒光照铁衣。将军百战死，壮士十年归"，木兰山气势巍峨，原名青狮岭，真出得起这样一位巾帼英雄。

萧秋水为了敬仰这样一位代父从军的英雄，特到湖北黄陂，却在保定府附近，跟一个陌不相识的青年，打了足足一天一夜，打到意气相投，打到握手言欢，打到成了结拜兄弟。

这人姓铁，名星月。

铁星月爱说话，高大，好杀，铁拳铜腿，快若流星，厉如猛虎！

他出招前必先大喝一声，以通知别人他要动手之外，生平最爱的是跟人抬杠。

要不是他如此脾气，萧秋水就不会因误会而与他打了一天一夜了。

"关云长千里走单骑"，这故事无人不知，关羽的忠义，也家喻户晓。

中条山下有解州关帝庙，这关帝庙气势雄伟，景色秀丽，印楼里还存有两颗"汉寿亭侯印"，蟠龙巨柱之一角，还架着把天下著名的"青龙偃月刀"。

然而有一天，有一群人，也不知是金人或汉人，一共来了四十八人，其中一人一招便把两名守庙的和尚劈了，就要进去捣毁关帝庙！

这时萧秋水恰好在关帝庙前凭吊，于是大打出手，却发现有另一人，狡猾、丑陋、敏捷、有劲，当萧秋水打倒了二十四人时，那人也刚好摜倒了第二十四人。

这人姓邱，叫邱南顾。

这人打倒二十四人，没有用过手，只用一双脚，或老用头顶、用肘冲、用口咬、用膝撞，就是不肯用手。

这的的确确是一个怪人。原来他不用手的原因是想考验一下自己身体其他部分的能力。

不过怪人也一样成了萧秋水的朋友。

康劫生、铁星月、邱南顾。

萧秋水、邓玉函、左丘超然。

这六个好朋友，就要会面了。

然而萧秋水却失望了。

他回到浣花萧家的时候，铁星月没来，邱南顾没有来，只有康劫生到了。

萧秋水深知铁星月是个守信的人，他说一言九鼎，便绝不会八鼎半。

邱南顾游戏人生，然而信然诺、重言行。

康劫生来了，康劫生的父亲"观日剑"康出渔也到了，正与萧西楼在正厅密谈。

萧秋水一见大厅的气象森严，便伸了伸舌头，知道一定有不寻常的大事要发生，于是蹑手蹑脚，连同邓玉函、左丘超然、康劫生穿过了内殿，到了曲亭，踏进了花园，才敢舒了一口气。

这口气才舒了半口，便给憋住了。

因为他看到了猫。

一头死猫。

他认识这只猫，是厨子萧宋豢养的，也没多大年岁，却不知怎么无缘无故死在这里。

这猫全身上下无一丝伤痕，恐怕不是给那四头大狼狗咬死的。

反正只是一头猫而已，萧秋水也没多想。

他立刻接回刚才的话题。

"我们万万没有想到那差役就是'无形'，等到知道时，唐柔已遭到暗算，唉，不过唐柔到底还是我的好兄弟，他还是用他唐家的暗器，杀了'无形'……"

左丘超然也叹道："你这次没去，真是可惜。"

连邓玉函也不禁道："与溥天义之战，是我有生以来最惊险的一役。"

萧秋水接道："可惜唐柔死了……真不知如何向唐大交代。"

萧秋水对唐家只认识两个人，一个是唐柔，一个是唐刚，都是唐家堡年轻一代的高手。

唐家子弟素来傲慢自负，家规极严，自律甚高，一旦派遣出来行走江湖，当必武功、才智皆是上上之选。

然而唐柔、唐刚却与萧秋水成了莫逆。

康劫生忽然截道："我看今天的来客，想必与唐柔的死有些关系。"

萧秋水一呆："什么客人？"

康劫生道："四川蜀中，唐门唐大，他也来了。"

萧秋水、邓玉函、左丘超然为之动容。

唐大，是唐门一流高手之列中最著名的一人。

唐柔的暗器功夫，就是唐大代师亲传的。

唐大在唐门不但可以遣将调兵，在武林中，也隐然为一方之雄，大家都听他的，都称他为"大爷"而不名之。

萧秋水虽没有见过唐大，但自他学武始，便听说过唐大之名；他认识唐柔之后，唐柔更向他提过无数次，并且非常崇拜这个兄长。

最后一次提起唐大，却是在唐柔杀却唐砍之后，在乱石横江前挣扎说出最后的话："假如——假如你见到我们的家里——唐大——你代我问他——为何我们唐家——不结成天下——天下第一家——而要让'权力帮'这些——这些鼠辈横行——"

想到唐柔，萧秋水哽咽了，站起来，说："我跟唐大侠禀明此事去。"

康劫生也站起来道："不能去。"

萧秋水问："为什么？"

康劫生道："因为唐大是抱着一样事物进来的。"

萧秋水一怔，道："什么事物？"

康劫生叹了一声："唐柔的尸体。"

——暴风雨中，危崖黑夜，萧秋水三人决战"铁腕神魔"溥天义，唐柔的尸首却给冲了下滔滔江水去，后来萧秋水等想尽办法，也遍寻不获。

而今怎么反而给唐大抱了进来？

萧秋水举步道："无论如何，我们还是请唐大侠弄清楚这件事，我们错处，凭他处置。"

康劫生还是拦在身前，道："不能去。"

萧秋水奇道："为什么？"

康劫生道："因为唐柔胸前插着一柄剑锷。"

萧秋水奇道："唐柔是背后中唐砍一刀致命的。"

邓玉函接道："剑锷怎会留在唐柔胸前？！"

左丘超然道："那时就连剑锷也给溥天义连人掉到江里去了！"

康劫生摇头叹道："那剑不是唐砍的，"双目望着萧秋水道，

"剑锷上刻着'萧'字，"然后一字一句地道："那是你的剑！"

萧秋水怔住了，邓玉函、左丘超然都说不出话来。

——萧秋水的剑锷留在唐柔的尸首上，唐柔的尸身却给唐大发现了。

——别人不会疑心萧秋水杀唐柔，才是怪事。

康劫生看着发愕中的萧秋水，道："你的剑呢？"

——萧秋水在搏杀"铁腕神魔"时，就用了"浣花剑派"三大绝招之"乱红飞过千秋去"，剑身化作飞花，全打在溥天义身上，剑锷当然也飞击了出去。

萧秋水涩声道："我怎会杀唐柔？！"

康劫生叹了一口气，道："我相信，可是他们会相信吗？"顿了一顿，接着又道："唐家堡的人会相信吗？"

邓玉函道："我可以为萧秋水证明。"

左丘超然道："我们是亲眼看见。"

康劫生叹道："好。只不过唐大若认为萧秋水杀唐柔，同样也不认为你们脱离得了干系。"

萧秋水苦笑道："无论如何，我们还得去见唐大侠。"

还没进厅，便隐约听到萧西楼的咆哮。

萧秋水心都凉了：他天不怕、地不怕，但最怕他父亲。

况且萧西楼要他出门之前还告诫过他：绝不准招惹"权力帮"的人。

现在他不只是惹了，而且居然把"权力帮"中"九天十地，十九人魔"中的铁腕神魔杀了！

萧秋水想到父亲的怒容，连心都寒了。

左丘超然禁不住问："厅里究竟有几人？"

康劫生道："萧世伯、伯母、唐大侠、家父，还有朱叔叔。"

——萧西楼是"浣花剑派"的宗师。

——萧夫人原姓孙，闺名慧珊，是"十字慧剑"老掌门人孙天庭的独生女儿。

——唐大，是唐门最著名的一位大侠。

——康出渔，康劫生之父，十五年前已名列当今七大名剑榜上。

——这四个人在一起，天大的事也承担得起。

——朱叔叔呢？朱叔叔是谁？

康劫生道："朱叔叔——朱侠武叔叔。"

萧秋水三人都变了脸色。

——朱侠武，外号"铁衣铁手铁脸铁罗网"，江湖上凡有不平事，这人都要管，一旦得知谁是谁非朱侠武便向不轻饶。

——朱侠武说话不多，一宗案子，从头到尾，可能只说"该杀"二字。

——他出手如同他说话一般少，出道十六年来，他只杀过十一个人。

——但这十一个人都是别人杀不了的、不敢杀的，只要朱侠武一出手，这些人都成了死人。

朱侠武本在京城，怎么到了成都？要是唐大请动他来，他要杀的是谁？

萧秋水回过头来，发现邓玉函、左丘超然的脸色都不自在起来。

就在他回头的刹那，他又看到了一件让他诧异的事。

厅外院子里伏着一头狗。

死狗。

萧秋水跪下去，请安、叩头、邓玉函、左丘超然拜见萧西楼等后，一抬头，看见萧西楼脸色铁青，三绺长须，无风自动！

萧秋水心头一震，忙低下头。

萧西楼怒极，一时找不到话说，哑声说了一声："你好啊！"

偏偏萧秋水不知萧西楼这一问是什么意思，忙答道："孩儿此行很好。"

萧西楼一听，更是怒不可遏，一掌拍下去，"喀勒"一声，檀木扶椅硬生生被拍断了，萧西楼怒道："好哇！老子给小子问起好来了！"

萧夫人忙道："秋水，还不向几位伯伯赔罪！"

萧西楼顿足道："你这一趟出去，干什么来着！"

萧秋水转头过去，只见一个身着深衣的人，膝上抱着一个苍白青年的尸身：正是唐柔。

萧秋水坚然道："我没有杀唐柔！"

萧西楼怒道："你的剑呢？"

萧秋水道："我的剑已在秭归镇时掉了。"

萧西楼道："掉了，掉了，你看掉在谁的身上了！"

萧秋水道："我真的没有杀唐柔！"

左丘超然忽然道："请诸位前辈原谅晚辈打岔，秋水兄怎会杀唐柔？秋水兄杀的是——"

萧西楼更怒："好啊！他还杀了别人！"

萧秋水坚持道："可是我没有杀唐柔。"

"不是你杀是谁杀！"问的人一口气七个字，迅速而字字铿脆，萧秋水转头望去，只见那人一身灰衣，双目却如旭日，不可逼视。

康劫生拉拉萧秋水衣袖，悄声道："我父亲。"

——观日剑客康出渔！

萧秋水道："禀康师伯，杀唐柔者，是'无形'。"

康出渔大笑道："'无形'？'无形'！"

萧西楼怒道："畜生，敢对长辈诳语！"

忽然一人道："唐柔不是他杀的。"

说话的人是唐大。

唐大脸含微笑，原来是三十岁左右的年轻人。

名动武林、笑傲江湖的唐大，原来只是一位近三十岁的年轻人。

然而这年轻人却足为五代同堂唐家堡在江湖上的代表人之一。

萧西楼反而一怔，道："唐大侠说什么？"

唐大肃然道："杀唐柔的不是秋水兄弟。"

萧西楼道："何出此言？"

唐大道："秋水兄弟要杀唐柔，也不至要杀尽唐家堡的人。"唐大说着，神情十分倨傲寥落，"秋水兄弟若杀唐柔后，还留下剑锷，那除非他杀尽唐门中人，否则唐家堡只要剩下一人，剩一口气，也要找杀人者偿命。"

"就算唐柔与秋水兄弟有怨，唐家堡与他也没仇。"

——唐门唐家，快意恩仇，这是武林中无人不知、知无不惧的。

——如果是萧秋水杀了唐柔，又怎会把剑锷留在唐柔胸中？

唐大接着道："况且我听唐柔提过秋水兄弟的名字。"唐大叹了一声道："像唐柔那么好的孩子，他说秋水兄弟是他最佩服的兄长，那一定不会有错的。"

萧秋水眼眶潮湿了。

他看着唐大，心里有一股暖流；看到唐柔的尸身，更有一股热血。

——我一定会为你报仇的，唐柔。

康出渔沉思良久，终于道："唐大侠有理。"

萧夫人脸上立即现出了笑容，走过去扶起萧秋水，萧西楼重重"哼"了一声，也不打话，不过脸色也和缓了许多。

康出渔十三岁开始习剑，二十六岁名动江湖，三十七岁名列天下七大名剑，而今五十一岁，却称唐大为"唐大侠"，而唐大不过近三十岁的青年，居然处之泰然。

萧秋水不禁对唐大好奇起来。

但他更好奇的是那坐在东首、一声未响的铁衣劲装中年人，这人由头到尾，没有说过一句话，甚至连眼睛都没有眨过一下。

——难道这人就是"铁衣铁手铁脸铁罗网"朱侠武？

唐大静静地问了一句："那唐柔是谁杀的？"

萧秋水道："是'无形'！"

唐大皱眉道："'无形'？"

萧秋水道："'无形'是溥天义手下四大高手之一。"

邓玉函接道："溥天义就是'铁腕神魔'。"

左丘超然也道："'铁腕神魔'就是'九天十地，十九人魔'之一。"

刚刚缓和的空气忽然又凝肃了起来，整个大厅都像绷住了一般，好一会才听萧西楼重复问了一句：

"九天十地，十九人魔？"

萧秋水豁了出去，昂然道："是，'权力帮'座下'九天十地，十九人魔'中的'铁腕神魔'溥天义，'无形'被唐柔杀了，溥天义也给我们杀了。"

这句话一说出去，整个大厅连一根针掉在地上的声音，都清晰可闻。

没有人说话。

一直没有人说话。

萧秋水以为萧西楼会勃然大怒，冲过来刮他耳光，说不定一掌毙了他。

然而萧西楼却沉着下来，从头发至脚趾，都没有任何一丝冲动的迹象。

萧秋水惹的是天下第一大帮。

"权力帮"谁敢招惹？！

萧秋水这才知道他父亲的定力，由衷地佩服起来。

萧西楼忽然起座笑着朗声道："承蒙诸位兄台远道而来。现在事情已一清二楚，杀唐柔的是'无形'，指使'无形'杀唐柔的是溥天义，溥天义为秋水等所杀，这件事已与诸位毫无关系，劳驾诸位来敝庄，现刻事情已水落石出，各位就请回吧，他日萧某幸存，必当登门拜谢。"

说着站了起来，竟似逐客。

唐大微笑，康出渔不走，朱侠武连一丝表情都没有。

萧西楼又再说了一遍，然后伸了个腰，道：

"诸位，老夫倦矣，不远送了。"

唐大微笑，第一个起身，走出去，忽然停住，把厅门和栅门关了起来，再踱回座椅，坐了下来。

萧西楼神色不变，康出渔却道：

"萧兄，你当咱们是什么人了！这事儿咱们听见了，便与咱们有关。在这里，谁也脱不了关系。"

萧西楼欲言又止，终于叹道："康兄又何必……"

唐大忽然道："萧大侠，我唐大与你，是不是朋友？"

萧西楼没有作声。唐大道："我再问一声，要是没有回答，我这就离开剑庐，自己去挑'权力帮'。"

萧秋水听得热血沸腾，大声道：

"是！当然是！"

唐大回头看萧秋水，一手拍在他肩头上，哈哈笑道："萧大侠，你赶我也不走了，我与你的儿子已是朋友了。为了朋友两肋插刀，在所不辞，这是古已有道的。"

萧西楼叹了一声，唐大、康出渔望向朱侠武，朱侠武坐在椅子上，仿佛生了根一般，康出渔笑道：

"朱大侠看来也不走了。有咱们几个，看来还可以与'权力帮'耗耗力气。"

唐大微笑着问："秋水兄弟，你们是怎样和'权力帮'结下的梁子，且说来听听。"

萧秋水说完的时候，已是黄昏，厅堂外有树荫，只听归鸟喧叫不已。

斜阳自窗棂里斜照进来，几注橙色的水光一般，几张斗大的檀木古椅，分别坐着萧西楼等五人，站着萧秋水等四人，影子四长五横的，甚是怪异。

唐大道："以'权力帮'的惯例，向来是鸡犬不留的，而且行动极其迅速，秋水兄弟回得剑庐，只怕他们也跟上来了。"

萧西楼闷声道："哼，不死算他命大。"

康出渔道："萧大侠，此时此地，责怪已无用，反正已与'权力帮'对上了，我们先商议一下对策。"

萧西楼道："我放信鸽，再命人紧急通知桂林孟师弟。"

康出渔道："我可以去请几个朋友，辛虎丘最肯助人。"

——辛虎丘是当世七大名剑之一，与康出渔齐名。

唐大突然道："别忘记辛虎丘的至交是孔扬秦。"众人自是一怔，唐大接下去冷冷地道："九天十地，十九人魔中有一位'三绝剑魔'，如果我没有弄错，便是孔扬秦！我这是听唐朋说的。"

——孔扬秦是当世七大名剑之一，名声还在康出渔之上。

——唐朋是唐家堡结交朋友最多的子弟。他的消息一定准确。

——康出渔脸色沉如落暮，没有作声。

唐大道："唐刚还在襄阳，不然真可以请他来；唐方行踪不定，过几天可能会路过锦江。"

——唐刚是唐家堡武功最刚猛的子弟。

——唐方是唐家堡最飘忽的一名子弟，而且最肯行侠仗义，是唐门里最有魅力的年轻一代女子。

康出渔忽然道："只怕人未请到，人魔便来了。"

唐大也道："恐怕日未落尽，鸟已死尽。"

萧西楼亦道："鸟声是突然静止的。"

萧秋水一呆，到现在他才感觉到再没有一声鸟鸣。

而日未西沉，归鸟绝不会如此安静的。

就在此时，三道人影长身掠起，也不知谁先谁后，三道厅堂栅门一齐被震了开来！

出门的是萧西楼、康出渔、唐大。

刹那间三人劈手开了门，然而都站在门内，谁也没有动过。

院子里有鸟。

不多不少，一共七十三只小鸟。

有乌鸦、麻雀、燕子、云雀、喜鹊……

它们只有一点相同——都是死鸟。

它们死法也完全相同。

颈项被斩断，身首异处。

它们是飞在半空，被人一剑斩断的。

第陆回 剑魔传人

正在这时，只听一阵稀疏的掌声传来，月色下一人壮声而唱，两人曼声而和。

这歌声悲壮中带闲慢，歌词自然中带沉雄，唱完之后，又是一阵稀落的掌声，月色下，走出了三个锦衣公子。

唐大没有作声。

萧西楼也没有说话。

康出渔一字一句地道：

"孔扬秦！"

——"三绝剑魔"孔扬秦的剑法走"剑斩"的路子。

——可以一剑把一匹奔马斩成两半。

——也可以一剑斩断在半空中的飘发。

唐大没有说话。

萧西楼也没有出声。

忽然月洞门"咿呀"一声打开，两名家丁神色张皇地奔了出来，一见萧西楼，忙叫道："老爷，不得了！"

萧夫人一步踏了出来，夕阳照在她清亮的眼上，反呈一片金亮："什么事大惊小怪！"

左边的家丁道："入黑时小人去……赶鹅，哇呀，一看不得了，鹅都死了，一只也没活着……"

右边的家丁道："黄昏时我去赶牛，谁知道草坪上，那一头头壮硕硕的……牛都死了，连、连一点伤痕都没有。"

忽然侧门又"呀"一声打开，一名劲装子弟奔了进来，一见萧西楼等，跪拜道："禀告师父、师母，小人去值首班，发现犬只都已毙命，全身无一丝伤痕。"

萧西楼皱眉道："都无一伤痕？"

那弟子道："是。"

这时后门又"呼"地推开，两名仆人气急败坏地跑了进来，一名叫道："禀告老爷、奶奶……"

萧西楼一扬手，"嗖"地一口袖箭没天而去，半空爆起一声崩响。

萧西楼反身走入厅内。

厅堂甚是黝暗。

萧秋水道："掌灯。"

灯光立即亮了起来，萧西楼找张椅子，坐了下去，就坐在朱侠武旁边。

朱侠武还是没有动。

萧西楼叫道："侠武兄。"

朱侠武点了点头。

这时康出渔飞掠了进来，手里拎了只死狗，向萧西楼道："它全身上下是没一点伤痕。"

然后把狗抛到地上，震荡之下，那狗嘴里流出了黑血，康出渔接道："它是被毒死的。"

唐大也走了进来，道："这毒不是通过食物，而是呼吸间嗅而中毒的。"

——蜀中唐门是暗器大家，更是用毒名家。

——毒与暗器，本来就分不开。

萧西楼没有说话。

他当然知道敌人的意思。

这毒当然是散播在空气间的，要是下在食物中，浣花萧家千百头牛，不可能同时吃一样食物。

敌人既可以毒死家畜而不杀人，当然也可以毒杀人而不伤家畜。

这点挫敌锋锐的用意，萧西楼闯荡江湖三十六年，自是明白不过。

唐大笑道，"只可惜我们不是牛。"

——牛可以被毒死，但谁能毒死唐家唐大？

萧秋水看着他，心里忽然很佩服，此时此地，唐大依然可以笑得出来。

康出渔朗声道："可以毒死牛，不一定可以毒死人。"他这句话向着庭院说，说得很大声。

萧夫人自外面走了回来，阳光洒在她的背上，平时英爽、剑闯江湖的孙慧珊，竟也有几分老态，几丝乱发映得一片金黄。

萧夫人扶着门道："一百四十七只鸡，十六条狗，三十六只兔子，三百零五只鸭，十一只猫，全都死了。"

萧西楼瞳孔一张，叱道："鸡犬不留？！"

萧夫人疲倦地点了点头。

唐大一个字一个字地道：

"能一刻间毒死这么多的，只有'百毒神魔'华孤坟。"

只见朱侠武点了点头，又点了点头。

康出渔忽然仰天大笑道："好哇，华孤坟、孔扬秦这些魔头都来了，老夫正要与你们决一死战！"

话未说完，一道闪电般的刀光打了进来！

康出渔还在笑，笑着的时候手突然一震，那刀光骤然寂灭。

然后一摊，掌内一柄小刀，刀柄上有字条。

康出渔一直在笑，笑完的时候也读完了纸条。

然后他把纸条交给萧西楼，萧西楼大声念了出来：

萧大侠伉俪、唐大侠、康大侠、朱大侠台鉴：

今日为始，萧家剑庐，鸡犬不留；权力帮君临天下，顺我者昌，逆我者亡。见字者即离萧家，否则格杀勿论！

三绝剑魔

百毒神魔　顿首

飞刀狼魔

萧夫人变色道："'飞刀狼魔'沙千灯也来了。"

萧西楼沉吟道："'天狼噬月，半刀绝命，红灯鬼影，一刀断魂！'沙千灯的飞刀，不可轻敌。"

唐大也点头道："沙狼魔的飞刀，唐方曾特向我提过，出手一刀，已是犀利，出手之前，如狼嗥月，更是凄厉，心意一乱，很容易便死在他的刀下。"

左丘超然忍不住道："但是适才康师伯在大笑中一出手就接下了刀。"

康出渔忽然正色道："刚才打飞刀的是沙千灯的弟子，要是他出手，就算我接得下，也绝笑不出来。"

萧夫人忽然道："沙千灯有几个弟子？"

康出渔道："他的弟子也是他的儿子。一共四个，沙风、沙云、沙雷、沙电。"

萧夫人又问："孔扬秦呢？"

康出渔没有作声，萧西楼却道："我闻说孔扬秦没有弟子，但他座下却有三大剑手。"

萧夫人再问："华孤坟呢？"

唐大道："一个，但已得华孤坟用毒真传。"

——一个精兵，无疑比五个游勇更可怕。

萧夫人道："他们来了华孤坟、孔扬秦、沙千灯，我们有康先生、唐大侠、朱大侠，以及你、我。"

"你"指的是萧西楼。

"我"指的当然是萧夫人孙慧珊自己。

——"权力帮"来了三大魔头，然而"剑庐"也有五大高手。

——这一点比较上，萧家绝不吃亏。

萧夫人继续道："沙魔有四个弟子，孔魔有三大剑士，华魔有一个传人，一共八人；但我们也有左丘贤侄、康贤侄、邓贤侄，以及秋水四人。"

唐大接着笑道："兵在精不在多——只是，易人、开雁两位兄弟，难道不在庄中？"

萧夫人道："前些时候，桂林那儿也发生点事，西楼怕孟师弟势孤力单，所以派易人和开雁赶到那儿去帮忙。"

唐大叹道："闻说易人是武林人杰，年纪虽轻，但已隐然领袖之风，开雁稳实沉雄、功力深厚，这一次要是他们在，定是强助。"

萧夫人道："唐大侠过誉了。易人、开雁这点修为，恐怕还不足以博唐大侠一哂哩。"

唐大笑道："萧夫人言重了。"康出渔改换一个话题接道："长一辈中，若'权力帮'这番来的仅是三只魔头，我们在人数上较众；以年轻一辈论，则以他们占便宜，只是敌在暗处，我在明处，而且他们来的除了这些精兵，必有'权力帮'众徒，不知'剑庐'的子弟们……"

萧夫人微笑道："康先生，请把你手上的飞刀扔出去看看。"

康出渔望了萧夫人一眼，手一震，飞刀疾刺入院子中。

飞刀穿过厅堂，飞过庭院，飞过墙头，康出渔手劲之大，可想而见。

飞刀一飞过墙围，突然间，有三四十件暗器打在它身上！

暗器中有飞蝗石、袖箭、铁蒺藜、流星锤、飞镖、铁莲子……

这些暗器一下子一刹那一齐打在那飞刀上，那飞刀立时粉碎，不见了。

然而那平静的庭院、平静的墙垣，仍平静得像一个人也没有，一点事也没有。

康出渔"啊"了一声，唐大却道："浣花萧家'剑庐'，果然是铜墙铁壁。"

萧夫人展颜笑道："比起蜀中唐家，便是夏虫言冰了。"

唐大笑道："萧夫人客气。只不知萧府何时突然戒备如此森严？"

萧夫人笑道："刚才老爷甩出一根响箭。那发飞刀的若走迟一步，我们三十六道暗器桩，七十二道明桩，一旦布下，他插翅也飞不出去。"

唐大"哦"了一声，忽听左丘超然一声惊呼：

"你看……看康师伯……"

康出渔脸色发青，看来像炼狱里苦熬以修正果的罗汉。

他眉心有一点赤乌，乌黯得就像暮色转换夜色一般惨淡。

康出渔用右手紧抓左手脉门，他的左手掌心乌黑一片，全身摇摇欲坠。

萧西楼、唐大一个箭步，扶着康出渔，康出渔嘶声道："那刀有毒……"身子一阵哆嗦，往下倒去。

康劫生一声大叫："爹！"冲过去抱着康出渔，唐大摇首叹道："刀有毒不厉害，厉害的是刀扔出去后才发作。"

萧西楼一个字一个字地道：

"华孤坟！"

刀是沙千灯之弟子发的，康出渔方才不虞有他。

然而刀有毒，毒是华孤坟布的。

要是毒一沾手立即发作，以康出渔内力之高，当可迫出毒性，这毒虽布在刀上，但制毒性的药也撒在刀上，等到康出渔发觉时，毒已侵入肌肤，转注血脉。

唐大迅速封了康出渔左臂七处穴道，他紧蹙的眉让厅中人人都感觉出压力。

唐门是用毒能手，当然也是解毒行家。

良久，唐大说话了，只说了一句话："谁给康先生护法？"

唐大一说这句话，厅里的人都舒了一口气，但脸色也沉重无比。

既要人护法，康出渔的性命自然无碍，只是要人护法，就等于失去一人的作战能力了，而且还要在高手当中，抽出一个人来，护在他身边，免他受伤害。

康劫生立刻道："儿子守护父亲，理所当然。"

萧西楼对萧秋水道："待会儿你带康先生师徒到'观鱼阁'歇息。"

唐大道："那现在我们要做什么？等被人杀，还是等杀人？"

萧夫人在残晖下映出了她当年巾帼英姿的清爽，笑道："什么都不是，我们应该吃饭。"

唐大也笑道："吃饭？"

萧夫人笑道："对。吃饭。大敌当前，而且敌暗我明，何不利用我们的优点，反而以逸待劳？"萧夫人笑着，仿佛越过了这几年在浣花萧家照料兼顾，而回到了少女时期无畏无惧于大风浪、大阵仗，她抹了抹发鬓，笑道："我烧几道好菜，给大家尝尝。"

萧西楼看着他的妻子，晚风徐来，萧西楼三绺长须与衣袂齐飘：他看他的妻子，无限珍爱，竟似痴了。

菜是平常的菜，浣花溪畔萧家剑庐，吃的都是平常的菜肴。

然而这菜让萧夫人那么一烧、一炒、一蒸、一煮，却完全不同了。

那空心菜炒得那么嫩绿，水绿得就像在田里雨后，葱翠悦意得就像充满了生命，也不懂萧夫人放下了什么调味料，那青青空心菜的轻浮之意，却给这调味料恰好遮住了，加上一些鲜红的辣椒片，就像萧夫人日子正当少女时的孙慧珊，天之骄女的剑，飞入萧西楼雄拔的古鞘里。

那空心菜味道清远，跟姜葱鲇鱼的清甜，一字之差，但味道则完全不同了。

姜、葱、鱼都是极平常的东西，但选什么颜色的葱，选多老的姜，掺水的分量，放在鱼身的什么位置上，鱼要蒸多久，未蒸前要切几条刀口，要让味道渗透鱼肉，如何蒸鱼肉才嫩，才脆口，才回味无穷，只要看这蒸出来清淡嫩黄的汁，连唐大都禁不住吞了一口口水。

至于一盘榨菜肉丝，竟是须眉手笔，大块肉、长条榨菜，虽然咸，但咸得让你要吃，敢吃，不断地吃，甚至要喝那汁，才发现菜是咸的，而汁却是甜的！

这像萧夫人的一生，曾经是武林的宠女，曾经是江湖的骄子。吃过风霜苦头，但跟萧西楼在一起，一双剑，仍似一对璧玉，纵蒙尘亦不失其名贵！

那一碗清汤，是莲藕、红枣与牛肉，三种朱红色食物配在一起，连汤也是淡红的，莲藕如江南，就算是红妆艳抹，到了江南，也要清新起来，这汤也是这样。

萧夫人更是这样。忙过后的她，更显得喜气的娇艳。这明媚在烛火中，竟亦有一股英杀之气！

这一碗汤好少，几乎是一下子，都给喝光了。

就连武林名宿如唐大，也干瞪着眼，更休说是萧秋水、邓玉函等了。只见萧夫人盛了另一碗汤，以为要拿到桌上，却没料捧过去了，连朱侠武也一片失望之色，唐大忍不住要说话：

"嫂夫人……咳……咳……这个汤嘛……真好喝……"

一个堂堂的大侠居然忍不住要求多喝一点汤，这话说出来之后连他自己都有些不好意思。

可是他这话一出，就连沉默寡言的朱侠武也不住点头称赞。

萧西楼却笑道："这菜是要送给另一位贵宾吃的。"

萧夫人真的把几盘小碟的菜置放在大盘子上，悠悠一个转身道：

"菜只能吃不够，不能吃过饱。"

——多了就算山珍海味，也会让人厌倦起来。

——聪明的妻子烧的永远是小菜。

唐大望着盘子上的菜，叹道："还有客人？"

萧夫人点头，唐大解嘲地笑道："这人好口福！"

就在这时，东厢忽然发现了数声尖啸，三长一短，三长二短，又三短一长，三短二长。

萧西楼脸色立时变了，向萧夫人交换一个眼色，萧夫人立即送菜出去，萧西楼疾道："东厢第四桩犬组有变，我去看看。"

事情如此紧急，然而萧夫人依然送菜，这客人竟如此重要？家里究竟来了什么客人？这连萧秋水都疑惑了起来。

萧夫人临走前却抛下了一句话："秋水，你跟我来。"

萧秋水跟着萧夫人，穿过"听雨楼"，走过"黄河小轩"，经过"长江剑室"，到了"振眉阁"，停下。

萧秋水一怔，这客人竟住在"振眉阁"？！

这"振眉阁"原本是萧西楼办事、读书、练剑、筹划之地，平时若没有事，就连萧夫人也极少进去，而今这客人，竟然住在"振眉阁"中？

这是什么客人？竟如许隆重！

萧秋水没有再想下去，因为他很快便可知道，这时萧夫人已轻轻敲了门，只听里面传来一个声音，一个威严、苍老，却又无限慈祥的声音：

"请进。"

萧夫人一进去，脸上的神情全然不同了，是敬慕，加上三分英烈，萧秋水从来没有见过母亲的神色如此端重。

里面很阔，四壁有字画，橱中有书，设备虽简，但有一股大气魄，阁内中央，有几张楠木桌椅，一人坐着，一人站着，都是妇人。

站着的人是老妇人，十分拘谨，背驼身曲，年岁已十分高，显然是侍候的仆人。

坐着的人，萧秋水一看，却吃了一惊。

坐着的人只是一平凡的老妇，素服打扮，平平常常地坐在那里，含笑慈蔼，却不知是什么一股力量，萧秋水只看了一眼，便不敢正视。

只听那夫人慈祥地笑道："萧夫人来啦。"

萧夫人恭敬地道："晚辈向老夫人请安。"

那夫人笑道："萧夫人不必客气，老身来了这儿，也忙坏了你。"

萧夫人听了好像很难过似的，道："老夫人不要这样说，您来这里，我们招呼不周……对了，这是小儿秋水，刚从隆中回来，秋水，快拜见老夫人。"

萧秋水忽然觉得有一股膜拜的冲动，真的就跪拜下去："晚辈萧秋水，向老夫人请安。"

老夫人笑道："请起。"向萧夫人道："这孩子剑眉星目，将来一定是人中豪杰，家国大材……只是有些放羁任侠，不是庙堂律规可以约束得住的。"

萧秋水听得心中一震，老夫人只看了自己一眼，便对自己的性格，了解得如此清楚……只听萧夫人道："小儿野性，老夫人万勿过誉，让他心高气傲就不好了。"

老夫人"呵呵"笑道："不会的。这孩子自省自律都够，傲是傲了一些，但入世为侠要仗他。"

萧夫人也笑道："这孩子……"忽然改换了一个话题："……今日庄里发生了一些事儿，所以，所以菜上得晚了一些时候……"

老夫人笑道："萧夫人快快别这样说……老身来贵处叨扰，已甚是不安……萧夫人烹饪的菜，是老身平生仅尝，能吃到萧夫人手做的菜，实是福气。"

这时间外又传来了一长一短两声犬鸣。萧夫人脸色变了变，向老夫人施礼道："庄里有些事，我要先告辞了。"

老夫人起身道："好。张妈，你去送送萧夫人。"

站立在一旁的张妈躬身道："是。"

张妈是一个年纪很大的女人，粗手粗脚，满脸皱纹，似历尽人世间沧桑无限。

出了振眉阁后，张妈便施礼走了进去；门外院子里有一个老仆，满头白发，正在园子假山旁抽着烟杆。

萧大人叫道："丘伯，别喝太多酒，抽太多烟了。"

那丘伯醉意阑珊地站了起来，显然刚刚喝了不只好几杯来，摇摇晃晃地道："是，夫人。"

萧夫人又道："振眉阁中老夫人，你一定要多照料，张妈年纪不比你轻，而且又是女人，你在我们家中多年啦，要多给她一些帮忙。"

丘伯还是站不稳，但对萧夫人仍十分恭敬："是，夫人。"

萧夫人暗自叹息了一声，走了开去，萧秋水跟在身后，只听萧夫人道："秋水，这些时候必有连番生死恶斗，在任何危难下，你都要先负责照料振眉阁，不许任何人去惊扰老夫人。"

萧秋水一听，吃了一惊，要是他负责照料老夫人的话，庄外的警备厮杀，他岂不是没有参加的份！当下急道："娘亲，这怎使得……"

萧夫人脸色一沉道："这是你的任务。"

萧秋水知道他母亲一旦决定的事，决难改变，只得硬着头皮问道："那老夫人……那老夫人是武林名宿？"

萧夫人正色道："不是。"仰望夜空，满空繁星。萧夫人叹了一声，道："老夫人一点武功也不懂。"

萧秋水心中更是诧异：他深知母亲说一是一，说二是二，绝不会说骗他的话的，只是，只是这样一来，老夫人又是什么人呢？

他没有再想下去，因为犬鸣声又起，三长一短，又一短三长。

声音从振眉阁通往"见天洞"的长廊西南侧发出的。

萧夫人和萧秋水立即冲到那边去。

等他们到时，假山后面已没有活人。

四个浣花剑派的犬组弟子，喉管都被切断。

浣花剑派的子弟都是用剑高手。

犬组在浣花剑派是负责守卫，鹰组负责侦察，龙组负责搏杀，虎组负责内政，凤组则是萧夫人手边一支亲兵。

这就在假山旁的四名剑手，发现敌踪，叫了两声，居然在剑尚未拔出前，萧夫人未赶至前的瞬间，已被击杀，来人身手之高，是绝对可以想见的。

萧夫人沉下了脸，敌人居然已突破"剑庐"防卫，进入内院，杀了守卫，而今敌人呢？

敌人在哪里？

忽然鹰唳长空，萧秋水也为之变色。

鹰唳长空，惊现敌踪，也就是说，内院、大厅、前庄已进入搏杀状况！

外面正在如火如荼的厮杀中，但却有极其厉害的敌手，正已潜进内院来！

正在此时，"见天洞"里的烛火忽然一阵急闪。

风吹烛摇，可是现在没有风，烛火怎会晃摇？

难道是衣袂掠烛影动？

萧夫人、萧秋水双双掠到了"见天洞"外！

"见天洞"是浣花萧家宗祠拜祭之所。

"见天洞"里供奉的是萧家历代祖先灵位。

每天清晨，萧西楼都要整衣，沐浴，到"见天洞"去拜祭，上香，看着萧家列祖列宗，从无名，到有名，祖先一手创出来的基业与事业，萧西楼更觉得有大志，要做大事。

"见天洞"是列祖列宗神位之处，也是浣花萧家"长歌剑"放置之处。

"长歌剑"是宝剑，亦是浣花萧家的镇山之剑，更是浣花剑派掌门之信物。

"长歌宝剑"，是绝不能让敌人搜去的。

萧家宗祠更是不能随便让外人进去的。

萧夫人和萧秋水同时想到了这点，所以立即赶到了"见天洞"。

"见天洞"有一个打扫、服侍的老仆人，这老人又聋又哑，叫做广伯，平日他一早就睡了，今日他却在洞外，拿着扫把，一副惶急惊恐的样子。

——是什么东西惊醒了他？是什么东西吓着了他？

萧夫人疾道："有没有见到陌生人？！"

哑巴广伯不住点头，咿咿呀呀地说着话。

萧夫人一皱眉道："陌生人是不是进了里面？"

哑巴广伯不迭摇头，哇哇啊啊说了一阵子话，手指一点，指向栏杆尽处，振眉阁！

萧夫人心中一凛，疾道："糟了！调虎离山！"

两人急急奔向振眉阁，只是萧秋水心中还在想：看母亲的神色，仿佛老夫人的安危远比萧家的祠牌藏剑更重要，究竟，究竟"老夫人"是什么人？

"老夫人"究竟是什么人？

萧夫人到了"振眉阁"，月入乌云，整个天地都暗了下来，振眉阁中灯火微晃，却连一点声息也没有，萧夫人心中一凛，出掌一推，"砰"地推开了门！

门一开，只听里面有一个声音，急而不慌地问："什么人？！"

萧夫人一看，只见老夫人仍端坐在椅上，张妈垂手立在一旁，萧夫人登时放下心头一块大石，脸上却是一热，赧然道："晚辈一时失误，以为有敌来犯，冒犯老夫人，则请降罪。"

老夫人笑道："萧夫人为老身安危情急，老身铭感五中，谢犹不及，何罪之有？"

萧夫人强笑道："晚辈还有些事要料理，此地平安，便不惊扰夫人了。张妈，若见可疑之人进入，请高呼便可，晚辈等就在阁外侍候。"

张妈恭敬声道："是，萧夫人。"

萧夫人挥手把萧秋水召了出去，再掩上振眉阁的门，方才舒了一口气，却缓缓拔出了长剑，只见剑若秋水，明月又踱云而出，清辉寒人，萧夫人孙慧珊剑横在胸，柔和的月色与平静的夜色洒在温柔的萧夫人身上，却激起了无比的英爽之意。

萧秋水忽然直立，他觉得他好敬爱他的母亲。

只听萧夫人道："秋水，拔出你的剑来，敌人既已侵了进来，不会空手而去的。"

正在这时，只听一阵稀疏的掌声传来，月色下一人壮声而唱，两人曼声而和：

> 百年前，英雄系马的地方
> 百年前，壮士磨剑的地方
> 这儿我黯然地解了鞍
> 历史的锁啊没有钥匙
> 我的行囊也没有剑
> 要一个铿锵的梦吧——
> 趁月色，我传下了悲戚的"将军令"
> 自琴弦……①

这歌声悲壮中带闲慢，歌词自然中带沉雄，唱完之后，又是一阵稀落的掌声，月色下，走出了三个锦衣公子。

三个佩剑的公子。

萧夫人瞳目收缩，道："剑魔传人？"

---

① 郑愁予原诗。

剑魔孔扬秦座下有三大剑手，这三人身上佩的剑，一是古剑，一是名剑，另一是宝剑。

曼唱的公子向萧夫人一揖道："在下三人，向萧夫人借一样东西。"

萧夫人道："什么东西？"

曼唱的公子道："一个人。"

萧夫人道："什么人？"

曼唱的公子一指振眉阁，萧夫人摇摇头。

曼唱的公子叹了一声，莫可奈何地跟两个同伴摊摊手，两个同伴一个耸耸肩，一个则挥挥衣袖。

曼唱的公子叹道："那在下只好……"缓缓拔出了剑，剑在月色下一片肃杀。

剑一在手，院子里立刻充满了杀气！

这曼唱的公子潇洒的神采突然成了肃杀！

剑是利剑，是峨眉至尊，宝剑"屠刀"。

"屠刀剑"一现，萧秋水立即挡在他母亲身前。

他手上也有剑，一柄刚才自地上捡来的剑——他原来的剑在战铁腕神魔一役中已毁碎。

曼唱的公子斜走两步，萧秋水也斜挪两步。

曼唱的公子看着萧秋水。

萧秋水也看着曼唱的公子。

两人都没有动，也没有说话。

但两人的杀气，都在一触间全盘地发出去！

无坚不摧，势不可当！

扬袖的公子却向萧夫人深长一揖道："萧夫人，想二十年前，孙女侠的'十字慧剑'已闻名天下，十九年前歼灭'青鲨帮'，十八年前搏杀'鳄鱼神剑'殷气短，十七年前挫'长河九子'，早已名动天下。"

萧夫人见他如此有礼，而且一一道出自己当年战功，不禁心中有好感，虽暗自警惕，但还是让他说下去。

扬袖的公子道："可笑那时……那时在下还在襁褓之中。"说完，他赧然笑了笑。萧夫人道："这点不必挂齿，长江后浪推前浪，痴长些年岁，武功修养不一定随而增添。"

扬袖的公子接道："可是在下比起孙女侠，实是末辈，孙女侠的'十字慧剑'在下虽也想见识，但深知武功造诣相距太远，实在不敢螳臂当车，只是……"

扬袖的公子犹疑了一下，终于道："唉，只是，只是受家师所命，前来讨一人同去……在下知孙女侠绝不首肯，而在下又绝非敌手，真是好生为难。"

扬袖的公子又说，"事到如今，说什么也难违家师之命，但又自度非孙女侠之敌，在下只有尽己力，向女侠讨教一二，请前辈指点便是。"

萧夫人心中暗笑：说来说去，是怕自己败了，我会伤你。当下道："那咱们点到为止好了。"

扬袖的公子又长揖道："在下情非得已，万请女侠见谅，并祈手下留情。"

萧夫人淡淡地道："你为师父做事，也是理所当然的，你亮剑吧，我绝不伤你就是。"

扬袖的公子深深地鞠躬，行礼，月色下，缓缓地拔出了佩剑。

剑作龙吟，月色下一片清亮。

萧夫人动容道："名剑'长啸'？"

扬袖的公子恭敬地道："正是。萧夫人赐教。"随剑举过顶，背躬而下，剑尖点地，正是一招"有凤来仪"。

萧夫人一见，知道对方是行晚辈对长辈之礼，当下心中也不与之为难，剑交左手，轻声道："不必多礼，你进招吧。"

扬袖的公子拘谨地道："是。"

一挽剑花，似欲刺出，突然，左手一扬，一道刀光，闪电般劈出，越过七尺距离，打向萧夫人胸膛！

这道刀光快、急、准，且令人全无防备！

萧夫人毕竟是当年叱咤风云的孙慧珊，及时一侧！

"噗！"刀入右肩，入肉七分。

萧夫人退后三步，再退后三步，月色下，容色一片惨白！

就在这时，萧秋水一分心，曼唱的公子已出剑！

剑至中途，忽然一顿，刀光一闪，又是一刀射来！

只是萧秋水已有防备，横剑一格，"叮"的一声，剑折为二，刀飞不见！

这是什么刀，竟有如许魔力？

刹那间伤了萧夫人的臂，还断了萧秋水的剑？

萧秋水立即护在萧夫人身前。

他手上已没有剑，只好握紧拳头，瞪着前面三人。

萧夫人嘶声道："你们——你们不是剑魔传人！"

那三人一齐大笑，一齐曼吟：

"天狼噬月，半刀绝命；

红灯鬼影，一刀断魂！"

曼唱的公子道："我叫沙云，你当然听过'飞刀神魔'沙千灯，他就是我们的师父。"

扬袖的公子道："我叫沙电，出手快如闪电，我们佩剑，是要你们注意剑，以为我们是孔扬秦传人，但出的是刀，我的飞刀像不像闪电？"

耸肩的公子道："我叫沙雷，我还没出手，我出手怎样，待会儿你们自然知道；还有一位沙风，他是大师兄，他来去如风，只怕早已……"

萧夫人脸色变了。

——沙家传人，共有四人，而今沙风不在，难道已进了振眉阁？

——老夫人不识武功，只怕……

萧秋水脸色也变了。

——庄外大敌来犯，看来爹那儿腾不出人手回来。

——这儿方一交手，母亲已受重伤，自己又失断剑，如何是这三人敌手？

萧夫人忽然做了一件事，她反身，掠出，到了振眉阁门前，一脚踢开了振眉阁的门！

门哗然而开，灯火明灭，里面没有人！

——人去了哪里，难道，难道已遭了沙风的毒手？

当萧夫人离开饭桌时，"权力帮"的人发动了第一次攻击，浣花派也展开了第一次保卫战。

第一次攻来了十一名"权力帮"的人，他们越过正道，翻入墙内，潜到正堂，忽然遇上了七名龙组的高手。

龙组是负责搏杀的，他们的武功在浣花剑派子弟中要算最高。

但是七名龙组的剑手都殉职了。

"权力帮"的人也不好过，只逃生了一个。

这名帮徒，翻墙，飞奔，消失在"剑庐"门前的树林子里。

然后"权力帮"又来了十七人，为首一名正是那逃回去的帮徒。

他们翻墙而入，穿过弄堂，走入大厅，再分批转入内厅，抵达七曲廊时，十六名龙组的剑手才截住他们，搏杀了起来。

这第二批的"权力帮"众，看来武功的确比第一批高明得多，搏杀了顷刻，两方面都各有死伤。

龙组退回来的有三个，"权力帮"退走的有五人。

这五人退回树林里去。

树林子里没有声。

黑暗一片。

唐大、萧西楼、朱侠武就在"听雨楼"上，静观这一切，然后唐大问了一句：

"萧大侠，院子里，院子外，至少还有七八十名高手潜伏，为何他们不参战？"

萧西楼道："没有我的命令，他们绝不参战。"

唐大等他说下去。

晚风很劲，萧西楼眉须飘飞："加上廊上、廊下、池边、池里、阁旁、阁外、轩中、轩上、室侧、室下，其实一共还有一百四十六人，唐大侠没有看见罢了。"

唐大叹道："好严密的萧府。敢问用意？"

萧西楼道："'权力帮'第一批旨在试探，看见我们人手并不多，所以有些不相信；于是派出第二批，我们的人手还是不足，只怕会相信了。他们真正的实力未出，我们的兵力又怎能显示出来？"

唐大尚未答话，忽然杀气冲天！

七十二名"权力帮"徒，踢翻了大门，了无所惧，长驱直入！

然而在黑暗里，左右两侧，各有二十四名"权力帮"徒静悄悄潜了进庄。

这左右四十八名帮徒，一看身手，便知才是武功最高的一组。

这两批人在大厅与十余名龙组杀手对峙起来，龙组杀手当然不敌，败退，到了内院，又支援了十余名龙组剑手，未几，又死伤过半，退入长江剑室！

"权力帮"徒乘胜追击，杀入长江剑室！

就在此时，局势忽然大变！

龙组剑手，本只剩下七八名，忽然间，增至五十余名，而且在壁中、灶下、屋上、室外，涌现了百余名剑手。

鹰组、犬组、虎组，俱加入战团。

"权力帮"因胜而得意忘形，深入腹地，变成了困兽之斗！

一个年轻的、精悍的、锐利的剑手走上"听雨楼"来。

年轻是他的年纪，精悍是他的身段，锐利是他的眼神，萧西楼只跟他讲了一句话："一个活的也不准留。"那青年人立即去了。

然后喊杀声喧天而起。唐大问："他是谁？"

萧西楼抚须道："龙组组长，张长弓。"

唐大只说了一句："好。"

喊杀声终于停了。

那青年又出现在楼上，只说了一句话，一句长话："来人一百二十，没有活一个回去；龙组折损二十三人、鹰组十九人、犬组六人、虎组四人。"

萧西楼点点头道："好。"

张长弓立时又去了，笔直消失在黑暗中。

唐大叹道："人说蜀中唐门龙潭虎穴，其实浣花萧家，才是铁壁铜墙。"

就在这时，外面的黑暗中走出了两个人。

萧西楼脸色立时绷紧，道："正点子来了。"

来的只有两人。

一老一少，老的在前，少的在后。

老的黝黑，少的苍白，两人走路的姿态却是一模一样的：笔挺、僵硬、冷毒如僵尸。

朱侠武开口说话了，第一次开口说话，只有一句："华孤坟！"

"百毒神魔"华孤坟！

后面跟的少年无疑就是华孤坟的嫡传弟子南宫松篁。

南宫世家本是武林名家，但最不肖的子弟就是投靠"权力帮"的南宫松篁。

华孤坟与南宫松篁慢慢走着，到了萧家大门，停了下来，再也不动了，一白一黑两人犹如僵尸一般，在夜风中衣袂飘飞，好似鬼魅一样。

然后有四个人同时出现，同时出手，同样迅速，迅速一如甫出剑剑已至！

龙组训练有素的剑手。

眼看剑要刺中这老少两人。可是四名剑手忽然无缘无故地仰天倒了下去。

一倒下去，再也起不来。

然而那一老一少仍然动也不动。

风很大，但依然繁星满天，明月如皓。

萧西楼身形一动，唐大却道："让我来。"

萧西楼摇摇头，笑道："这不是待客之道。"

唐大笑道："我不是客。"

——他们两人中，只有一人能下去。

——权力帮既然来的是两人，下去接战的也只能是两人。

——武林中有武林中的帮规，江湖上有江湖上的家法，对方既来了两个主将挑战，萧家自然也要派两名高手，这种接战的方法，从古至今，早已因袭相传。

朱侠武忽道："唐大去。他懂用毒。"

唐大笑笑："而且这里，还要你主持。"

——蛇无头不行，萧家不能群龙无首。

——但在这一句话中，可以见出纵横武林的唐大，居然不肯定这一役的生死胜败。

——任谁与"百毒神魔"交手，都难有五成以上的把握。

唐大笑向左丘超然与邓玉函道："他带来了一个弟子，你们谁愿意跟我去？"

左丘超然道："我去。"

"铮"的一声，左丘超然的咽喉立刻被一剑抵住。

出剑的人是邓玉函，邓玉函冷冷地道：

"我比你狠，我去。"

——对付"百毒神魔"的后人，一定要心狠手辣的人才可以。

——何况邓玉函的南海剑法又是有名的快剑。

唐大道："邓玉函你去。左丘，你用的是擒拿手，华孤坟的人是擒沾不得的。"

——谁沾上华孤坟，只有死路一条。

唐大、邓玉函慢慢走了下来，门虽已被捣烂，但门环还在，唐大还是伸手开了门，踱出石阶看见华孤坟、南宫松篁，在他们五尺之遥停了下来，邓玉函就站在他身后。

唐大笑道："你好。"

老人一直皱着眉，忽然展眉道："你来了。"

唐大道："是我来了。"

老人道："四川唐家可不可以不管此事？"

唐大笑道："这已是我们的事。"

老人道："听说你也会用毒？"

唐大道："会用暗器的人很少不会用毒的。"

老人傲然道："那你就死吧。"

忽然一躬身，邓玉函知道老人就要施毒，但不知如何躲避是好，只见唐大也双手插入镖囊中，神色也十分紧张！

唐大忽然双手自镖囊中抽出！

抽出的双手依然没有暗器，因为暗器已打了出去！

只听一声惨叫，不是发自老人，而是发自少年！

那少年摇摇欲坠，老人一见，立刻脸色发白。

少年原来一直站在老人身后，只见他一步一步走向前来，走了三步，停止不动，挣扎道："你……你……你怎知道我才是……才是华孤坟。"

唐大没有动，神色不变："因为我也是用毒行家，一眼便看出这老人浸淫在毒物中，不及五年。而华孤坟十年前已毒名扬天下。"

唐大向老人望了一眼，又向少年道："所以你才是华孤坟，他是你徒弟，南宫松篁，你想借他来吸引我的注意力，好趁机下毒，我佯作中计，才一击而搏杀你——！"

少年狂吼一声，挣扎冲前，唐大依然不动，华孤坟冲了两步，萎然扑地而倒，只见他的背上，嵌有七支弧形的钢镖，衣上有七摊血红。

邓玉函心中惊骇无已，唐大与华孤坟是面对面站着，居然谁也看不清楚他出手，而且一出手暗器竟绕过去打在对方背上！

只听老人颤声道："这是……这是'千回荡气、万回肠'七子钢镖？！"

唐大笑道："正是蜀中唐家，'七子神镖'！"

临空双手一抓，七枚钢镖竟自华孤坟背肉破飞而出，回到唐大手里，唐大把它放回镖囊。

南宫松篁瞪大了眼，说不出话来，唐大笑道："你要挑我，还是挑这位南海剑派的英杰，或者把你师父的尸体运回去？"

南宫松篁忽然目光闪了闪，冷笑道："至于你，我不必挑了。"

唐大大笑道："好——"突然语音一歇，一脸惊怖，看自己的双手，竟已变成紫色，骇然嘶声道："尸毒！"

南宫松篁桀桀笑道："家师殁前，已把毒布在你的钢镖上，你收回飞镖，便等于沾了毒……"

唐大一声狂吼，反手打掉自己腰间的镖囊，忽然天旋地转，眼前一黑，便已扑倒在地，不省人事。

风愈来愈急，树愈摇愈厉害。

南宫松篁慢慢把视线自扑倒的唐大收起，投注在邓玉函身上来。

邓玉函只觉一阵森冷，缓缓地把剑递刺出去。

南海剑派本来讲求快、急、诡、秘、奇五大要诀的，但邓玉函这一剑却刺得十分缓慢。

十分十分缓慢。

也因为缓慢，才无暇可袭，无处可躲。

南宫松篁的脸色变了，他想避，但剑尖如毒蛇，只要他一动，便会钉他咽喉；他想退，但剑如长弓，他一动便把他射穿窟窿！

所以他只有一拼，以毒还剑！

剑离南宫松篁胸膛前不及一尺，然而邓玉函却不敢贸然刺出去。

刺出去之后，他躲不躲得开南宫松篁的毒？

南宫松篁的眼珠闪着狡黠的光芒："你知道我是华孤坟的

弟子。"

然后又加强了一句："唯一的嫡传弟子。"

邓玉函仍聚神于剑上，没有答腔。

南宫松篁的姿势依然没有改变，笑道："家师的用毒本事你是看见的；唐先生的暗器一沾他身子，便变成毒物，毒倒了唐先生。"说着眼光望向地上的唐大，又道：

"唐先生中毒，而你却和我在这里耗着。"

邓玉函仍然目凝于剑，南宫松篁额上隐然有汗：

"家师已死，我却无意把他抬回去，天生人、地葬人，那是最适合不过的归宿了。"

然后又紧盯着邓玉函的剑道：

"你一剑刺出，未必躲得过我的毒，我也未必躲得过你的剑。"

随又吞了口沫液，道："而我只想一个人走回去，你却可以扶唐先生回去医治。"

——唐大不知生死如何？但再这样拖下去，则是必死无疑。

南宫松篁双目紧盯剑尖，道："要是你同意，收回你的剑，我先走，你再走，要是不同意，请出招！"

然后他就全神贯注，一句话也不说了。

邓玉函的剑尖凝在半空，好一会，一寸、一寸、一寸地收回。

南宫松篁好似松了一口气，双手一挥，转身就走，汗水已湿透背衫。

邓玉函的剑点地而立，一直等到南宫松篁消失在黑暗中后，全身绷紧的肌肉才告放松，差一点就站立不住。

刚才那一场对峙，太耗精神、体力了。

邓玉函提剑，欲将剑还鞘，月色下，忽然有一种很奇异的感觉。

他跟萧秋水三年，三年来，萧秋水每逢在事情发生前，都有一种很奇异的触觉，邓玉函跟萧秋水一久，也感染到这种特性。

就在这时，月映照在剑上，发出一种很奇异的光芒。

不是剑芒，而是青芒。

邓玉函心里一凛，定睛看出，只见自剑尖始有一股隐似流水一般的东西，慢慢渡过剑身，向剑柄上蔓延来！

这似液非液、似固非固的东西，在月色下，是暗青色的。

邓玉函举剑一照，才知道这暗青色的东西，竟是千百只蠕动、爬行着的毒虫！

蛊毒！

南宫松篁在临走前挥手间布下了苗疆蛊毒！

邓玉函心里发毛，"嗖"的一声，长剑脱手射出，划过夜空，折入林中，他猛扶唐大，发足就跑回"剑庐"，再也没有回头。

——他心中在暗叫侥幸，要是不仔细看，还剑入鞘，蛊毒岂不是都到了身上？

华孤坟倒下的时候，萧西楼心中又是欢喜，又是敬佩。

——华孤坟死了，厉害的对手又少了一个，心里自是喜欢。

——敬佩的是对唐大，要是自己下场，注意力全集中在那老者的身上，恐怕早已给百毒神魔毒倒了。

就在此时，唐大也倒下了。

萧西楼惊骇无已，正欲下去接应，但朱侠武一把抓住他。

——不能下去，你一下去，敌人便知道我们的底细；而且这边下一个人，对方也正好多派出一人。

——这样反而会害了唐大的性命。

然后便是邓玉函与南宫松篁的对峙，跟着是南宫松篁的退走，邓玉函的撤剑，接着下来是邓玉函抱着唐大，飞奔入门，直上"听雨楼"。

萧西楼瞧得一颗心，几乎飞出口腔外。

萧西楼一把脉，脸色一沉，把三颗颜色不同的药丸，塞入唐大口中，唐大已奄奄一息。

萧西楼只说了一句话："玉函，你扶唐大侠进'黄河小轩'，给他歇着，替他护法。"

邓玉函道："是。"即退了出去。

左丘超然不禁问道："唐大侠伤势如何？"

萧西楼长叹一声，满目忧戚："五成把握。这儿能治百毒神魔奇毒的，实只有唐先生一人耳。我的三颗药丸，一是压毒性发作，二是增加内息，三是催动唐先生转醒；只有在唐先生苏醒后，才有办法迫出毒性。"

随后又道："唐先生一会必定转醒，有玉函护法，则要看唐先生自疗了。这……这只有五成把握。"

黑暗处忽然一声厉嘶、狂嚎，宛若野狼嗥月，十分凄厉，三嘶过后，声音一歇，一盏红灯亮了出来，一个人提灯走了出来。

人在灯后，灯光血红。

灯火刺目，人看不见，萧西楼动容道："天狼噬月，半刀绝命；红灯鬼影，一刀断魂！——沙千灯！"

萧夫人脸色变了，厉声问："老夫人在哪里？！"

萧秋水从来没有见过他母亲如此紧张，沙云、沙雷、沙电却曼声笑了起来。

萧夫人脸色煞白，提剑冲了过去，沙雷、沙电立时包抄了上来。

萧秋水赤手空拳，却遇上了沙云。

萧夫人若没受伤，沙雷、沙电不是其敌，但受创于臂在先，要面对两支雷电快刀，就力不从心了。

萧秋水的武功不在沙云之下，但是他没有兵器。

没有兵器，在沙云诡异离奇的飞刀下，简直欺不近去，只有挨打的份儿。

何况萧秋水还分心于萧夫人的困境。

只听萧夫人闷哼一声，腿上又着了一刀。

沙雷的飞刀。

沙电的刀诀在快，沙雷的刀诀在力。

沙电的刀伤口迸裂，沙雷的刀剑口深邃。

萧夫人倒下，萧秋水狂吼一声，使出至刚至急的"铁线拳"法。

"铁线拳"原为萧家老大萧易人所创，劲道急猛，萧秋水一轮攻下来，竟使沙云腾不出手来发飞刀。

萧秋水一口气攻出七八拳，反身一扑，拦在萧夫人身前；沙云、沙雷、沙电也不急，曼声笑着，分三个方向，包围了萧秋水母子。

沙云笑道："天狼噬月——"

沙雷曼声道："半刀绝命——"

沙电长吟道："红灯鬼影——"

——萧氏母子已退无可退，一无兵器，一受重伤，他们决定同时出刀，把这母子毙于刀下。

——他们准备一吟出最末一句"一刀断魂"，便三刀齐射！

红灯挑出，如血债动，灯后的人，却一动也不动。

萧西楼道："我去。"

这时忽然一道闪电。

明月当空，繁星如雨，风劲夜沉，何来闪电？

电闪过后，场中便多了一人。

萧西楼认识这人，失声道："孔扬秦！"

三绝剑魔孔扬秦！

是剑光，不是电光！

萧西楼望向朱侠武，朱侠武点了点头，在夜色里，他大步跨了出去，深厚的步伐一旦开始，便似跟夜色融成一体，便绝不停止。

朱侠武一直走下"听雨楼"，走出"剑庐"。

萧西楼轻声道："超然。"

左丘超然趋近道；"是。"

萧西楼平静地道："夫人和秋水，一直没有回来，只怕'振眉阁'亦有事故；唐先生和康神剑都受了重伤，劫生和玉函要去照料。我和朱大侠下去，此战胜负，殊难预料……这儿，就暂时由你照顾了。"

左丘超然眼眶潮湿了，涩声道："伯父放心。"

风大、星繁，萧西楼低头望去，只见朱侠武正穿过大门，走下长阶，走向门外；门外黑暗中，相隔七尺，各立一人，一个提红灯如血看不清楚，一个持长剑如雪默立，既没有说话，也没有动静。

萧西楼的手紧握了一下剑柄，一挺胸，一扬袖，大步走了下去。

第柒回

刀剑双魔

　　萧西楼与朱侠武并排着，相隔是七尺之遥。萧西楼面对孔扬秦，朱侠武面对沙千灯，相隔也是七尺。沙千灯与孔扬秦，相隔亦是七尺之遥，并排而立。

　　四个人都没有说出一句话。四个人静静地立着。

沙云、沙雷、沙电正要出手，这出手将是必杀的一击！

萧氏母子退无退路，连招架的力量与兵器，皆无！

沙云、沙雷、沙电同时喊出："一刀断魂！"

正在此时，一道人影，一道剑影，忽然而至！

剑光极快，沙云看见剑光时，剑光已冲破他的防线，没入他的胸腹之间！

沙电看见剑光时，剑尖是从沙云背后冒出来的！

这剑穿透沙云的背，但来势仍一样快！

沙电有名是刀光如电，他一刀掟出，刀却插入沙云背后，而剑光如电，又"嗤"地刺入他的胸膛！

沙电惨嘶，他濒死前，仍没有看清楚敌人的容貌。

人影直扑沙雷！

沙雷立时发出一刀！

这一刀命中来人，但来人依然扎手扎脚扑了下来，沙雷闪躲不及，"砰"地跌在一起，撞得脸青鼻肿。

等他睁得开眼时，推开压在身上的人，才知道是一具死尸。

这尸首是沙风的尸体。

沙风在未中他飞刀前已经死了，咽喉穿了一个大洞，是被人一剑刺死的。

沙雷骇然道："老大、老四，你看老二……"声音突然噎住，因为他看见沙云、沙电已不再是活人了。

只不过一瞬间，他们所向无敌的沙家四兄弟，居然只剩下了他一人，这惊变来得太突然，突然得让沙雷忘记了悲痛，只有惊怖！

沙雷看见场中忽然多了一个人，月色下，只见这个高大、微驼、苍老的妇人，站在场中。

这沙雷忽然觉得头皮发炸，全身发毛，因为这平凡，甚至长相有些愚蠢的妇人，手中拿了一柄剑。

这一剑在手，再看这妇人，却是完全不同的一种模样，同样的脸孔，却给人一种恐怖的感觉。

不仅沙雷惊骇，连萧夫人、萧秋水都感到惊诧。

他们断未料到来救他们的，一剑杀二沙、三死一伤，出剑如风、电光石火间的高手，竟是老夫人房中，那笨拙、沉默的老仆——张妈！

张妈出剑时，剑芒通白，而今静立时，剑身全黑，江湖中只有一把这种剑，名叫"阴阳剑"。

"阴阳剑"轻若鸿毛，所以出手尽可发挥，而使这把剑的人是一名隐侠，叫作张临意。

这张临意武功奇高，据说他的剑法都是即时对敌而创，随意发挥，加上一柄写意妙诣的"阴阳剑"，更是如虎添翼，有人说他的剑法，甚至已在当今七大名剑之上。

张临意出道极早，但性格偏激，出手极辣；中年因痴于剑，而忘于情，竟于练剑时误杀其爱妻，事后悔恨交加，几成痴狂，时常装扮成其妻的装束，放荡江湖，后来便没了声息，据说终为高人所收，戾气尽去，但"阴阳剑客张临意"七字，武林中人仍然闻之无不动容。

但是谁也没想到，这高大、苍老、驯服的仆人，竟然就是当年名动武林的张临意！

老夫人不会武功，然而她的仆人却是武林名宿，这是连萧夫人都意料不到的。

所以一时连萧夫人也不知该如何说是好。

张临意木然地站在月色下，然后缓缓地转过身子，望向沙雷！

沙雷魂飞魄散，掏出飞刀，心里一慌，竟连刀都掉落在地上。

——这样的飞刀，又怎样伤得了人？

忽然一个声音，慈祥而带庄严："张妈，饶他不杀吧。"

这人还是把这大名鼎鼎的剑客张临意叫为"张妈"，但张临意一听声音，立即垂下了手，而且垂下了头，剑忽然不见了，又变成了个拘谨、沧桑、迟钝的老仆人，毕恭毕敬地道："是。"

说话的是老夫人。

老夫人慢慢踱出来，看见萧夫人，走过去扶持，怜惜地说："萧夫人，为了老身，使你受伤，老身真无以为报……"

萧夫人勉强笑道："晚辈等保护夫人不力，反幸得张妈……张老前辈拔剑相助，晚辈实在愧煞……"

一直到现在，萧秋水才肯定了一件事。

就是"权力帮"不全是冲着他来，甚至也不是为他结下梁子而血洗浣花剑派，而主因看来是为了这令人庄重、敬仰、亲切的老夫人，"权力帮"才不惜动用重兵，吸住大部分的高手注意在外边，然后再派遣高手，潜入内府，掳劫老夫人……萧秋水肯定了这点，才比较心安。

这老夫人究竟是谁呢？

老夫人道："张妈，请这小友说几句话。"

张妈躬身道："是。"转身向沙雷问："你们一共来了几人？"

沙雷咬紧牙关，没有作声。

张妈也没什么，只是重复再问了一句，"你们来了几人？"这语音也没有异样，然而却令人忽然生了一股肃杀之意，毛骨悚然，只听沙雷颤声答：

"三百……三百六十多人。"

张妈道："是些什么人？"

沙雷道："家师、孔护法、华护法各带了帮中一百名子弟，还有六十余人，是我们四兄弟、南宫世兄，以及孔护法三位弟子的友人。"

张妈道："主帅就只是沙千灯、孔扬秦、华孤坟三人么？"

沙雷道："是。"

张妈忽然冲近，沙雷大骇，出刀，张妈剑锷就顶撞在沙雷腹间，沙雷负痛，刀歪飞去，抚腹痛不欲生，嘶声道："张临意你……"

张临意道："你说谎。"然后又道："没有人能对我说谎。"接着道："我再问你一次，'九天十地，十九人魔'来了几个？"

沙雷抬头，猛见张临意的目光，突打了一个冷战，嗫嚅道："已来了四个……"

张临意厉声道："将来的呢？"

沙雷垂了头，道："还有一个。"

张临意点头道："是了。我道李沉舟要毁萧家，破浣花剑派，掳老夫人，怎只会派三个来……另外两个是谁？"

沙雷震了一震，道："我不知道。"

张临意忽然静了下来。这一静下来，沙雷如电击一般，慌忙叫道："我……我真的不知道。我只知道已来的是'无名护法'，快来的是'打洞护法'，他们俩，我……我真的没有见过！"

护法其实就是人魔。在江湖上称"十九人魔"，在"权力帮"中却称为"上天入地，十九神君"。

这"十九人魔"中，有两个人，一个无名无姓，无踪无迹，除十九人魔自身外，也不知其人是谁。

这人就叫"无名神魔"。

——无名的往往比有名的更可怕。

——有名的杀了人，怎样杀的，杀的是谁，总会有人知道；无名的却就算杀了你，你也不一定知道是谁干的。

至于"打洞神魔"，人人都知道他叫左常生，但不知他因何叫"打洞"。

因为跟他交手的人，全都死了。

张妈紧接地问了一句·"来了的是谁？"

沙雷道："'无名护法'。"

——那要来的是"打洞神魔"了。

张临意的脸色忽然沉重了起来，是不是因为这个敌手，实在是太厉害了？

张临意终于道："你去吧。"

沙雷站了起身，只觉繁星如雨，皓月当空，天下之大，却无所容身。

他泄露了"权力帮"的秘密，就连师父沙千灯，也容不得他。

老夫人淡淡说了一句话："要是你觉得无所适从，那就留在我身边吧。"

老夫人这淡淡的一句话，却像一块磁铁一般，把沙雷心中的飞刀吸引了过去，沙雷就为了这一句晴如青天、响如霹雳般的一句话，一屈膝，就跪在老夫人面前，仿佛有了真正的依靠，再也不走了。

老夫人也没说什么，只是微笑着，轻轻地扶了他起来。

沙雷留在老夫人身边，会不会背叛？大家却因老夫人一句亲切严穆的话，都没有也不必想到这个。

——老夫人的话有那么大的威力，老夫人到底是谁？

老夫人道："张妈，萧夫人受伤了，你替她治疗一下。"张临意的"天香续命胶"是名闻江湖的伤药。

张妈恭声道："是。"

萧夫人脸白如纸，依然强笑道："我不碍事。'观鱼楼'中还有一位康先生，中了华孤坟的毒，还请张前辈劳顾一下。"

张临意道："好。"随后又有些犹疑，老夫人曼声道："你去吧，敌人已退，你不用老照顾我。"

张妈依然恭敬地道："是。"

老夫人向沙雷一招手道："你跟我来……"

萧秋水向他母亲问了他终于禁不住要问的一句话：

"娘，老夫人到底是谁？"

萧夫人却忽然向张临意道：

"张前辈，'观鱼楼'在回廊前方左侧，转弯就到……"话未说完，便仰首倒了下去。

萧秋水急忙扶起，惊叫道："娘！"

张临意只看了一眼，便道："我先救她，再去观鱼阁。你抬你令堂大人先进'振眉阁'"。

——男女授受不亲，虽然在年纪、名气上，张临意作为前辈都绰绰有余，但要治伤，还是有老夫人在场最好。

——萧夫人一连挨了两记飞刀，先前硬是强撑，挺到最后，终于晕倒过去。

萧西楼与朱侠武并排着，相隔七尺之遥。

萧西楼面对孔扬秦，朱侠武面对沙千灯，相隔也是七尺。

沙千灯与孔扬秦，相隔亦是七尺之遥，并排而立。

四个人都没有说出一句话。

四个人静静地立着。

——红灯之后是什么？

人？鬼？或幽灵？

二十八年前，自从一家平平实实敬业乐业的镖局，在一夜间十八口全被飞刀钉死后，他便盯上这沙千灯。

对沙千灯这种人，不是收回己用就是诛杀，与他交朋友，等于与虎同眠。

至今，二十八年前枉死在沙千灯手下的人，又何止于灭了一千盏黑夜里的明灯。

朱侠武脸色如一块铅铁！

沙千灯也极聪明，七年前，便投入了"权力帮"。

加入了"权力帮"，不仅有了权力，而且有了地位，况且连武力也都增进了不少。

朱侠武能否在飞刀钉入他心房前杀沙千灯？

沙千灯，"天狼噬月，半刀绝命；红灯鬼影，一刀断魂！"四年前，沙千灯杀了"日月双钩"梁发梁大侠，两年前，沙千灯也是以一柄飞刀，搏杀了"长春剑"邵荒烟。

然而邵荒烟与梁发的武功，与传说里的朱侠武相去并不远。

红灯，红灯背后，到底是什么？

铁脸，铁脸的心里在想些什么？

怕？惧？还是杀？！

二十八年前，当他第一次出手起，他就知道，他被一个极厉害的对手盯上了。

这对手就是朱侠武。

他跟朱侠武无冤无仇，他不知道为什么朱侠武跟他过不去。

朱侠武的武功深不可测，他最多只有五成的把握可以一击搏杀他。

没有八成以上把握的事，他绝不干。

有一段时候，他被这"铁衣、铁手、铁脸、铁罗网"的追踪下，几乎要崩溃了，要疯狂了。但他没有癫狂，反而加入了"权力帮"。

有权力就有安全，他终于舒了一口气。

但是他随后又发现，朱侠武还是没有放过他，只是追缉得更加小心罢了。

他到现在还是想不通朱侠武为何要跟他为难，他确知自己从未误杀过这朱侠武的人。

这次"权力帮"大举歼灭浣花萧家，他自愿前往，就是因为知道萧西楼与朱侠武有深厚的情谊。

　　他再也无法忍受这样一个敌人的存在，所以他要先毁掉敌人，不单要毁掉这个敌人，而且要毁掉这个敌人的羽翼、利喙！

　　只是他毁得掉吗？

　　朱侠武站在那里，一动也不动，谁知道他在想些什么？

　　——铁脸的心里，究竟在想些什么？

　　萧西楼随意站在那里，剑依然垂荡腰间，剑锋依然在鞘里，没有亮出来。

　　——然而孔扬秦却知道萧西楼已拔出了剑！

　　——萧西楼本身就是剑，他的人已发出了剑气！

　　——他随随便便地站在那里，你只要半步走错，他的剑刹那间便可以刺穿你三四十个窟窿！

　　孔扬秦站在那里，低头沉思，剑已出鞘，剑尖点地，看来就像一个仗剑冥想的高人隐士。

　　剑身透亮如雪。

　　——然而萧西楼却知道，这样的一个姿势，随时会变成一击必杀的攻势，或变成天衣无缝的守式！

　　——萧西楼谙天下三十七种剑法，使用过四十二柄名剑，创过七套剑法，但仍想不出有一招、一剑、一式，可以破掉这个战姿的。

　　火光冲天而起。

　　火光自树林子里，直烧到萧家剑庐，其速不可夺，其势不可攫。

喊杀冲天。无数人影，冲上城楼，冲上门内——显然这才是"权力帮"全力一击！

萧西楼、朱侠武已面临大敌，萧夫人、唐大、康出渔又分别受伤、中毒，浣花剑派如何能封杀权力帮的这次大进攻呢？

四处已起火。

萧西楼、朱侠武居然神色未变。

萧秋水自"振眉阁"出来，与张临意一同走着，抬头就看见火光冲天，喊杀震天。

萧秋水驻足，张临意只抬了抬头，淡淡地道：

"你爹自会料理，要是浣花派连这也应付不过去，那也命中该绝了。你快带我去'观鱼阁'。"

萧秋水觉得一阵赧然，又有一阵怒意，心下忽然要决定什么似的，道："张前辈，在下先领你去医疗康先生，至于浣花剑派的事，就算我派应付自如，但在下作为浣花弟子，当然要去同生共死，荣辱与共，哪有一个人独保平安的事！"

张临意回头看了萧秋水一眼，眯着眼睛笑道："好。"走了几步，忽又道："近十年来，你是唯一敢与我顶撞的后辈。"

萧西楼动了，踏前一步。

这一步踏得三分实，七分虚，趾偏内，跟侧外。

孔扬秦却退了一步。

这一步退得七分虚，三分实，脚掌借力，趾虚点。

萧西楼、孔扬秦这一退一进，身上的姿态却全无改变。

萧西楼忽一步踏宫位，一步转巽位。

孔扬秦忽一步入震位，再一步走乾位。

萧西楼忽前三步，后退半步，再急走五步，后退二步半。

孔扬秦再快走七步，一足立，一跳一跪，再猛然站起。

两人步法加快，快得令人看也看不清楚，而且步法愈来愈复杂，然而上身的姿态丝毫没有改变过，而且绝对没有触及对方与朱侠武及沙千灯。

两人又忽然一停，孔扬秦怪啸一声，往后一翻，飞鸟投林，掠入黑暗的树林里去，不见了。

树林为何黑暗？本不是火光冲天吗？

在萧西楼与孔扬秦急速转换步法之际，朱侠武与沙千灯依然对峙着。

红灯愈来愈炽：朱侠武你为何还不分心？！

火光愈来愈烈：朱侠武你为何还不出手？！

沙千灯期待朱侠武心乱，心一乱，便动手，就在敌人一欲动手时，正是攻守间最虚弱处——沙千灯便有把握一刀令朱侠武绝命、断魂！

朱侠武一张铁面，在火光中闪动，依然没有表情。

他像望着灯笼，也像望着灯后，这渐炽的红灯，与更盛的火光，似对他的眼睛毫无影响。

不过沙千灯知道自己手上这盏灯，曾使过十九位武林高手迷眩，七位武林高手瞎了眼，被他出手一刀，断魂绝命！

——然而朱侠武为何不为所动？！

火光愈来愈炽，旁边的萧西楼与孔扬秦愈走愈快，沙千灯的心头竟紊乱了起来。

这时候又发生了一件事。

剑庐的起火处竟似奇迹一般地熄灭了。

火头是被扑灭的。

到处都是水花，看情形浣花剑派早有准备，有七八十名佩剑的女子，拿着水桶，到处浇水。

而冲进去的帮众，现在又争先恐后地夺门而去：

出来的人数还不及原先冲进去的人数一半之多！

沙千灯已然心乱：

——我那四个徒儿怎么还不见出来？！

——我们在这里绊住这两个老怪，究竟要绊到几时？！

剑庐的火光熄了，树林子里的火光也灭了。

沙千灯发现一件更可怕的事，他想用红灯来吸引朱侠武的注意力，现在红灯反而成了他的累赘，在黑暗中，朱侠武的打击点只集中在红灯之后。

就在刚才他心思杂乱时，这种局势便已易换过来了，现大势已成，再也扳不回来了。

更可怕的，是沙千灯又发现了另一件事。

孔扬秦竟已走了。

场中只留下了他。

萧西楼已缓缓转身过来了。

——他不能动，不能转而面对萧西楼。

——因为他知道，只要他一回身，朱侠武的铁罗网，便会罩住自己；朱侠武的铁手，便会扼断自己的咽喉。

——要是他不回身，又如何去应付萧西楼的剑？

——那可是浣花剑派掌门人的剑！

朱侠武要出手了，他知道沙千灯心已乱。

他见过一位剑法高绝、名气甚至在当世七大名剑之上的"九天神龙"温尚方，却因为他妻子在一旁赌气，以致乱了心神，被一名全不谙武功的蛮徒击倒。

现刻朱侠武已有绝对的把握。

但就在此时，忽然"波"的一声，鲜血飞溅，天乌地暗！

沙千灯手上的红灯笼突然迸裂，溅出乌黑浓烈的液汁，只听萧西楼惊呼疾闪道："遍地火红。"

"唰"的一声，又亮起了火光。

火光在萧西楼手里，亮的是火折子的光芒。

沙千灯已不在，他牺牲了仗以成名的手中红灯，在萧西楼、朱侠武闪躲那恶臭的浓汁时，沙千灯已走了。

朱侠武、萧西楼对望了一眼，没有说话，信步向剑庐走回去。

然而他们的心中，却感觉到晚风出奇地凉，星夜出奇地美丽，萧家剑庐，更是出奇地亲切，因为他们击退了平生之大敌，而且还能安然无恙地回来。

生命、生存毕竟是让人欢歌的事。

萧西楼与孔扬秦，都是当世七大剑手之一，与康出渔、辛虎丘等齐名。

然而这一役，萧西楼与孔扬秦都没有动过剑。

他们动的只是步法，因为真正的剑手，使的当然不只是剑，步法，身法，气概，眼神，等等，无一非配合恰当不可。

稍有配合不当便只有死。高手相搏时，绝不允许有任何疏忽。

萧西楼、孔扬秦的一役，孔扬秦显然是败了，可是却不是败在步法，而是落败在主客之间的纵控上。

萧西楼比孔扬秦快了一步，所以萧西楼走下去，孔扬秦就只好跟，一个主动，另一个只好被动，再这样跟下去，破绽是一定露出来的。

然而萧西楼已然发动，孔扬秦只有跟上。

不跟只有速死。

跟下去也是死。

——萧西楼之所以马上取得主动，系因孔扬秦太看重萧西楼那未出鞘的剑，所以反被萧西楼的步法所牵制。

—— 一个真正的剑手，怎能只着重对方的剑而已?

所以孔扬秦只有败。

他立即翻身逃走，连看都没有再看一眼。

他这个决定只要再迟半步，气势俱为萧西楼所制时，就算要逃也来不及了。

当机立断，正是一代剑手的本色。

萧西楼与孔扬秦，当世二大剑手决斗，却未动过剑，然而朱侠武与沙千灯，正邪二道两大高手决斗，却连动都没有动过。

然而沙千灯却败了。

他的姿态仍无瑕疵，他的飞刀仍一击必杀，可是他的心却乱了。

他的心一乱，一击必杀的反而是朱侠武。

他一旦发现了此点，立即毁灯而逃！

当机立断，也是一代飞刀高手的气概。

真正打得翻天覆地的，反而是"权力帮"徒与浣花剑派的
弟子。

"权力帮"收拾残余，全力用火攻；不过浣花萧家，早已料
到这点，集全部兵力，并早有蓄水，火来水灭，没有了火，"权力
帮"的火焰也正如遭倾盆大雨一般，淋湿了，扑灭了。

浣花剑的子弟们虽死伤不少，但"权力帮"的这次侵略，终
于被打散了、击退了。

他们再也没有能力收拾、重振、再攻。

萧西楼、朱侠武回到"听雨楼"时，看着力战而疲的左丘超
然，脸上的神色是欣慰的、愉悦的。

浣花剑派的弟子并没有让他们失望——他们不在的时候，浣
花剑派也仍然打了 场轰轰烈烈的胜仗。

康出渔的脸色更白，眉心一团紫乌之气更浓，百毒神魔华孤
坟的毒，确是厉害！

康劫生双目红肿，跟张临意说话时，几乎眼泪都要掉下来了：

"张前辈，您一定要设法救救我爹！"

张临意不耐烦地挥挥手，萧秋水过去扶住了康劫生，康劫生
掩脸痛哭！

张临意一直把着康山渔的脉，把了好久，又松开手，沉吟
了好久，又把住康出渔的脉门，把了好久，再松开手，又沉吟了
好久。

张临意再沉吟了好久，终于长叹了一声，问道：

"他中的是华孤坟的毒？"

康劫生肯定地点了点头，张临意叹道："华百毒的毒又精进了。"

接着又把了一会脉，终于松手，自怀里取出红、白、黑三颗药丸，道："只好先服这'三生莫还丹'试试，泡在酒里，烘热调好，才可以食用。"

萧秋水和张临意走出"观鱼阁"时，心情都是沉重的。

他们在"七回廊"处分手，张临意赶去"振眉阁"，萧秋水则赶去"听雨楼"。

浣花萧家位于成都浣花溪上游百二十四亩半地，占地极广，楼阁亭台，连绵不断，所以当两军冲杀时，在浣花剑派十面埋伏下，除了那四名沙千灯亲传弟子，别人根本攻不进来，也没有被火焰波及。

萧秋水要走到"听雨楼"，还需一段路。

就在萧秋水要经过"见天洞"时，萧秋水忽然有一种很奇怪的感觉。

那感觉很奇异，也很微妙，就像是邓玉函面对南宫松篁时一样，但又说不出来是什么感觉。

这时萧秋水正好走到回廊弯角处！

骤然剑光一闪！

黑夜沉沉，剑如旭日！

剑如日芒，其快如电！

　　这一剑来得如许突然，如许快速，按理说，萧秋水是绝对避不开去的。

　　可是萧秋水因为那奇异的感觉，所以提防了一下，这一剑迎面刺到，要把萧秋水的眉心刺穿！

　　剑已扑面，萧秋水不及拔剑，不及闪躲，亦不及退后，却及时一个大仰身，间不容发地袪过一刺！

　　这人的出手不在萧秋水之下，出剑在先，萧秋水虽不及拔剑，但仰身还是来得及的！

　　但下一招就来不及了！

　　这人一剑顺势刺了下来！

　　萧秋水既无法招架，又因势尽不能闪躲，人急生智，居然一张口，用牙齿咬住了剑锋！

　　这人一怔，万未料到萧秋水接得下这一剑，心里一慌，猛抽剑身退！

　　其实这一下，十分微妙，萧秋水张口咬住剑锋，是铤而走险，最后一着，对方以为这一剑萧秋水确实避不过去，所以也没用全力，萧秋水才能一口咬住。

　　但只要对方顺势一扳，或用力一扎，以萧秋水的功力，牙齿必衔不住剑锋，乃必死无疑。

　　只是对方见萧秋水居然如此潇洒，竟用牙齿咬住剑锋，一时觉得莫测高深，心里一慌，竟抽剑护体，反身就逃！

　　这人出剑快，身法更快，一转身，便消失在黑暗处了，萧秋水才从大仰身中弹身而起，惊出了一身冷汗。

　　萧秋水除了疑虑以外，心中更有了一个决定，那就是要在他有生之年，必须要创出一招奇剑，能够在刚才的情形下照样出剑，而取胜敌人的剑招。

这人在转角处出袭，其时天暗，又无火光，一招不中，再发一招，随后便走，全不留痕迹，萧秋水在惊魂之中，也没看清对方是谁，甚至连男女也分不清。

萧秋水很快发现，伏在此处的一道暗桩，两名犬组剑手，已被人刺杀于回廊之底。

这人到底是谁呢？

萧秋水要去"听雨楼"，"黄河小轩"是必经之地，萧秋水一个人走着，但他知道自己不是一个人。

浣花剑派虎组的高手都分批潜伏在附近每一角落中。

浣花剑派之所以能名列当今武林三大剑派之一，绝对不是侥幸得来的。

萧秋水想到这里，突然听到一声惨叫！

声音自"黄河小轩"那边传来！

萧秋水立时展身法，就在这时，他已听到叱喝声与交手的声音。

叱喝到了第三声，萧秋水已到了现场。

刚到现场，萧秋水就完全震住！

第捌回 有朝一日 山水变

　　明月如水。萧秋水辗转难眠，虽是悲愤的，但却有一股箫声似的悦意，自古远的楼头里传来。他心中老是忆起一首畲族的山歌，那歌词是这样的：郎住一乡妹一乡，山高水深路头长；有朝一日山水变，但愿两乡变一乡。

"黄河小轩"前面有座小亭，浣花溪中游，打亭下流过。

有一个人，盘膝坐在亭上，面对溪水，像是运气打坐。

——可是这人再也不能运气打坐了。

因为他的背后第七根脊椎骨处，已被人一剑刺了进去，剑还未完全拔出来之前，这人已经死了。

这人不是谁，正是唐大!

四川蜀中，唐门唐大!

唐大被暗杀了!

对方背后一剑，刺中要穴而死。

唐大居然死在锦江成都，浣花萧家，剑庐内院，黄河小轩前的小亭中。

萧秋水只觉得一股热血上涌，唐大的话语言犹在耳：

"萧大侠，你赶我也不走了，我与你的儿子已是朋友了。为朋友两肋插刀，在所不辞，这是古已有道的。"

然而唐大却死了。

萧秋水心如刀割，大吼一声，冲上去猛地夺过一名虎组剑手的剑，就加入战团!

庭院里，邓玉函脸白如纸，剑出如风。

南海剑法一向是辛辣的，南海门下子弟大都是体弱的。

邓玉函出剑之际，已闻喘息之声，却并非因为体力不支，而是因为愤恨!

邓玉函的对手是一位披着黑纱的黑衣人。

无论邓玉函的剑法如何辛辣，如何歹毒，总是伤他不着，黑衣人腾挪、闪跃、急纵、飘移，在邓玉函的剑下犹如蝶飞翩翩。

所以驻扎在"黄河小轩"的八名剑手，有一名已奔去急报萧西楼，另外七名出剑围剿来人。

萧秋水一来，便夺了一柄剑，剑气立时大盛！

萧秋水一出剑，一剑直挑，其势不可当！

那黑衣人猝不及防，吓了一跳，猛地一侧，那姿态十分曼妙，就像是舞蹈一般，然而脸上轻纱，还是给萧秋水一剑挑了下来！

这脸纱一挑下来，萧秋水、邓玉函却是呆住了。

脸纱挑开，发束也挑断了，那黑瀑似的柔发，哗地布落下来，在星光下，黑的白的，这女孩的目色分明；在月光下，明的清的，这女孩的容华清明如水。

这女孩是愤怒的，但是因为嗔怒而使她稚气的脸带了一股狠辣的杀意。就在这惊鸿一瞥中，萧秋水只觉左臂一阵热辣，已着了一镖！

萧秋水心里勃然大怒，脑中轰地醒了一醒，心中暗呼——萧秋水啊萧秋水，你见到一个容色娇秀的女子便如此失神，如何临泰山崩而不变色，怎样担当武林大事！

这时邓玉函已和那女子斗了起来，在黑夜里，那女子身法转得极快，武功绝不在萧夫人之下，但已看不清那绝世清亮的容色。

忽然之间，邓玉函长剑"呛"然落地，三枚飞蝗石震飞了他的长剑！

南海剑派以快剑成名，但这女子居然用暗器击中疾刺时的剑身，这种暗器眼光、手法、速度，绝不在唐大之下。

萧秋水却立时冲了过去，丝毫没有畏惧！

萧秋水冲过去的时候，以这女子的身手，至少有三次机会可以使暗器搏杀他的。

但在萧秋水冲近来的时候，冷月下，猛照了一个脸，这女子认得他，他就是那个挑起她面纱的男子。

她在一个古老的家庭世族长大，然而很早已跟兄弟姊妹们出来江湖走动，在她幼小的心灵中，听过很多传说，更听过美丽女子出嫁的时候，红烛照华容，深院锁清秋，那温柔的丈夫，正用小巧的金钩子，掀起了美丽妻子脸上垂挂的凤冠流苏。

……故事后来是怎么，她就不知道了，然而这故事依然动人心弦。而今这陌生、激烈、英悍的男子，却在月色下，用一柄长剑，挑开了她的面纱。

这女子心弦一震，竟迟了出手，这一迟疑不过是刹那间，然而这刹那间却使她放弃了三个绝好的出手机会，萧秋水已冲了过去。

暗器只能打远，不能打近，萧秋水一旦冲近，这女子的暗器便已无效。

萧秋水一拳击出！

这女子双腕一掣！

这女子的武功，却远不如她的暗器，手法虽然巧妙，但因事出仓促，不及萧秋水力大，反肘之间，这女子双臂一麻，萧秋水用另一只空着的手，一掌推出！

这只手原给这女子射中了一镖，萧秋水正想用这一只手讨回一个公道。

萧秋水这一掌推出去，这女子便躲不了。

萧秋水这掌是仇恨的，唐大不单是他的长辈，也是他的朋友。

没有人可以杀萧秋水的朋友。

谁杀了萧秋水的朋友，萧秋水就要和他拼命。

当日"铁腕神魔"溥天义的部下"无形"杀了唐柔，萧秋水也和溥天义拼命，合左丘超然、邓玉函之力，把溥天义杀于九龙奔江之下！

萧秋水全力一掌撞出，眼看击中的当儿，脑中却是一醒：他闻到一种淡淡的，如桂花般，在月色下，似有似无的幽香。

就在此时，萧秋水又与那女子打了一个照面。

这女子黑白分明如黑山白水的眼眸。

这女子白皙的鼻梁挺起美丽的弧形。

这女子拗执坚强而下抿的唇。

萧秋水一震，不是因为这女子的美丽，而是因为这女子，像跟他十分熟悉，跟他咫尺亲近，但又似从未谋面，天涯般远。

这女子确是一名女子，这虽然无关宏旨，但在萧秋水的内心里，却如箫声一般，在深夜里的楼顶传来，悲恸无限。

萧秋水颓然一叹，猛地收掌。

也许因为她是女子，萧秋水的掌不愿意击在她的胸脯上。

就算他要这女子死，他也不要败坏这女子的名节；虽然他并不知道，这女子因为他而丧失了三次杀他的机会。

萧秋水绝不是彬彬君子，而且更不是不近女色的圣贤高士，他跟左丘超然、康劫生、铁星月、邱南顾、邓玉函几位兄弟，也常在闲谈中谈起女孩子。

谈起女孩子的爱俏，谈起女孩子的爱撒娇，谈起女孩子的八卦多嘴，更谈起女孩子的无聊无理。

然后他们又拍胸膛、喝干酒，豪笑自己是男子汉！

虽然他们从来没有过一个属于他们自己的女孩。

萧秋水没有一掌击下去，不仅是因为怜香惜玉，更重要的是，这女子是一位女子，而萧秋水是一位堂堂正正的男子汉！

萧秋水没有下杀手，这女子却猛下了杀手！

这女子脸色白，全无血色，连她自己都没料到，竟会让萧秋水冲了近来，而她竟心甘情愿地错过了三次，三次下杀手的机会。

尤其因为这女子了解到这点，更意识到这点，她心中更为懊恼自己，眼见萧秋水一掌拍来，立即便下了杀手！

她没有直接下杀手，而是双手一分，左右四枚五棱镖，往左右飞出，半途一转，竟直往萧秋水背后打到！

这种镖快而有力，偏又不带半丝风声，萧秋水根本不知道，知道也不一定能避得开去。

就在此时，萧秋水撤掌往后退，这一后退，等于往四枚五棱镖撞去！

这一下，连这女子也惊呼出声！

她也没料到萧秋水会撤掌，这刹那间，这女子油然生起了感动之情，可是她也无法挽回她已射出去的暗器！

另一惊呼的人是邓玉函，他只来得及抓住两枚五棱镖，左右掌心都是血，但两枚，眼看便打入萧秋水的背后！

邓玉函全力出手捉镖，尚且一掌是血，这镖打入背门，萧秋水还会有救吗？

就在此时，镖光忽灭。

镖已不见，镖隐灭在一人的手里。

一个铁一般的人的两只铁一般的手里。

这两枚可令邓玉函双掌被震出血的五棱镖，落在这人手里，犹如石沉大海一般。

这人正是朱侠武。

"铁衣铁手铁脸铁罗网"朱侠武！

"朱叔叔！"邓玉函欢呼道。

萧秋水只觉一阵赧然，回首只见场中又多了一个人——萧西楼。

萧秋水不敢想象父亲的震怒——怪责自己因美色而误事，差点送了条性命！

然而看来萧西楼虽是哀伤的，但却并不暴怒。

只听萧西楼问道："唐大侠是怎么死的？！"

邓玉函脸色苍白，萧西楼要他为唐大护法，唐大却死了。"是她杀的！"

那女子一震，目光惊怒，转而讶异，成了迷惑。

萧西楼看了那女子一眼，又问："事情的经过是怎样的？"

邓玉函道："我护送唐大侠到'黄河小轩'的门前，唐大侠便已转醒，他虽然中毒很深，但神志仍十分清醒，便跟我说：'萧家剑庐守备森严，在这儿驱毒便可。'又叫我不必担心。"

"唐大侠自己服了几颗药丸后，便静下来闭目调息，我便在一旁护法，心里想：浣花剑庐，铁壁铜墙，谁能闯得进来？……没料就在这时，一名黑衣人飞过，迎面就给我一剑！"

萧秋水听到这儿，心里也一震，他穿过"回廊"时，不也是被迎面刺了一剑吗？！

按照时间推计，那人是刺了萧秋水一剑之后，再来行刺邓玉函的。

只听邓玉函续道："这人剑法虽高，但却似因逃避仓皇，剑快但架势稍呈凌乱，来得突然，但杀势未周，所以这一剑，我还接得下。"

"我们交手三招，他抢主动在先，故得上风，但他三剑不下，立即逃遁，我急忙追出，没几步便猛想起唐大侠正在疗毒，旁人惊扰不得，是以立即赶回，却不料见这黑衣人正立于唐大侠身边，而唐大侠已中暗算身亡，我看……便是这女子害死唐大侠的！"

那女子英烈的眼神有七分冷淡，盯了邓玉函一眼。

萧西楼道："这位姑娘与你交手，有没有用过剑？"

邓玉函一怔道："没有。"

萧西楼道："这姑娘身上没有剑，谁都可以看出来，唐大侠却是死于剑伤。"

邓玉函还是悻然道："就算不是元凶，也可能是同谋。"

忽然一个比铁还冷的声音，一字一句地道："绝对不可能是同谋。"说话的人竟是"铁衣铁手铁面铁罗网"朱侠武，只听他斩钉截铁地道：

"因为她就是唐方，唐大的堂妹，唐门年轻一代最美丽的高手。"

唐方，唐方。

唐方就是蜀中唐门行踪最飘忽、最美丽动人的一位青年弟子。

唐方是女子。

她就是唐方。

朱侠武缓缓高举起手，手指一松，"叮当"两声，五楼镖两枚掉了下来，在月芒映照下闪着银光，一只在镖身刻着小小的一个"唐"字，一只在镖身刻着一个小小的"方"字。

朱侠武道："这种身前发镖、身后命中的'子母回魂镖'，除唐家子弟之外，是没有人能发出来的。"

萧秋水忽然觉得很惊险、很解脱、很欣喜。

打从他要与这女子对敌开始，他就很有负担，甚至出手很疯狂。

而今知道她就是唐方，唐大当然不是她杀的，萧秋水放下心头大石，很是解脱；一方面又庆幸自己没下杀手，所以又觉得很惊险。

至于欣悦，他自己也分析不出所以然来。

他身心欢喜，自己也不知道为什么。

这女子黑白分明的眼，却流下了悲伤的珠泪，月色下，她倔强地抿起了唇，却是不要让人看见，向朱侠武拜道："朱叔叔。"又向萧西楼拜道："萧伯伯。"

萧西楼扶起，叹道："唐侄女，我们错怪了你，你不要生气。"

唐方没有说话，摇了摇头，也没有再流泪。

——大哥，你死了，而今我真如你期许我的，我独立了，我坚强了，我不依赖人了，可是你却看不见了！

萧西楼黯然地道："我们都知道，唐门中唐大侠最宠爱他的堂妹小方，小方也最崇敬唐大侠的，唉……"

——大哥，江湖上的人还是这样传，还是这样传啊，大哥，然而妹妹却来迟了一步，来迟了一步。……

邓玉函忍不住问道："唐……唐姑娘，你是怎么……怎么赶来这里的呢？"

成都萧家虽防卫森严，但仍难不倒这轻巧如燕的唐方。

唐方摇摇头，泪花也在眼眶里一阵摇晃："我知悉大哥在这里，特地赶来，看见权力帮的人包围着剑庐，所以潜了进来，干脆悄悄地溜进内院，想暗助大哥一臂之力——我来时，大哥的血还在流着，那时，这位兄台还在与那黑衣人作战，我方才定过神来，他也不答话，见我就杀。然后……然后又来了这位……这位……"

唐方说话的声响轻细，但又十分清晰，然而这话却像击鼓一般，声声击响在萧秋水与邓玉函的心里，萧秋水与邓玉函唯有苦笑。

邓玉函腼腆地道："是我不好……我先动手的。"

萧秋水道："我也……也冒犯了姑娘。"

朱侠武忽然道："秋水掀开面纱，玉函便不以二对一，很好；秋水一招得利，而不进击，更好。你们都很好，以后武林，少不了你们的大号。"

朱侠武的话很少，可是这一番话，使邓玉函与萧秋水心里十分感激。

萧西楼喟然道："可惜唐大侠……"

唐方没有说话，笔直走过去，走过回廊，走到石阶，走过拱桥，走上亭子，走到唐大身边，静静地蹲了下来，一句话也没有说。

月光下，只见她如水柔和散开而落的柔发。

——我一定要报仇。

——唐大，唐柔。

大家都静了下来，就在这时，猛听"观鱼阁"远远传来一阵怒吼！

萧西楼疾道："不好！"

萧秋水、邓玉函身形立时展动！

萧秋水、邓玉函身形方才闪动，朱侠武高大、硕巨、沉厚的身子，却"呼"的一声，越过了他们的头顶，遮掉了大片月色。

朱侠武一提真气，遥遥领先，眼见前面就是"观鱼阁"，猛见一人，曼妙轻细，曲线玲珑而匀美，已推阁而入，正是唐方。

唐方轻功最高，她居然是抱着唐大的尸首展开轻功的，她推门入阁，只见一少年，"锵"地拔剑而起，一见她手上之人，"啊"了一声，挥剑欲刺！

这时朱侠武已到了，猛喝一声："劫生，住手！"

康劫生住了手，但一张白脸已因愤怒而涨红。

忽听萧西楼叱道："劫生，发生什么事？"

朱侠武心里一凛，在康劫生怒吼时，萧西楼身子未动，自己已开始疾奔，而今方至，萧西楼已在自己身侧了，可见其人不仅剑法好，轻功也极高。

康劫生颤声道："爹他……"

萧西楼一个箭步飙过去，只见康出渔满脸紫黑，不禁失声道："怎么康兄……"一时竟接不下去。

这时萧秋水、邓玉函也已掠到，也是惊住了。

萧西楼定了定神，再道："以令尊的武功，那毒已经被迫住了，怎会？！……"

康出渔大声嘶道："那药……那药！"

萧西楼疾道："什么药？！"

萧秋水目光一转，瞥见桌上的酒壶："张老前辈的药？！"

康劫生怒叫道："就是他！……这药酒吃了之后，爹就惨呼连连，变成这样子了！就是他！就是他的药！"

萧秋水一看，只见康出渔一脸紫黑，已是出气多、入气少了，萧西楼也一时为之六神无主。

康劫生一怔，愤怒中一时不知如何回答，萧秋水代为答道："张老前辈说康师伯的毒中得很怪异，他也查不出来；这药要送酒，烫热了才能服的。"

朱侠武道："药浸酒中时，你有没有出去过？"

康劫生呆了一呆，才道："有。我去小解了一次。"

朱侠武道："回来后才给令尊服食？"

康劫生惶然道："是。"

朱侠武不说话。

萧西楼忍不住道："朱兄是认为康世侄出去时，别人在酒里下毒？"

朱侠武沉吟了一阵，没有直接回答，反而问道："张前辈怎会在府上？是否可靠？"

萧西楼叹了一声，考虑再三，终于道："实不相瞒，老夫人就在府中。"

朱侠武居然一惊道："老夫人？"

萧西楼颔首道："是老夫人。"

朱侠武脸上竟有一种从未有过的敬慕之色，喃喃地道："原来是老夫人。"

萧西楼接道："张前辈实是老夫人的护卫。"

朱侠武即道："那张前辈应绝无问题。"

萧秋水眉心也打了一个结，唐方、邓玉函更是大感不解。

——老夫人，老夫人，老夫人究竟是谁呢？

萧西楼蹙眉道："然则下毒的人是谁呢？"

便在此时，清冷的月夜中，又传来了一声惨叫！

叫声自"振眉阁"那端传来。

萧西楼的脸色立时变了，他的人也立时不见了。

唐方几乎是在同时间消失的。

朱侠武临走时向康劫生抛下了一句话：

"你留在这里守护！"

萧秋水、邓玉函赶至现场时，也为之震住，惊愕无已。

"振眉阁"，有一人立在那儿，竟是一个死人。

他的剑方才自袖中抽出一半，敌人便一剑洞穿了他的咽喉，是以他虽死了，精气却在，居然不倒。

这死者竟然是声名犹在七大剑手之上，出道犹在七大名剑之先的"阴阳神剑"，张临意！

张临意的眼睛是张大的，眼神充满了惊疑与不信。

唐方禁不住轻呼道："他就是张老前辈？"

张临意的脸容、神情，实是太可怕、太唬人了。

萧西楼苦思道："难道，难道敌人的剑，比张前辈的剑还快！"

朱侠武忽然道："不是。"

萧西楼侧身道："不是？"

朱侠武斩钉截铁地道："不是因为敌手剑快，而是张前辈意料不到对方会出剑。"

萧西楼转身望向站立而殁的张临意，只见死人眼中充满愤怒与不信，情不自禁地点了点头。

朱侠武道："不过，对方的剑确也不慢，否则就算猝然发动，也杀不了张前辈。"

萧西楼颔首道："只要张前辈的剑一拔出来，这人便讨不了便宜了。"

朱侠武断然道："所以，杀人者一定是张前辈意想不到的人。"

萧西楼游顾全场，道："而且，而且也是与我们非常，"语音一顿，接道："非常熟悉的人。"

朱侠武肯定地点头，道："这人杀了唐大侠，又向康先生下毒，更猝击玉函、秋水，又刺杀张前辈——这个人！"

朱侠武双眼一瞪，毫无表情的脸容忽然凌厉了起来。

萧秋水等人都感觉一股迫人的、窒人的、压人的杀气，在夜风中蔓延开来。

萧秋水忽然一惊，叫道："振眉阁里？"

——守护振眉阁的张临意既然被杀，振眉阁里岂有卵存？

——然而老夫人、萧夫人还在不在阁内？

萧西楼脸色一变，立时蹿出，正想撞门而入，忽然咿呀一声，门打了开来，萧夫人与老夫人，双双出现在门前。

老夫人、萧夫人背后是烛光，那烛光就像是金花一般，绽放在她们背后，萧西楼退了一步，慌忙长揖，没料那铁面铁心的朱侠武，居然拜倒。

老夫人柔声道："这位大叔，何必如此礼重？"

朱侠武恭声道："末将侠武，曾在飞将军麾下侦骑参任纵队副使将。"

老夫人恍然道："是朱铁心吧？"

朱侠武居然喜道："正是铁心，小人不知老夫人还记得小人。"

老夫人笑道："现下又不是在行军之中，鹏举也不在，铁心何必如此多礼，不必什么大人小人的！"

朱侠武依然恭敬地道："小人不敢，小人敢问岳大将军安好！"

萧秋水脑里"轰"的一声，耳里只闻."鹏举""岳大将军"，莫非是威名震天下、忠孝的岳飞？！

还我河山！

建炎二年，七月夏炎。

岳飞的上司是宗泽。宗泽是一位为国尽忠的名臣，跟岳飞志同道合。他官拜东京留守，无时无刻不图恢复中原。他结义天下，聚兵储粮，结中路义兵，连燕赵豪侠，渡河复国，指日可期，并向高宗连上二十余奏本章，请帝还京。但郁愤忠臣，椎心泣血，却被小人黄潜善、汪伯彦贬抑，并于宗泽身旁，令郭仲荀以副守为名，以作监视。宗泽忧愤成疾，疽发于背，临危时，诸将入问疾，宗泽矍然道："吾以二帝蒙尘，愤愤至此，汝等能歼敌，吾死无恨。诸将皆为此而泣？"诸将辞出，宗泽叹道："出师未捷身先死，长使英雄泪满襟。"其他无一语及私事，口中连呼"过河！过河！过河！"者，三次而卒。宗泽后，岳飞是唯一能力挽狂澜于既倒，在朝野靡荡之时奋起反攻的勇将！

还我——河山！

建炎三年，大寒正冬。金兀术已击渡乌江，再占马家渡，引军渡长江，岳飞由杜充发兵二万，从都统制陈淬，迎战金兵，战斗正酣，守将王燮竟率其部下数万人先遁，其他各将也为求保存实力，作鸟兽散。唯岳飞一宗，独力死战，孤掌难鸣，只得引兵屯于南京钟山。次日会战，斩首数千，愈战愈勇，唯此时军孤力单，各路兵将又不肯来援，部将戚万叛变，部下亦有人军心摇动，岳飞愤然洒泪厉声对士众道："我等蒙国家厚恩，当以忠义报国，立功名，书名竹帛，死而不朽；今若降敌，溃而为盗，偷生苟活，身死名灭，岂大丈夫乎？建康乃江左形势之地，若使胡虏窃国，何以立国？今日之事，有死无二，有出此门者斩！"岳飞义正词严，士卒泣下，不敢有异志。及夜，岳飞用火攻，掩杀金兵，大败金人于广德，浮降其众，从此金兵闻岳飞之名，皆呼"岳爷爷"！

还——我——河——山！

北宋沦亡，徽、钦二帝被掳，北方土地，都变了颜色，北方人民，莫不受尽金人的蹂躏，金人奸淫烧杀，无所不为。同时，有一些无耻汉奸如刘豫等，甘心背弃祖国，在敌人卵翼下当"儿皇帝"；又有一些达官贵人如秦桧等，暗中勾结敌人，排除异己，主张议和，以巩固自己的权势地位。忧国志士，眼见这种惨痛的情景，国破山河的悲愤，于是义勇填膺，奋袂而起，力主抗战到底，收复失地，洗雪国耻，所在多有，而造成许多可歌可泣的史实。岳飞就是其中最为惊天动地、可敬可佩的一人。

还我河山！

还我河山！！

还我河山！！！

萧秋水心头有一股热血，也禁不住跪倒下去。

老夫人忽然正色道："不可！鹏举不过常人也，他跟你们，有着一样的热血，同样的关爱家国，在这河山蒙难的时日，想挺身出来，为国家做点事，留得体魄，替国家多杀几个仇敌！你们这样待我，岂不把他当作神人了？然则鹏举只是一个堂堂正正的宋人，他的大志也正是诸位的大事，还得诸位匡扶完成，他所需求的是为国为民大丈夫，忠义勇仁的好兄弟，而不是亡国奴！"

这老夫人正是岳母，岳太夫人。

岳飞出生不久，相州洪水，岳太夫人抱他坐入瓮中漂流，得以不死；岳飞幼时，岳太夫人就用针器在岳飞背上刺了"尽忠报国"四个大字。

尽忠报国，在岳太夫人的教诲下，也合当出了岳飞这样的人杰。

岳太夫人继续道："鹏举战于筠州，平乱贼党，金兀术要抓扣老身与媳妇，以乱鹏举作战之心。我与儿媳，一走成都，一赴广济。我这一把年纪，生死并不足惜，只怕扰乱了鹏举的斗志，说什么也得逃离奸人魔掌的。"

萧西楼叹道："岳将军为国杀敌，反使太夫人奔波于途，我等虽非军人将官，亦自当为国保护老夫人，惜仍屡遭扰吓，不周疏失处处惊心，实是惶愧！"

岳太夫人道："萧大侠客气了，叨扰贵派，以致权力帮大举进犯，涂炭生灵，这是老身的罪孽。"

萧西楼正色道："大将军勇赴沙场，在下未及万一；照顾太夫人，乃义不容辞之事，只要在下有一口气在，定必死而后已。只是……只是这干来犯之徒，非同泛泛，据悉还有朱大天王，勾结金人外，也图插手。"

岳太夫人叹道："正是，这一路上，我也遭到了屡次埋伏，可恨身无长技，不然也想杀得几个卖国贼子，以祭先烈……这一路上，倒是张妈护我得紧。"

萧西楼黯然道："禀告太夫人……张……张妈他于适才为人所杀……"

岳太夫人"哦"了一声，萧西楼等往左右靠边而站，岳太夫人这才看见了张临意死而不倒的尸首。

岳太夫人拄杖晃摇了一下，萧夫人慌忙扶住，道："适才我在里面，忽听外面搏剑之声，因守护太夫人，不敢离房，没料……"

岳太夫人眼中有泪，但竭力不湎下来，好一会儿才道：

"张妈不是女人，我是知道的。他是岳忠的结义兄弟，特地乔装以保护我，要我唤他作'张妈'。

"我这条命不足惜，但我死了，鹏举会觉得他连累了老身，此必影响他的斗志甚巨。

"记得金兀术遣人来告，鹏举已被杀死，我和媳妇儿一颗眼泪也没掉，不是不怕，而是不信，山河未复，鹏举不会死，也不能死！

"可是金人若抓到我，我决不会让他们把我活着送到阵前去，我宁死亦不可乱鹏举之心，亦不能做人质劝降宋军！"

岳太夫人一个字接一个字，说出了这几句话，萧秋水热血填膺，喝道："岳太夫人，我们绝不让您落于敌人之手！"

岳太夫人看了萧秋水一眼，目中凛威却带慈蔼，道："好孩子！鹏举此时应在筠州，否则你真该见他一见！男儿大丈夫，当在沙场杀敌立功，为国尽忠，为民除害，方才不负平生志！"

这一句话，如一个霹雳在萧秋水心中，幻化成一个龙游九天的雷霆！

见岳飞！

见岳飞已成了萧秋水毕生的心愿！

时正绍兴二年。

一月，岳飞平范汝为贼党于江西建昌。其时岳飞三十岁，萧秋水二十岁。

岳飞迁神武副军都统制，屯洪州，兵隶李回节制，正月十四，诏命岳飞以本职权知潭州，兼权荆、湖东路安抚都总管。

同年二月，朝廷以韩京、吴锡及广东西峒丁刀手将兵士军弓弩手民兵与岳飞会师，助讨贼党曹成。

同年四月，岳飞大破曹成于贺州，武穆再进兵桂岭，其地有北藏岭、上梧关、蓬岭、号称之隘，形势险要。

同年九月，平马友支党于筠州，再平刘忠余党于广济，又平亡将李宗亮于筠州。

其时岳飞正图出兵战匪首罗诚于虔州及固石洞。

对方杀了张临意，却并不闯入振眉阁，挟持岳太夫人，究竟是什么缘故？

是因为来不及？还是别有缘故？

萧西楼也想不通，因怕岳太夫人难过，已请萧夫人送太夫人回阁歇息。

"太夫人请安心，张老前辈的后事，我们自会妥为办理。"

岳太夫人与萧夫人进去后，众人面面相觑，一时也不知说什么是好。

朱侠武忽道："夜深了。"

萧西楼道："看来一切很平静。"

朱侠武道："以水淹火一役，权力帮已失主力。"

萧西楼道："看来如此。"

朱侠武道："现在我们一定要做一件事。"

萧西楼笑道："睡觉？"

朱侠武也是斩钉截铁地道："睡觉！"

睡觉。

真正高手决战的时刻里，不但可以紧，而且也要可以放。

争取充足的食粮，充足的睡眠，可能对决生死于俄顷间，有决定性的帮助。

所以睡觉也是正事。

虽然这群武林高手的精神与体魄，五天五夜不眠不休，也绝没有问题，但不到必要的时候，他们也绝不浪费他们的一分体力。

朱侠武道："你我之间，只有一人能睡。"

朱侠武、萧西楼是目前萧府里的两大高手，权力帮伺伏在前，随时出袭，剑庐中又有不明身份的狙杀手，所以这两人中，只有一人能睡着。

萧西楼道："你先睡，我后睡。"

朱侠武道："好。三更后，我醒来，你再睡。"

萧西楼道："一言为定。三更我叫你。"望向站立中而殁的张临意，仰天长叹道：

"张老前辈剑合阴阳，天地合一。康出渔剑如旭日，剑落日沉。南海剑派辛辣急奇，举世无双。孔扬秦剑快如电，出剑如雪。辛虎丘剑走偏锋，以险称绝……只可惜这些人，不是遭受暗杀，就是中毒受害，或投敌卖国，怎不能一齐复我河山呢！"

晚风徐来，繁星满天，萧秋水忽然心神一震。

萧秋水也不明白自己为何忽然心神震荡。

他只知道有一个意念，有一个线索，忽然打动了他的心弦。

但他却也想不起，抓不住，刚才的意念是什么。

繁星如雨，夜深如水。

等他再想起时，却已迟了。

萧西楼要求唐方与萧夫人睡在一起，睡在振眉阁里，以保护岳太夫人。

唐方的暗器，不但可以杀敌，更可以慑敌。

能杀退敌人好，但如果敌人根本不敢来，不惊扰岳太夫人，那当然是更好。

萧秋水、邓玉函、左丘超然三人也有睡觉，当然是轮流着睡。

他们是睡在"听雨楼"上。听雨楼是浣花剑庐的总枢，也是第一线。

萧西楼一向认为第一线就是最后一线；与敌人交锋时，一寸山河一寸血，连半步也不能退让。

萧秋水是轮第一个睡，却是睡不着。

夜风袭人。

——我要替你报仇，唐柔。

——我要为你报仇，唐大侠。

明月如水。

萧秋水辗转难眠，虽是悲愤的，但却有一股箫声似的悦意，自古远的楼头里传来。他心中老是忆起一首畲族的山歌，那歌词是这样的：

> 郎住一乡妹一乡，
> 山高水深路头长；
> 有朝一日山水变，
> 但愿两乡变一乡。

萧秋水心想：唱的人真是一厢情愿哦。作词的人真是一厢情愿啊。萧秋水笑了笑，却又把那歌再重复，在心里悠悠唱了一遍：

> 有朝一日山水变，
> 但愿两乡变一乡。

萧秋水想着心喜，唱着心悦，迷迷糊糊终于睡了。

夜凉如水。

一宿无话。

稿于一九七七年就读台大中文系与方娥真、黄昏星、周聪升、廖雁平、殷乘风共同创办"天狼星诗刊"合办"神州诗社"时期

重修于一九九七年十一月二十一日

香港"壹周刊"余家强求访，贤、伟拍摄金屋。

二十四赴澳／二十六首拜城隍／二十七又因梁伤本，即日过海关，遇珠海电视台拍摄

〔乙〕

第二天

第玖回 扫落叶的人

辛虎丘倒抽了一口凉气，却停也未停，翻过长亭，越过池塘，到了黄河小轩门前。

却见黄河小轩门前，也有一人在低着头，屈着腰，在扫着地，很小心很小心地在扫着地，好像扫地是一件很伟大很专注的工作一般，天下间谁也不能惊扰他去做这件事。

四月十六。

忌：入殓，上梁。

七赤。

宜：沐浴祭祀。

四绝日凶一梁少取。星入正八座。

冲煞五八西。

清晨。

晨曦初现，夜露初降。

萧秋水起来时，就看见萧西楼在晨雾中，仰首望天，背负双手。

雾大露浓，天空上竟出现一个奇景：月亮和太阳，各在东西，却在同一片天空上遥对，彼此都没有炫人的光华，只有淡然的哀静。

萧西楼点了点头，转身而去，萧秋水也跟着走去。

按照惯例：晨祭祖祠。

在未祭祖之前，萧西楼却做一件平常不做的事，他先到"振眉阁"，向岳太夫人请安，并邀请唐方一齐去。

祭祖：本来祭萧家祖先，跟唐方全然无关，连萧秋水也不明白所以然。

萧夫人却很明白。

她本来也要去祭祖的，但腿上、臂上都有伤，更何况要守护岳太夫人。

唐方一跨出门，也明白了所以然。

门口停放着三具棺木，一是张临意的，一是唐大的，另一个却是唐柔的。

权力帮虽被击散，却仍在剑庐周遭包围，当然无法把遗体运出去安葬，但也不能随便把棺木停放在任何一处，所以只好暂停放在萧家祠堂。

张临意的遗体当由萧西楼亲自护送过去，唐大与唐柔则需要亲属来护灵，唐方自然是唯一适当的人选。

萧西楼出到门口，拍了拍手，就出现六名壮丁，抬起棺木，往"见天洞"缓步而去。

晨雾中，萧西楼回顾，看见萧夫人在门口，因腿受伤不便，故倚着门立，脸色一片青白，萧西楼心中一阵爱惜，挥了挥手，道："小心。"

萧夫人深深地望着他，浓雾中，双眸却是一片清明。

那眼中含有无限意。

"你自己也要珍重。"

"你是浣花剑派的掌门，更要保重。"

"晨雾沁人，昨夜又一场剧战，你要小心着凉。"

这些话都没有说出来，可是萧西楼心里明白，萧西楼要说的话，萧夫人也心里分晓。

二十余年的患难与共，二十余年的江湖险恶，萧西楼与孙慧珊自己心里，比什么都了解，在那一段被逐出门墙的日子，茅舍苦练剑的日子，日落掩柴扉的日子，长街喋血战的日子，是怎样熬过来的。

不过也真的熬过来了。

萧西楼步向前走，走入浓雾中，萧秋水和唐方信步跟随着。

萧夫人目送她那从来没有感觉过老的丈夫，像豹子一般敏捷，像儒者一般温文的丈夫，走入雾中后，她才深深地眺了一眼，雾中没有人，她再掩上了门，用手揩去了脸上沾染的露珠。

唐方显然也没有睡好，或者根本没有睡。

她眼睛是红肿的，不单因为哭过，也是因为睡不好。

可是她眸子还是清明的，清亮得很倔强，她倔强的唇有一丝讽世的味道，但是脸上又是一片稚气。

萧秋水平日是最警醒的，然而这一夜却睡得很甜，居然还梦见花和蝴蝶，又梦见一个人，在爬一座高入云雾的山，攀爬一座险陡的天梯，爬到一半，天梯突然倒转过来了。等于他往深崖下爬去……想到这里，他心中就很惶愧。

萧秋水到"振眉阁"时，他心中突突地狂跳，唐方虽然失神，但仍有一种令人镇静的美，像晨露一般清亮。

——哪里像他自己，居然在大搏杀中，还做梦梦到鸟语花香！

前面六个庄丁抬着棺木，萧西楼一行三人走在浓雾中，新鲜的空气，清芬的花香，有鸟啁啾，却看不见在哪处枝头。

萧西楼叹道："真是个好天气。"

唐方道："今天天气一定很好。"

萧秋水道："天气好心情也好。"

他们三人说话，走在雾中，却是三种截然不同的心情。

——萧西楼手里扣着剑柄。

——雾那么大，敌人正好出袭，这庄里一定有敌人，不知是谁，不知在哪里。

——两个小辈不懂事，自己得要提防，还要保护他们。

——秋水虽不如易人做事练达，但甚有才分，浣花剑派，要靠他发扬光大。

——唐大为浣花剑派而殁，萧家决不能再对不起唐门，一旦有敌来攻，他一定要先维护唐方。

唐方右手扣了七颗青莲子，左手抓了一把蓬针。

唐门是暗器大家，当然知晓在浓雾中、黑夜里，最难闪躲的便是暗器。

——你杀我大哥，我就杀你。

浓雾中正是别人暗算的好时机，但也是自己反击的绝好良机。

只是，只是，只是在浓雾中，萧老伯走在前面，而那萧……他，他就走在自己身边。

她可以连眼皮都不因此而眨一下，但是感觉到那个家伙剑眉星目、一副剑试天下的样子时，心里忽然不自然来了。

她一定要……要不动声色……可是为什么要不动声色？……什么声？……什么色？……哼，那个一剑挑开我面纱的人！

今天是好天气，虽然浓雾使什么都看不清楚，可是萧秋水有好心情，也就是因为什么都看不分明，所以他更要立志做大事。

因为冥冥中让他在这场战役里遇见，遇见一双美丽的眼睛，就算流再多的血，流再多的汗，也是值得的。

他愿意为这双星星般的眼，去冲杀，去奋战，也许并不是为了爱，只是无由得心中一种喜欢。

因为喜欢，所以他心情特别好，好得要做大事，要与飞将军在沙场上杀敌！

因为喜欢，他甚至不揣测她的感觉，但只要见着她就好。

因为他是萧秋水，为了岑参的一首"登雁塔"一诗："塔势如涌出，孤高耸天宫。登临出世界，磴道盘虚宫。突兀压神州，峥嵘如鬼工。四角碍白日，七层摩苍穹。下窥指高鸟，俯听闻惊风。"以及年仅二十七一举及第、是登科进士中最年少一人白乐天所题的诗："慈恩塔下题名处，七十人中最少年。"而远赴长安、看大小两雁塔的萧秋水！

晨有浓雾会有好天气。

好天气也是杀人的好时节。

就在这时，一线旭日升起，射进了浓雾之中，耀开了千万线七彩的波光。

太阳出来了。雾要散了。

萧西楼舒了一口气，低首走入了"见天洞"。

"见天洞"门前那又聋又哑的老头，翻着怪眼，侧首望了一望萧西楼，然后推门让萧西楼走进去，自己又拿着柄扫把，径自扫起地来了。

这老头虽又迟钝又蹒跚，但是"见天洞"内部却打扫得一尘不染，烛火常明，壁内各处有凹了进去的地方，供奉着一尊栩栩如生的神像。神像前是七星灯火，供奉拜祭的三牲礼酒，坛前架着一把剑。

一柄萧家历代风云人物闯江湖的佩剑。

从架着的剑鞘之斑驳、陈旧、古意，可以见出这些已物化的英雄人物昔日事迹。

棺运入洞中，抬进后房很大，足有百多副棺椁，这些棺椁都是萧家子弟、浣花剑手，他们为浣花剑派而死，尸首也停放在萧家祖祠的侧房里。

唐大、唐柔、张临意的尸首暂时安放在长廊上。

唐方垂泪，良久，抬头，只见萧西楼呆立于一座灵位牌前不语，萧秋水也垂手在他身侧。

这灵位牌上镌刻：

"浣花萧家第十八代宗主栖梧灵位"。

——这就是萧西楼的父亲，一剑创浣花的大宗师。

桌上香火氤氲缭绕，壁内神像，看不清楚，这时萧西楼、萧秋水正要跪拜下去，唐方忽然惊见，那壁内的神像，竟是一仆役打扮的老人，正映了一映精光炯炯的眼睛！

唐方惊呼一声，便在此时，那壁内的"神像"忽然自烟雾中跃出，出手一剑，竟似电光一般，照亮了室内，照惊了神台前拜祭的人的脸孔！

剑刺萧西楼！

萧西楼数十年如一日，只要逗留在"剑庐"，他每天晨昏，都去"见天洞"，拜祭祖先。

父亲萧栖梧的形象，他早已看熟了，他年少的一段时光，还是与萧栖梧一起度过的；虽然父子之间有龃龉，但他还是最崇拜他的父亲。

在祭拜的时候，萧西楼自然不敢抬头，萧秋水更是垂着头，桌上三牲礼品，加上香烟围绕，要看也看不清楚，唐方站在远处，反而可以看分明。

神像忽然变成了凶恶的魔头，这是谁也料不到的事！

这时剑光便已到了！

剑如蛇齿般歹毒，直噬萧西楼咽喉！

萧西楼发觉时，已然迟了。

他先是一惊，立即拔剑，却又吃一惊！

那恶魔冲出烟雾，不是谁，竟是那在振眉阁负责打扫的爱抽旱烟的懒老头——丘伯！

丘伯哪里还是丘伯，他凶神恶煞，剑光如电，简直是天外神魔！

这一惊再惊之下，出剑便迟，丘伯先发先至，萧西楼剑方出鞘，丘伯的剑已至咽喉！

萧秋水武功不及乃父，出剑更迟，剑只拔了一半，眼看父亲就要死在剑尖下！

这时突听"嗖、嗖、嗖"三道尖啸，直射丘伯！

四川蜀中，唐门唐方的暗器！

暗器当然可以后发而先至！

丘伯对萧家究竟有多少高手的底细，十分清楚，孔扬秦等攻楼失败，丘伯正想以自己的身份来独领大功。

他满以为狙杀萧西楼后，以自己的武功，要杀掉这对年轻男女，自然是绰绰有余，却没料到，那站在远远的年轻而漂亮的女孩子，竟是唐门罕见的年轻高手，唐方！

剑离萧西楼咽喉不到半尺！

暗器离丘伯胸腹不及一尺！

萧西楼已拔剑，未出剑！

萧秋水正拔剑，未离鞘！

先杀萧西楼，还来不来得及，拨开暗器？

用另一只手接暗器，这暗器有没有毒？

丘伯猛想起武林中传言里唐门暗器之毒，不禁打了一个冷战，猛一反剑，回挽三道剑花，"叮、叮、叮"撞开三道暗器，"砰、砰、砰"射入木梁上，只是三枚小小的蜻蜓，分红、绿、蓝三种颜色！

丘伯一拨暗器、立时大翻身，冲上神桌，只一点地，"呼"的一声，宛若大鹏，掠了出去！

一击不中，立时身退，真是高手所为！

一击不中，萧西楼已拔剑在手，加上唐门的高手，以及勇悍的萧秋水，丘伯自忖必败，所以他立时身退！

他想先杀萧西楼，但先杀萧西楼便无办法躲得过"蜻蜓镖"，他不愿意与萧西楼同归于尽，既然不能杀人，便抢得先机逃遁，以免反被人杀！

一击不中，立时就走，萧秋水的剑才拔出来，萧西楼刚刺了一个空，唐方的第二度暗器尚未来得及掏出来，他已掠出了"见天洞"！

唐方虽来不及再发暗器，却来得及说了一句：

"我的暗器从没毒！"

——萧秋水心中一震，他想起这句话唐柔临死前也说过：

"我唐柔，唐柔的暗器从来都没有毒……"

——真正骄傲的暗器高手……是不必用毒的。

唐门暗器冠绝天下，其中不乏用毒高手，当然也有败类，可是真正的唐家子弟，他们的暗器是不必淬毒。

他们的暗器，不但是兵器，甚至是明器！

他们在暗器上雕小小的一个"唐"字，这"唐"字代表了唐家的威信，暗器的宗师，甚至整个江湖的正义。

这哪里再是一般人心中所认为的"暗器"而已？！

但唐方这一句话，却几乎气炸了正在施展轻功逃遁中的丘伯！

原来刚才的暗器没有毒！

只要他敢用手去接，便可以先杀萧西楼，稳定了局面，就不会落得而今仓皇逃窜的情形了！

丘伯当时为之气结，但愿他没有听见唐方说那暗器是没有淬毒的，这一气，一口真气几乎换不过来。

他纵横江湖二十余年，这次之败，实在最失之毫厘。

萧西楼逃过险死还生的一剑，一定神，第一句便进了出来：

"辛虎丘！"

萧秋水听得一怔，萧西楼已拔剑追出！

萧秋水猛地吃了一大惊：辛虎丘，名列当世七大名剑之一，虎丘剑池，绝灭神剑辛虎丘！

辛虎丘居然便是在萧家待了多年，爱抽烟杆，平时连站也站不稳的丘伯！

萧秋水呆了一呆，不过也仅只怔了一下而已，他也立即随萧西楼追了出去，这时唐方与萧西楼，早已远在前面了。

七里山塘，尽头处，是虎丘。

虎丘乃春秋时代吴王阖闾陵墓所在。

苏州又名阖闾城，创城者就是吴王，根据"越绝书"有云：

"阖闾之葬，穿土为山，积壤为丘。发王都之士十万人，共治千里，使象运土凿池，四周广六十里，水深一丈，铜椁三重，倾水银为池六尺，黄金珍玉为凫雁。"

当时吴越以铸兵器闻名天下，吴王下葬时，陪葬名剑有二千余柄，后来刺秦皇的"鱼肠剑"，也是陪葬物，为暴雨雷霆所中，裂石碎砖，为荆轲所获。

只是吴王的陵墓设计得十分周密，连秦始皇南游，发掘此墓，以求名剑，尚不得寻。以及开山掘土，今存石家池塘，就是秦始皇发掘的遗迹了。

故曰剑池。

阖闾葬后三日，山上出现一只白虎，后人称此地为"虎丘"。

虎丘剑池，名震天下。

而当世其中两大用剑高手，皆出自虎丘剑池者，有辛虎丘、曲剑池二人。

辛虎丘不但剑快，身法也快！

他掠出"见天洞"，掠入九回廊，就见到一个老人。

一个又聋又哑的老人。

这老人在扫着地。

辛虎丘认得他，他就是那个打扫"见天洞"的哑巴广叔。

几年来，辛虎丘对萧府上下无不了如指掌。

他连停也没停，越过老人，一口气掠过假山，穿过花园，到了长亭。

要逃，就要快！

他一定要在萧西楼号令未发动之前，先逃出萧家。

只要逃出萧家，自有权力帮在接应。

就在这时，他忽然看见了一个人。

这个人低着头，偻着背，在长亭中扫着地。

这老人连头也没抬，却正是哑巴广叔。

辛虎丘倒抽了一口凉气，却停也未停，翻过长亭，越过池塘，到了黄河小轩门前。

却见黄河小轩门前，也有一人在低着头，屈着腰，在扫着地，很小心很小心地在扫着地，好像扫地是一件很伟大很专注的工作一般，天下间谁也不能惊扰他去做这件事。

辛虎丘瞳孔收缩，他不再飞过这老人头顶，而是一步一步地走过去。

因为他知道，在他刚才飞身过去的刹那，这老人至少可以杀死他六次。

老人还是没有动，还是在专心扫地。

辛虎丘走过去之后，才反身，倒着走，走出十七八步，猛地吸了一口气，反身就跑！

这一阵急奔，是运足了全力，穿过观鱼阁，到了振眉阁，眼看就要到听雨楼，忽见楼下有一人。

楼下有个老人在扫着地。

清晨，静谧，落花满径，只有这老人扫地的沙沙响声。

辛虎丘站定，一步步地走过去，每一步的距离、姿势、气态，都是一样的。

他已落在敌人的包围中，他绝对不能再疏忽大意。

既逃不过这障碍，就只有击倒它！

走到距离老人十一尺的地方，老人的扫地声忽然停了。

辛虎丘也就停了，缓缓抽出了他的旱烟。

他爱抽的旱烟。

老人依然垂着头，偻着背，对着满地的落花，喟息道："昨夜的落花真多。"

辛虎丘这才变了脸色道："我曾费了三天三夜来观察你，你连梦话都没有一句，然而我今天才知道你不是哑巴！"

老人笑道："我也不是聋子。"

辛虎丘变色道："我曾用铜钹忽然在你耳边乍然敲响过！"

老人笑道："可惜你潜到我背后的脚步声，却先铜锣而响起。"

辛虎丘张大瞳仁，一个字一个字地道："你究竟是谁？"

老人缓缓抬头，眼睛眯成一条线，笑道：

"浣花萧家萧东广，你听过没有？"

他一说完这句话，身子就暴长，眼神有力，背也不驼了，一下子犹如身长七尺，直似天神一般！

这时听雨楼下，萧西楼、唐方、萧秋水均已赶到，连听雨楼上的朱侠武、左丘超然、邓玉函也闻声而至。

他们只见楼下小亭中，两个仆人打扮的老人在对话，但忽然又感到刺人的寒意，迫人的杀气，然后那驼背老人忽如天雷一般，说出了那句话！

萧东广！

萧秋水一震，兴奋又惑然望向他父亲。

只见他父亲神色很怆然，好似忆起什么往事似的，轻轻地道："其实广叔叔就是你亲伯伯，二十年前就名扬天下的'掌上名剑'萧东广！"

萧东广原是浣花剑派创立者萧栖梧的私生子，因为名分不正，萧东广的辈分虽比萧西楼长，但却隐姓埋名，掌管萧家庶务。

萧东广的剑，是有名的"古松残阙"，半柄残剑，把浣花剑法，发挥得淋漓尽致，声名还在萧西楼之上。

待萧东广权力渐盛时，萧栖梧又病逝，萧西楼因娶孙慧珊而被逐出门墙，便发生了内外浣花剑派之争。

在这一场斗争之中，萧东广做下了许多无可弥补的错事：他中伤萧西楼，拒绝让他回来，其实萧栖梧临终的遗意是要萧西楼主掌浣花剑派的，萧东广为求毁灭证据，甚至狙杀证人，迫害前辈，更做下了许多滔天罪行，最后萧西楼与孙慧珊终于重回萧家，联手击败萧东广后，饶而不杀，萧东广才痛悟前非，不言不闻，抵死不恢复当日身份，只愿做一奴仆，永远奠扫祖祠之地，且要求萧西楼夫妇绝不要指认他就是当日叱咤风云的"掌上名剑"萧东广！

所以武林中人都以为，浣花剑派内外之争一役中，萧东广已然毙命，却不料他仍在萧家剑庐中，做一名天天打扫的老仆人，来减轻他自己罪孽！

萧东广并没有像传闻中一般地死去。

萧东广就站在他面前。

辛虎丘不再逃避，因为他知道已被包围；他要杀出去，第一个要跨过的便是萧东广的尸体。

他屈居萧家两年又七个月，居然不知剑庐有萧东广此等高手。

萧东广十九年前便以一柄"古松残阙"断剑，力敌"长天五剑"，历三天三夜，不分胜败，当时有人把他名列七大名剑之首，直至萧西楼统一了内外浣花剑派，萧东广销声匿迹后，萧东广的名字方才在七大名剑中删去。

只是二十年后的现在，萧东广的剑是不是还一样锋利？

辛虎丘缓缓拔出了剑。

他的剑是从烟杆里抽出来的。

剑身扁长而细，短而赤黑，剑一抽出，全场立时感到一种凌厉的杀气。

辛虎丘的剑遥指萧东广身前地上，凝注不动。

风吹花飞，萧东广身前落花，飞扬而去。

这又扁又纯的黑剑，竟有如此的魔力。

萧东广看见这把剑，眼连眨都没有眨过。

他知道以辛虎丘的剑光，确可以在眨眼间杀人。

一眨眼的时间，甚至可以连杀三名以上的高手。

萧东广居然仍笑得出来，叹道："扁诸神剑，果是利器！"

辛虎丘双眉一展，怒叱道："拔你的剑！"

萧东广没有答他，仍然握着扫把，道："二十年前，你辛虎丘与曲剑池齐名，同时进入当世七大名剑之列，本应心满意足，但你年少气傲，要找李沉舟决一死战，李沉舟是权力帮帮主，是武林中公认的第一高手。"说到这里，顿了一顿，只见辛丘虎汗涔涔下，出力地握着短剑。

萧东广又道："李沉舟向不留活口，但那一役你并没有死，对这件事，我一直都很怀疑；后来才知道你已随着孔扬秦投入了权力帮。"

辛虑丘胸膛起伏着，但没有说话。

萧东广又道："两年前，你来了浣花萧家，我当时也未怀疑到你身上，直至三个月前的一个晚上……你可知道我怎么发现你的身份？"

辛虎丘不禁摇摇头，萧东广反而不答，向萧西楼道："权力帮三年前便命人潜入萧家，居心叵测，深谋远虑，早有雄霸天下之心，看来武林中门派中被卧底的也不在少数。"

萧东广这才又悠悠接道："直至你忍不住，三个月前，终于借酗酒之癖，其实暗自潜山剑庐去，跟人比剑决斗，恰巧又被找撞见，才知道的。我还知道你不单是卧底的，而且还是'九天十地，十九人魔'中的一魔！"

辛虎丘脸色阵青阵白，无词以对；萧东广仍然笑道："李沉舟命你卧底萧家，久未发动，使你忍不住跃跃欲试，是不是？想'绝灭神剑'名震江湖，若不在江湖上继续搏杀，又如何能保有'当世七大名剑'的地位？"

——辛虎丘既想获得权力，故听命于李沉舟；但又不甘于沉寂，故借酒醉为名，暗自潜出萧家，喋血江湖。

——却也因此被萧东广瞧出了破绽。

——这几年来，辛虎丘的确声名不坠，而萧东广的确日渐消沉，此为代价，而今落得如此险境，岂不是亦以血汗换来的？

辛虎丘没有说话。萧东广道："你的扁诸剑名动江湖，你之所以练剑有成，一方面也与二十四年前于虎丘巧获扁诸剑息息相关，只是……"

辛虎丘双眉一扬，禁不住道："只是什么？"

萧东广一个字一个字地道："我的剑叫作'古松残阙'，以剑比剑，咱们可以平分秋色，谁也讨不着便宜。"

萧东广外号"掌上名剑"，用过武林中三十七柄宝剑，到最后才用这一柄断剑，这断剑就是"古松残阙"。

萧东广是著名的鉴剑专家，他品评的剑，自然错不了。

辛虎丘望着掌中无坚不摧的利器，心中竟寻不到昔日与人对敌时那无坚不摧的信心。

萧东广冷冷地道："更重要的是，还有一点……"

辛虎丘望向萧东广，咬紧牙关而不发问，萧东广深深地望了辛虎丘一眼，然后道："这三年间，你无时无刻不想着出去试剑；而我二十年来，无时无刻不在练剑。"萧东广笑了一笑，骄傲地道："同样是二十年，你急于比剑，我专于修剑。二十年前，我已名列当世七大名剑；二十年后，我的剑法已在张临意之上。这战我有十成的把握可以杀你，你，完全没有机会！"

辛虎丘大汗如雨，握剑的手激颤着，厉嘶道：

"拔你的剑，动手！"

第拾回

扁诸神剑·古松残阙

"十一年前，我已知道练的不是手中剑，而是任一事·物，只要你心中有剑，皆成利器。"——所以扫帚就是他的剑。

——他天天扫地，就等于手不离剑。

任何成名的人，都不免忙碌，都会疏于练剑，这连萧西楼也不例外。

萧西楼深有同感，他深知他的兄弟那一句话的意义，若现在萧东广要争做浣花剑派掌门，名列七大名剑之中的萧西楼，亦不是他之敌。

可见成名要付出多大的代价。萧东广放弃了名位却专心诚意地练了二十年的剑。

他希望他的小儿子能明白这点道理：任何天才都是在历尽磨炼中出来的。他留意到萧秋水正以光荣和奋悦的心情等待着这一场大战的到来。

这时萧东广不再说话，缓缓地拔出了他的剑。

他的剑就在他的扫把柄中。

这是一柄无光色、陈旧、有裂纹、如古松一般的断剑。

然而这一剑拔出来，就使辛虎丘手上扁诸剑映出了红光。

剑也有感情？

难道连剑也懂识英雄、重英雄？

萧东广拔出了剑，却小心翼翼，把扫把放在他脚前，不到一尺之远。

他放扫帚时如他扫地时一般专注。

专心得就像在做一件伟大而且崇高得不让人打断的事业。

这人对自己扫地的工作尚如此专意，练剑岂不更专诚？

萧秋水看着，忍不住眼里发了光。

他心中忽然想起一件熟悉的事，他还未意识到是什么事之前，已下意识地往侧边看去。

于是他就看见唐方，而唐方恰巧迅速地别过了脸。

唐方原来在看哪里，难道她刚才正看过来吗？唐方的侧面一片雪似的白，远处是重楼，重楼飞雪，萧秋水望着唐方黑色的劲衣，却莫名地想起这四个字：重楼飞雪。

辛虎丘望着萧东广的眼，眼睛却发了红芒！

仇人见面，分外眼红？

辛虎丘大喝一声，居然没有动！

这一声大喝，给人的错觉都以为辛虎丘已经出手了！

就连萧西楼也不禁把握着剑的手，紧了一紧。

——萧东广掌中已有剑，辛虎丘又已忍受不了萧东广摧毁他信心的话，辛虎丘为啥还不出手？

辛虎丘是出手的，可是他在大喝一声后，稍慢一步。

这稍慢一步，是在大家以为他没有出手后才出手的。

出手一剑，直刺咽喉。

没有多余的变化，甚至没有准备动作，就连剑风也没有。

二十余年的剑客生涯，早已使辛虎丘了解什么才是最有效的攻击。

萧东广先举剑后，发现辛虎丘只叱而不出击，便收剑势，这时辛虎丘却已攻到！

萧东广及时一架，"叮"，星花四溅，虽挡住了这一剑，但辛虎丘的"扁诸神剑"已压住了他的"古松残阙"。

一上来已抢得先机，辛虎丘心中大喜。

萧东广一失主动，但他居然做了一件可怕的事。

他立时弃剑！

他放弃"古松残阙"。

名动武林，求之不得的"古松残阙"！

他弃剑而获主动，但无剑又如何是辛虎丘之敌？

辛虎丘不加细想，左手一捞，握住了断剑，心中狂喜无已，就在这时，他的心却已下沉！

萧东广一旦弃剑，却一脚挑起扫帚，用扫地的一端，迎面又来！

辛虎丘双剑一交，挡住来势，但他苦于双手握剑，分不出手来扣住扫帚，双剑虽利，但扫帚竹枝极多，又脏又臭，一时也削不了许多。

就在他眼线被遮的一瞬间，萧东广的扫帚柄，直往辛虎丘小腹插下去！

辛虎丘一声惨叫，大家现在才注意到，扫帚扫地的竹枝虽又秃又脏，但扫把柄却十分净润光滑，且在顶端非常尖利。

辛虎丘的惨呼停歇，瞪住萧东广，萧东广退后三步，拍了拍手，像做完了手边一件伟大的工作似的，舒了一口气，道：

"十一年前，我已知道练的不是手中剑，而是任一事一物，只要你心中有剑，皆成利器。"

——所以扫帚就是他的剑。

——他天天扫地，就等于手不离剑。

——因此辛虎丘为了夺剑，故死剑下。

——一柄扫帚的"剑"下。

二十年前，名动江湖的"掌上名剑"的剑，而今用的竟是一柄竹扫帚！

萧秋水沉默良久，在这一战中，他学得了很多很多的东西。

当他从沉思中惊醒时，发现几个年轻人自然而然地凑在一起，邓玉函、左丘超然正跟唐方谈着话。

萧秋水当然也非常自然地趋过去，参与他们的谈话。

这时萧西楼、朱侠武，也趋近萧东广身边，聊了起来。

萧秋水走近去，邓玉函正说到兴奋时：

"辛虎丘那一剑，胜于气势，一个人气势练足了，剑势也自然不凡；萧伯伯那一剑却胜于无处不成剑，无物不成剑，无事不成剑，于是也无可抵御，无招不是剑！"

邓玉函是南海剑派的高手，他品评起剑法，自有见地，左丘超然禁不住道："那你的南海剑法比之如何？"

邓玉函沉吟了一阵，长叹道："不能比，不敢比。要是家兄来，却还是可以一战。家兄曾与我说：'要出剑就要快，快可以是一切，快到不及招架，不及应变，一出剑就要了对方的命。'家兄又曾对我教诲：'要出剑就要怪，怪得让敌人意想不到，怪到让敌人招架不住，一出剑就杀了对方，对方还不知道是什么招式。'家兄又向我一再叮咛：'要出剑就要狠，狠得让对方心悸，心悸便可以使对方武功打了折扣，就算自己武功不如对方，只要你比他狠，还是有胜算。'就这样，快和怪和狠，家兄说是剑道要诀。我对敌时也发觉它很有效。这剑法迹近无赖，不求格局，不像萧伯伯的剑法，自创一格，意境很高。"

邓玉函是邓玉平的弟弟，而邓玉平就是南海剑派的掌门人。

左丘超然见萧秋水走了进来，忍不住问道："你呢？老大，你也是使剑的，有什么意见？"

萧秋水即道："我的意见与邓玉平大致相近，但我不同意玉函说伯伯的剑法是自创一格；伯伯那一下用扫帚打面，其实是变化自'浣花剑派'的剑招。'浣花剑派'花式很多，剑法繁复，剑气纵横，真正实用的剑招，不一定就是好看的剑招。把虚饰的全部淘汰，留下来往往也是实用的、方便的，同时也是最直接的。扫把的竹枝很多，那迎头又过去的一记，很像'浣花剑派'之'满天星斗'，帚柄倒戳的一招，很像'浣花剑派'中的'倒插莲花'，我觉得伯伯是活用了'浣花剑法'，用到每一事物、每一时机上去，甚至还加上了变化，但他并不是自创一派。这一点让我悟到，我们'浣花剑法'大有可为之处，是我们尚未悟到而已。我们平时太不努力、太不注意、太把剑与人分开而不是合一了！"

萧秋水正论到得意忘形时，唐方却扑哧一笑。

萧秋水脸上一热，期艾着道："你笑……？"

唐方脸色一整，故意不去看他，道："我又不是笑你。"

萧秋水正要说话，邓玉函、左丘超然等都哈哈大笑起来，萧秋水窘得一时不知如何是好。

唐方忍不住笑，替他解围道："我确是笑你……"又抑住笑，终于还是禁不住格格进笑起来，笑容像一朵水仙在清亮的春水中乍放。

萧秋水真要看呆住了，慌忙不敢看，嗫嚅道："敢情是……敢情是我讲错了话不成……"

大家又大笑，唐方笑道："我是笑你……笑你那谈论起来一副不可一世的……的神情。"

众皆大笑。唐方却忽然正色道："霸气也很好。"说着一笑，温柔无限。

左丘超然圆场道："好啊，好啊，你们谈剑论道，我呢？对剑术一窍不通，要论剑，我们不如去找劫生，劫生的剑法也好极了。"

邓玉函笑道："超然老弟，你虽不会使剑，但哪一个碰上你这双手，嘿嘿。"

左丘超然虽不谙剑术，但他却是"擒拿第一手"项释儒以及"鹰爪王"雷锋的首徒，天下大小简繁擒拿手，他无不会用，谁碰到左丘超然那双手，真也如齐天大圣上了如来峰，任你怎么翻，也翻不出他的五指山。

左丘超然笑道："别多说了，去找劫生吧。"

劫生就是康劫生，康劫生就是康出渔的儿子，而康出渔就是名列武林七大名剑之一的"观日剑客"。

康劫生与萧秋水、邓玉函、左丘超然亦是深交，而今他们如往常般的笑闹交谈，自然也忘不掉把康劫生也来凑一份。

他们现在谈话中又多了一个唐方，但他们却根本没把她当作外人，谈得熟络无限，好像深交已久似的，笑在一起，玩在一起，互相嘲弄在一起。

于是他们边走边谈，走去"观鱼阁"。

唐方问道："劫生兄也是'锦江四兄弟'？"

萧秋水即道："不是，'四兄弟'是我、左丘、玉函和唐柔。"

唐方诧异道："阿柔？那你就是老大？"

左丘超然笑道："是呀，他就是老大，我们都惯叫他做老大的。"

唐方忽然含笑凝注着萧秋水，笑得很轻很轻，像燕子呢啾一般，微风细雨斜一般地说："原来老大就是你。"

邓玉函道："唐兄弟是否跟你提起过……"一声"唐兄弟"，

引起昔日与唐柔相处的情景，心中一悲，竟然接不下去。

唐方婉然道："阿大是我最要好最要好的大哥，阿柔是我最喜欢最喜欢的弟弟。他常常跟我提起'锦江四兄弟'，他说他是'老四'，其他几个，最是了不起的人物……尤其是'老大'……但他从来没讲谁是'老大'，谁是'老二'，谁是'老三'……所以我从不知道……原来就是你们！"

左丘超然笑道："怎么，好似我们不像一般的？"

邓玉函好奇道："唐柔怎么在你面前说起我们？"

唐方甜甜地笑道："你们谁是'老三'？谁是'老二'？"

左丘超然道："我是'老二'，他是'老三'。"

唐方笑道："阿柔说老三剑法很犀利，能一剑刺过'穿山甲王'毛修人的'掌心雷'；他的剑法也很妙，有一次拼狠了命，一招还剑，角度出奇，但刺人不着，又狠到了家，收势不住，竟反刺着了自己的……臀部……"唐方毕竟是女儿家，本来是一剑刺着的是"屁股"，她顺理成章地改成了"臀部"。

左丘超然听得捧腹大笑，笑到气喘不已，邓玉函却是悻然，嘿声道："唐柔……唐柔这小子！"

萧秋水忍笑道："老二呢？唐柔怎么说左丘？"

唐方莞尔道："老二嘛？他说老二是个无可无不可的人，但'四兄弟'的行动，一定参与，一定支持，有次他与三位老拳师拆招，一双手擒拿住三双手，确是吓人，只可惜……只可惜……"

左丘超然听得十分神气，忍不住探头问道："只可惜什么？"

唐方抿嘴笑道："只可惜就是爱放……那次老二对到一位'五湖拿四海'的'九指擒龙'江易海，久持不下，擒拿对拆，老二猛放一个……才把那江老爷子给臭跑了。"

这下到邓玉函呼天抢地地大笑了起来，左丘超然哽在那边，脸红得似关公一般，喃喃道："唐柔……唐柔怎么连这……连这也说出来！"

邓玉函笑够了之后，好奇地问道："老大怎么啦？唐柔有没有说？"

左丘超然也巴不得找个台阶下，探头问道："唐柔怎么说老大，啊？"

唐方向萧秋水瞟了一眼，道："他呀……"

萧秋水见前面二人都落得没好下场，慌忙摇手道："喔，不不不，不必说了，我不想知道……"

邓玉函忙怪叫道："嗨嗨嗨，你不知道，我们可要听的……"

左丘超然居然用手拜了拜，道："唐姑娘，拜托拜托，快说快说！"

唐方轻轻笑道："他说……"一双妙目向萧秋水转了一转，萧秋水只觉无地自容，心里早把唐柔骂了几十遍，左丘超然又怪叫道："说呀！说呀！"邓玉函一掌打下去道："别吵！别吵！"

唐方盈盈一笑道："他说呀——老大不是人！"

萧秋水窘得不知如何是好，邓玉函"哈"的一声笑出来，左丘超然向萧秋水挤了挤眼睛。

唐方停了停，继续道："阿柔说，他生平只佩服两个人，一个是大哥，一个是老大。他说大哥年正三十，但领袖群伦，敦厚持重。他的老大却只二十，却敢捻朱大天王的虎髯，为了一头小狗被虐待，不惜与'狮公虎婆'大打出手。为了凭吊屈夫子，不惜远渡秭归，读了李白、杜甫的诗，不惜远赴济南，登太白楼，上慈恩塔，眺终南山，如痴如狂……阿柔说，老大虽然狂放，但不失为当世人杰也。"

唐方说着，眼睛没有望萧秋水，却望向远方，隐隐有些伤悲。

萧秋水开始十分之窘，随而热血澎湃，最后心里一阵酸楚，想起唐柔，唐柔啊唐柔，那苍白而倔强的少年——唐柔。萧秋水想了想，终于道：

"唐姑娘，唐柔他……他在巨石横滩上……"

唐方的眼睛还是望向远方，淡淡地道："我知道。"大家都沉默了起来，信步走着，唐方又道："是大哥飞鸽传书给我的，我见了便立时赶来，没料大哥也……"

唐方没有再说下去，萧秋水等都十分明了唐方连失最敬佩与最喜欢的两个亲人，内心之怆楚难受。

左丘超然赶快把话题岔开道："除了我们四个宝贝，我们还有几个朋友，像劫生——"

唐方也不想使气氛太过沉哀，勉颜接道："哦，劫生？倒是很少听阿柔提起。"

左丘超然侃道："劫生嘛？这小子，他的观日剑法可行得很。我们在成都遇着他父子，那时他们正与朱大天王的手下大打出手，以单剑战四棍，我们到了，以五敌四，朱大天王的手下就脚底抹油——"左丘超然用手做平飞状，"嗖"的一下翘起，笑道："溜啦！"

朱大天王是长江三峡、十二连环坞水道的大盟主，朱大天王又叫朱老太爷，原名朱顺水。他手下有"三英四棍、五剑六掌、双神君"，"长江三英"就擒于"锦江四兄弟"的掌剑之下，后被溥天义趁机诛之，"四棍"者乃百姓口中贬之为"长江四条柴"者，这四人武功更高，也更是无恶不作，萧秋水、邓玉函、左丘超然、唐柔、康劫生在成都一役中，结结实实地使这"四条柴"吃了个大亏而逃，所以左丘超然说到这里，也为之眉飞色舞。

唐方吃吃笑道："你们的生活，好好玩！"

邓玉函抢着道："还有更好玩的哩。老大还有两个好兄弟……"

萧秋水含笑道："一个叫铁星月，一个叫邱南顾——"

左丘超然紧接道："他们两个呀，嘿，一个大笨牛，一个小捣蛋，真是我的妈——"

唐方有趣地瞧着他们，追问道："怎样我的妈？快说来听听！"

左丘超然忽然打了一个呵欠，伸了伸懒腰，无精打采地道："昨晚没睡好，不说了！"

唐方啐道："小气鬼！卖什么关子！"

他们一行四人，就一见如故地边走边谈，走到"长江剑室"附近，这时日已中天，这四人笑笑闹闹，真像天下太平，女的秋高，男的气爽，大家都陶然于山河岁月中……

然而仇杀真的已经在九天云外吗？

不，唐方忽然蹙起眉尖道："昨日我赶入剑庐时，穿过权力帮的包围，仿佛听见，那打洞神魔已经到了，现在他们有打洞神魔、飞刀神魔、三绝剑魔，我们有萧伯伯、萧大侠、朱叔叔，还好可以一拼。"

萧秋水忧虑地道："他们增添了一大实力，反而不攻，只怕其中有诈——"

就在这时，背后传来劲急的衣袂之声！

唐方第一个察觉，立时回首。

来人不是谁，原来是萧东广。

只见"掌上名剑"萧东广含笑道:"你们到哪儿去?"

萧秋水恭敬地答道:"往'观鱼阁',探看康先生病情。"

萧东广道:"很好。我有事跟你谈,也要去'观鱼阁',你我先走一步。"

萧秋水当然答道:"是。"但心中不禁油然地生了一种依依之情。其时丽日高照,叶绿其绿,花艳其艳,池塘流水,清澈见底,但萧秋水心中却恻恻引起了一丝不舍之情。

当然他还是跟萧东广前行甚远,邓玉函等因知伯侄二人有要事要谈,所以也故意放慢了脚步,让萧东广、萧秋水走在前面。

萧东广第一句话就使萧秋水愧无自容:"我看守'见天洞'近二十年,这二十年来,你极少入'见天洞'拜祭祖先,纵随父入祭,但仍心不在焉,你承认不承认?"

萧秋水虽然惭愧,但坦然认道:"是。"

萧东广却一拍萧秋水肩头,大笑道:"我就喜欢你这种大丈夫做事敢作敢当的脾气!是就是!否就否!对就说对!错就认错!有什么了不起!"

萧秋水猛抬头,看见这当了二十年奴仆般生活的伯父,那飞扬的皱纹,依稀点出了二十年前席卷江湖的豪壮神情!

萧东广又道:"这二十年,你二哥开雁最诚心正意,每逢在堡,定必整冠正衽,恭敬拜祭;你大哥易人,每逢大典,堂皇出祭,已隐有目中无神之气象。唯有你——"

萧东广目光如电,盯在萧秋水面上,道:"你平时祭拜戏谑,但每逢礼典,或家里有事,或祖先忌辰,你比任何人都诚心诚意,如四年前你娘病重,你就认真叩拜,一日三祭,亦不向外与人言,我才知你非玩世不恭之辈。又平时观察你拜祭时,祭词全不是按照固定的格式，而是呓语一番，既求剑试天下，又求父母长生不老，亦求得如花似玉的好妻子……"

萧秋水愈发不敢抬头，他万未料到自己以为又聋又哑的"广伯"，竟把自己祭神时的愿望，一一听在耳里。

只听萧东广哈哈豪笑道："此何羞之有？！想我萧东广二十年前纵横江湖，亦起自于好玩之心，雄图天下，唯权欲熏心，反为所误，成不得大事，而今知错，为奴二十年，但平生仍厌恶伴作彬彬君子、实虚伪小人、貌似苟言苟行、实乃无耻无行之辈！"

又补充一句："你有童心，又有壮志，既笑傲不失其真，那很好，我很喜欢！"

旋又向天大笑道："尽管你爸爸向你吹胡子瞪眼睛，我还是很喜欢你！"

萧秋水又惊又喜，断未料到这"伯伯"竟知他如此深切，而他平日好玩喜游，结交知友，萧西楼常摇首叹说萧秋水既心无大志，不似萧易人；循规蹈矩，不如萧丌雁。三兄弟中，萧西楼最担忧于秋水不学无术，乱交朋友，游而忘返。萧秋水却不知有个"伯伯"，如此相知于他，而且这般激赏。当下一时拙于言辞，不知如何是好。

萧东广呵呵豪笑道："喏，拿去——"伸手掏出一剑，递给萧秋水，萧秋水慌忙双手接过，却吓了一大跳——

那是一柄剑。

剑无光泽，剑身长又窄。

扁诸神剑！

原是辛虎丘的扁诸剑！

萧秋水此惊非同小可，道："这，这，小侄，这，受不起——"

萧东广一瞪目，道："咄！什么受不起！拿去！神剑本无光，给有光彩的人用之，才有真正的光华！剑由心生，魔头使剑，便是魔剑，但愿有日你能使此剑，此剑如神助！"

萧秋水听得心头一震，握剑的手不禁紧了一紧，萧东广道："你用此剑，便使不得浣花派的'漫天花雨'——"

"漫天花雨"是"浣花剑派"三大绝招之一，这一招使出时，是运内劲震碎剑身，化作漫天花雨，飞袭敌人，令人无法可挡。

——扁诸是宝剑，当非内力可以震断的，更何况震碎。

只听萧东广继续道："只是我们浣花萧家，招式岂可用死？！我们萧家祖先，闯荡江湖，各怀宝剑，也不见得用不上'漫天花雨'，这招依然世代相传，只是用法各异了。"

萧秋水不禁问道："请教伯伯，如何用法？"

萧东广依然前行，忽然一顿，仰天做沉思状，一拍额角，道："适才我与你父深谈，长久在此守护，也不是办法，必须派人通知桂林方面的人，一令桂林外浣花严密小心，切莫轻敌；二使人手调集，回救剑庐。岳老夫人在此，大家还是不要兵分两路的好，保卫老夫人要紧啊。"

萧秋水点头道："是。"

萧东广又道："权力帮既已遣人潜入剑庐，桂林外支亦不可不防，正需要人通知，辛虎丘有一女弟子，前些时候寄宿于外浣花孟师弟处，恐怕有诈。"

——萧东广与萧西楼之怨乃始自内、外浣花剑派之争，萧东广虽一隐二十年，心里难免耿耿，内外浣花虽已被萧西楼一统成宗，但仍习惯称桂林浣花为外派。

——孟师弟即是孟相逢，"恨不相逢，别离良剑"孟相逢，是桂林浣花剑派支派的主持。

萧秋水会意道："伯伯、爹爹、朱叔叔自当于此主持大局，小侄无能，在此亦成不了气候，定当冲出重围，报讯桂林，以安变局。"

萧东广先是颔首，又是摇头，长吁道："你有此心意，殊为难得。但不是你一个去，一个人去太危险，应当跟你的兄弟们一起去。而且不是现在去——现在孔扬秦、沙千灯、左打洞在外面，你有三头六臂，也冲不出去——要等我们在将临的一场厮杀中，要是我们胜了，那你就和兄弟们冲出去，出成都，渡乌江，赶赴桂林，在权力帮未及调集第二批人手全力攻浣花萧家前，你先去通报易人、开雁、雪鱼他们，我料定他们还会派人截断桂林与成都的联络，不然我们的鹰组，怎么一个都没有回来？！桂林那边，怎么也没了讯息？！飞鸽传书，连一只鸽子都没有回来？！李沉舟老谋深算，必截断所有联络线网，但他意料不到，我还未死，朱侠武、唐大又恰巧在剑庐，是以来了沙千灯、左一洞、孔扬秦、华孤坟、辛虎丘五大魔头，尚攻不下一个成都萧家，哈哈哈哈……"

萧秋水一扬眉，道："伯伯，听说还来了一个叫'无名神魔'的——"

萧秋水语意忽歇——因为正在此时，离他们不到三十丈远的"观鱼阁"猛地响起了一声惊天动地的惨呼——

康出渔的惨呼！

第壹壹回

铁脸
铁手铁衣
铁罗网

又在此时，一朵云出岫飞来，乌云盖日；一张大网，罩住康出渔，收缩，套紧，康出渔立时动弹不得。康出渔如被装在牢笼里的野兽一般，咆哮着用力挣扎，但朱侠武手中的网，如同他的手一般坚定，康出渔愈是挣扎，网就缩得愈紧。

萧东广一跃七丈，再掠五丈，足一点地，又翻出六丈，吸气再奔，转眼已到达"观鱼阁"！

一到"观鱼阁"，一脚踢开了门，只见康劫生哭泣不已，康出渔脸孔赤黑，仰天而倒，已然气绝。

——萧东广疾道："怎么死的？"

康劫生呜咽道："有一个人来，一剑刺杀爹……"

这时萧秋水已冲入"观鱼阁"，见此情状，也是呆住。

萧东广叱道："刺在哪里？"

康劫生道："背后。"

萧东广怒道："人在哪里？"

康劫生一指窗口，萧东广回头望去，突然之间，地上的康出渔平平弹起，手上一亮，犹如旭日东升，光焰万丈，一时之间，萧东广什么也望不见！

萧东广立时想自寻中拔剑，突然有人按住他的手！

康劫生就在他背后！

他想到这一点时，那烈日般的光芒，已然全没，全没入了他的胸膛。

他只觉天地间一片乌黑，叹了一声，便仆倒下去，耳中听到萧秋水惊诧、愤怒、悲厉的声音嘶道："你们！——"

他很想再告诉萧秋水些什么，可惜已然说不出话来了。

康劫生一手按住萧东广要拔剑的手，另一只手，握着一柄剑，剑锋平指萧秋水的咽喉。

这时萧东广已倒了下去。

萧秋水尖啸道："伯伯！——"

这时康出渔已站了起来。

他拔剑，烈日般的光芒又乍起，再神奇一般地"嗖"消失在他腰间的剑鞘中。

烈日般的光芒，赤焰般的剑。

劳山顶，观日峰，康出渔，观日剑！

萧秋水撕心裂肺地叫道："劫生！你——！"

康劫生脸无表情，道："我会留着你，你还有用，可以威胁你父母。"

萧秋水眦眦欲裂般怒道："枉我信任——你！"

康出渔忽然道："你不必惊诧，我就是'无名神魔'，'无名神魔'其实是很有名的剑客，就是我，'观日神剑'康出渔。"

萧秋水只觉一阵昏眩：——权力帮既能派出一个人来卧底，就可以派第二个人！——怎么自己竟没有想到，连足智多谋的伯伯也意料不及！

康出渔笑道："柳五总管早知道辛虎丘不甘寂寞，常借闹酒出去斗剑比武，认为萧家必有警醒，所以先派我来，与萧老儿交好取信，再逐个收拾，然后来个一网打尽。"

康出渔笑笑又道："李帮主本就算无遗策。"

萧秋水厉声道："你根本就没有中毒！"

康出渔傲然道："那当然，华孤坟的毒哪里毒得到我！"

难怪连唐大、张临意都诊断不出康出渔所中之毒！

萧秋水转向康劫生，道："我没什么话好说。但只对你，你本是我的朋友——"说到这里，萧秋水眼里已有痛苦之色，"你为什么要这样做？"

康劫生冷冷地道："我没有朋友。我只有帮主和爹爹，我根本不需要朋友。"

萧秋水的脸容已因愤怒而扭曲，这原是他的朋友，兄弟一般的朋友，却在权力帮的影响下，完全变了另外一个人，他发誓只要他活着的一天，定必要粉碎权力帮！

假使一个人在别人的剑下，生死于俄顷之间，还是可以有大志，还是可以为别人着想，这个人就算别人说他年纪小，说他不懂事，说他幼稚荒诞，但他还不失为真英雄、大丈夫、性情中人！

萧秋水一字一句向康出渔道："只要你叫你儿子放下剑，我将与你决一死战！"

萧东广是萧家的长辈。

萧秋水当然要为萧东广报仇。

康出渔成名极早，十五年前已名列当世七大名剑之中，萧秋水年仅二十岁，但他一句话说出来，竟使康出渔心下也有一阵淡淡的寒意。

康出渔冷笑道："你已被我们所制，只要劫生将剑往前一送，你必死无疑，我不必与你交手。"

萧秋水怒道："你想怎样？！"

康出渔道："我要你喊救命。"嘿嘿笑道："救命、救命、救命地不断喊下去，喊到在附近的令堂进来为止。哈哈哈哈……"

萧秋水截然道："我不喊！"

康劫生道："你不喊我就——"作势把剑往前一推，想先在萧秋水喉咙戳出点血来，以作恫吓之用。

就在这时，他的手突然麻木了。

他的手臂上忽然多了十七八枚细如牛毛的银针。

萧秋水砰地推开震惊中的康劫生，大喜呼道："唐方！"

这时康出渔身前嗖地一亮，如旭日般的亮烈芒团又飞起，直扑萧秋水！

却听两声叱喝，一道白雪般剑光，一双翻飞似蝶般的手，缠住了旭日神剑，斗了起来！

萧秋水一脸喜颜，忍不住径自叫道："左丘！玉函！"

康出渔千算万算，却不料萧秋水原本便和邓玉函等一齐来的，康劫生呼喊时，左丘超然等也在附近。

左丘超然一上来就用大擒拿手，配进小擒拿手，招招从侧攻进，牵制康出渔的攻势，邓玉函一出剑到现在就没有歇过手，到现在已攻出三十七剑，一招比一招快，一剑比一剑狠辣！

康出渔猝然吃惊之下，手上长剑时亮时暗，亮时如旭日，暗时如夕照，一亮一暗间，依然是杀着无穷、势不可当的"观日剑法"。

未几，康出渔手上的光芒逐渐更亮了，而且愈来愈亮，亮灿如烈日中天，在烈日的曝晒下，邓玉函与左丘超然，汗湿透衫。

只听一声清响，乱红飞舞，剑气纵横，萧秋水已拔出了扁诸神剑，加入了战团。

泰山高，不及东海崂。

崂就是东海崂山，崂山有座观日台，气象万千，在观日台上，不少人有天下之志，但真正在观日台上观了十年的日，练了十年的剑，只有康出渔一人而已。

邓玉函的南海剑法，剑走偏锋，而且辛险奇绝，往往从别人意料不到的角度进击，但是却突不破那一团金亮或暗红的剑芒。

萧秋水的浣花剑法，意御剑光，写意处比写实处更无可抵御，而且剑虹飞逸，快如游电，却仍是突不破康出渔手上如烈日当空的骄厉凌威！

反而，康出渔的剑势愈来愈威猛，愈来愈盛，正是他仅以成名的剑法"九日升空"。

一剑九变化，一招九剑式，萧秋水、邓玉函都反攻为守，被一招又一招、一剑又一剑的威力与压力，逼得喘不过气来。

但是康出渔也觉得处处受制，难以发挥，除了前面两柄辛辣、精奇的剑之外，还有他身侧背后一双巧手，招招不离他的要害死穴，给他莫大的牵制。

他心知若不能一鼓作气，以凌厉的剑势歼灭这些年轻人，再过些时日，这些年轻人都将会有了不起的成就；甚至不必再过些时日，只要久战不下，这些人的精气盛旺耐强，再要制住他们，也就更不容易了。

他心中暗自庆幸，"锦江四兄弟"果然名不虚传，但幸好唐柔已给杀了，要不然这四人配合起来，自己今天都不知是否能敌。

他的剑芒盛烈，左丘超然施了七八种擒拿手，都碍于双目难以视物，认拿不准要穴，无法制住康出渔。

萧秋水、邓玉函，也是同时感觉到那剑不只是剑，而是烈日，而是太阳。

太阳的矞皇，烈日的威猛，令他们无法承受那巨大无匹的压力。

太阳再炽烈，也有西下的时候。

康出渔剑如烈日，但日既有东升，亦会西沉。

康出渔知道唐柔已死，却不知还有唐方。

康劫生的手臂麻木了后，才知道自己中了暗器。

他一面大叫暗器，然而手已不听使唤，剑往下落。

他慌忙想用左臂去拾，俯身的时候，忽然上望，只见一美丽如雪、傲拗而清定的女子，用雪玉一般的眼神，在望着他。

他只觉心中一寒，身子就顿在那儿。

只听这女子道："你是他们的朋友？"

康劫生情不自禁地点了点头，这女子"哦"了一声，轻轻摇了摇首道：

"那你最好不要去拾剑，因为我不想杀死他们的朋友。"

康劫生捧着伤手，僵在那儿，身子半蹲半站，一时不知如何是好，只听那女子柔声道："我姓唐，叫唐方。"

康劫生全身顿如坐在冰窖里，一下子全身都冷却了，不要说去拾剑，连站起来的勇气，也消失了。

九个太阳，不仅骄厉于长空，而且不住地跃动。

大地干旱，宇宙荒漠，黄土地上的人民，遮袖遮不断，挥汗挥不住。

康出渔的"观日剑法"，已不是十五年前闲定观日，而是自身成了太阳！

"喀噔"一声，邓玉函的剑折为二！

萧秋水之所以不断剑，因他所使的是扁诸神剑。

邓玉函一折剑，情势就更是凶险了。

第一一〇回

烈阳恣威，无对无匹。

正在此时，一支银箭射来，正中剑身，叮的一声，剑箭齐飞！

打蛇打七寸，刺牛刺脑门。

这箭却正中日心：

也是康出渔运力行剑的要害！

剑飞箭折，太阳不见，康出渔呆立当堂！

箭当然是唐方发出的。

唐方分神甩箭，康劫生立时拾得了剑。

这下是同时发生的，唐方一扬手，打出了三点星光！

康劫生一拾得剑，连舞七八道剑花，叮叮叮，碰开三点星光，长身而起，他重获长剑后，第一件竟不是协助老父力敌众人，而是破窗而逃！

但是唐家的暗器之精之奇，是他始料未及的。

那地上的三点星光，忽又弹起，康劫生反应再快，也中了一下，砰地摔跌下来。

就在这一瞬间，康出渔也掠出！

掠出的同时，推出双掌！

双掌撞向左丘超然！

匆促间左丘超然无法勾手借力，只好硬接。

这两掌是康出渔数十年内力内气修为交关，全力施为一接之下，左丘超然震飞丈外，破墙而出！

康出渔立时拾剑，少了"观日剑"，就等于少了"观日剑法"，少了"观日剑法"，康出渔就不再是康出渔了。

邓玉函也立时滚身、捞剑，他抄起的是地上萧东广的"古松残阙"。

萧秋水立时出剑，他一剑划出去，嗤的一声，康出渔臂上多了一道殷红；萧秋水一剑得手，第二剑划出时，"当"的一声，剑身已被压住，只见一团金芒，却正是观日神剑。

康出渔已一剑在手。

但同时间，另一剑已抢险刺到！

一柄断剑，古松残阙。

康出渔并没有接剑，他立时倒飞出去！

逃！

他的决定是：逃。

萧秋水已被救，康劫生已被擒，这里还有左丘超然、邓玉函，还有一不知来路的唐家子弟，再打下去萧家的人随时会来，既无把握，便立刻撤走。

甚至连儿子都不顾了。

权力帮的徒众，都似乎有这种"本色"。

狠、辣、毒、诡，必要时，什么都可以做，任何东西都可以牺牲。

所以康出渔虽然得剑，但他立时就走。

"追！"萧秋水大吼了一声。

他自己也不肯定是否康出渔之敌，但如康出渔这样的人，让他走出去无疑等于害更多的人，他更不能容他逃走。

邓玉函也立时追踪出去，南海剑派的人一向是急先锋，剑法与性格相似。

唐方射倒了康劫生，她的人也如清风般消失了。

留下来的是左丘超然。

他要留下来，留下来制住康劫生。

他要问康劫生为何要这样做，这样做对不对得起朋友！

精通擒拿手的人一向比较慎重，左丘超然比起邓玉函，自然比较细心稳重。

萧秋水却因为怒，为被骗、为被出卖，为信仰而愤怒，只要他觉得应该做的事情，明知九死一生，甚至必死无生，也会不惜一切，非做不可！

逃！

尽速地逃离！

既然事已败露，又没有把握把对方杀却，便唯有在未张扬开来之前，先逃离险地！

只要能逃离浣花萧家，一出大门，便可以与权力帮的人会合，沙千灯、孔扬秦，最重要的，还有打洞神魔左常生！

他深知左常生的武功绝技，只要这人在，便绝对能克住萧西楼。

便在这时，他遇到萧西楼。

他已逃到听雨楼外，只要穿越过听雨楼，便能逃离萧家，然而他却在此时遇见了萧西楼，康出渔心中自叹倒霉，才发现自己剑未收起，而且手臂鲜血在淌着，而萧西楼已经注视到这点。

萧西楼身边是朱侠武。

康出渔脸色立刻变了，但随即他又释然起来了。

因为他知道萧西楼并不知道他手刃萧东广的事。

他知道，但萧西楼不知道，所以他仍占了上风。

因此他还可以猝不及防间制住萧西楼，反而可以借此立了个大功，他倒觉得自己幸运了起来。

朱侠武、萧西楼都在，自己绝非二人之敌，但在猝然间下手，制住一人，便可以威胁另一人了。

他打的是萧西楼的主意，对朱侠武深不可测的武功，他是不敢轻举妄动的。

这时，萧西楼闪身跃近，扶住康出渔，关切地问道："康先生，因何……"

康出渔佯作喘息道："我……我……权力帮中人已潜入庄内，我杀了几个，贼子们好厉害，我也中了……中了孔扬秦一剑……"

说到这儿，忽然瞥见，楼下已奔来两道人影，正是萧秋水与邓玉函。

萧秋水与邓玉函也看见萧西楼在楼台上扶持康出渔，正急欲大叫，康出渔故意大声喘息，让自己声音的压下呼喊，道："他们追来了……"用手一指。

这一指，正是指向萧秋水与邓玉函。

萧西楼、朱侠武当然是随他的指向一望。

正在此时，康出渔便出手了！

"嗖"的一声，红日正炽，飞刺萧西楼！

萧秋水追近听雨楼，猛抬头，见自己父亲与康出渔贴身而立，心里一凛，才猛想起一天前张临意遭暗算惨死时，父亲纵论数大名剑时，论及康出渔的观日神剑时，自己心中一动的原因。

阴阳神剑张临意死时极其惊愕，满目意想不到的愤然，就算是辛虎丘猝施暗算，也不致如此震愕；而是他自己刚才还替对方医治过，眼看活不成的病人——康出渔，忽然出手如电，日跃芒起，刺杀自己，这才教张临意惊心惊魄，死而不服。

刺杀自己和玉函的人，正是康劫生，他功力与自己相仿，故不敢恋战，便嫁祸于唐方。

康出渔却趁机狙杀唐大。

好辣的手段，好毒的阴谋。

萧秋水猛抬头，见康出渔与自己父亲贴身而立，正欲高呼，但见一道厉芒，已自康出渔手上袭出，直刺萧西楼！

萧秋水的高呼变成了一声撕心裂肺的厉喊！

大变猝然来！

就在康出渔手中一团光芒暴出之际，忽然一道七彩的虹桥，不偏不倚，架住了落日，煞是灿丽！

这一剑，来得无踪迹，却发自萧西楼！

萧西楼似早有防备。

又在此时，一朵云出岫飞来，乌云盖日；一张大网，罩住康出渔，收缩，套紧，康出渔立时动弹不得。

康出渔如被装在牢笼里的野兽一般，咆哮着用力挣扎，但朱侠武手中的网，如同他的手一般坚定，康出渔愈是挣扎，网就缩得愈紧。

铁衣铁脸铁手铁罗网。

朱侠武。

朱侠武也像早有所备。

这时萧秋水、邓玉函亦已赶上城头，惊喜交集。

而听雨楼中，又轻悄悄地闪出一人。

一个雪玉般轻柔的女子。

这一个美丽女子，康出渔一见之下，竟没有再挣扎的勇气，颓然松下了剑，把手自网外缩回来，观日剑呛然落地，暗如落夕。

只听那女子道："我先你而来。"

萧西楼望定康出渔，一字一句地道："没想到你是这样的人。"

康出渔没有话说。

朱侠武却说话了："唐姑娘轻功比你好，先你而到，不过也只是来得及说出一句话而已，你就来了，我们不及细辨，只好先叫她躲起来，可惜你果真出了手。"萧西楼接道："唐姑娘是说：'康出渔没有中毒，他杀了广伯伯——'"

康出渔低下了头。

要不是他太有把握，全神贯注施暗算，反被人所趁，他还不至于一招就被擒了下来。

朱侠武冷笑，连点他七处要穴才呼地张了网，嗖地收缠腰间，冷冷地道："你还有什么话好说？"

康出渔没有说话，他千算万算，算漏了萧秋水不只是与萧东广到黄河小轩，还有邓玉函、左丘超然，甚至唐家唐方也来了。

他更算错了一步，唐方年纪远比他轻，轻功却远比他高。

所以他无话可说。

萧西楼："本来我们是朋友，本来为了这点我可以放你一马……可是你不该杀了广哥！"

萧秋水忍不住道："爹！张老前辈、唐大侠也是他杀的！"

萧西楼厉声道："是不是？！"

康出渔垂下了头，这时唐方一扬手，打出一柄飞刀！

飞刀直夺康出渔的咽喉！

杀兄之仇，唐方是非报不可的！

这时半空忽又多了一柄飞刀，叮地撞在一起，跌落地上。

只听此起彼落的一阵呼哨，四面八方又出现百余名权力帮众，杀向大门，浣花剑派的子弟也纷纷接战，当先杀上来的三个人，其中一人正是飞刀神魔沙千灯。

那击落唐方飞刀的飞刀，正是沙千灯发出的。

朱侠武一见沙千灯，只说了一句："你的灯呢？"

这一句如一个毒招，打进沙千灯的心坎里，沙千灯的脸色立时变了。

在昨夜的对垒中，沙千灯渐落下风，不得已破灯而遁，沙千灯素以灯为标志，而今灯焚人在，已是奇耻大辱，而今朱侠武轻描淡写地提了一句，他如被针刺，一时说不出话来。

只听一人冷笑道："朱铁脸，你别逞口舌之利！"

说话的人白衣如雪，背插长剑，态度洒若，正是三绝剑魔孔扬秦。

萧西楼笑道："不逞口舌之利，要逞刀剑之利吗？"

这句话含有很大的挑剔，孔扬秦脸色也由雅儒变为愤慨！

因为昨天一战，萧西楼与孔扬秦尚未正式比剑，萧西楼便以步法制胜，迫退孔扬秦，这也是三绝剑魔成名以来的毕生大恨。

却听一人冷笑道："你哥哥都给人杀了，你的掌门位子也坐稳了，自然不怕刀剑之利了。"

这一句话，浣花剑派弟子们听得无不勃然大怒，二十年前，萧东广背叛，萧西楼饶而不杀，而今这人这一说下来，仿佛是萧西楼篡夺掌门之位，唆杀兄长，真是极尽蔑辱之能事。

大家都禁不住拔剑而起，萧西楼却反而镇静，一字一句地问道："打洞神魔？"

那人长袍阔袖随随便便地笑道："左右的左，无常的常，生死的生，左常生。"

那人相貌生得随便，衣着也随便，举止更是随便，竟似没有把朱侠武、萧西楼一干武林高手看在眼里。

萧西楼眼光似已收缩，道："人说左常生是个人才，果然是个人才。"

左常生笑道："更有人说左常生长生不死，岂止是个人才。"

萧西楼道："阁下是不是长生不死，待会儿便知分晓。"

左常生笑道："待会儿老兄名号萧西楼，不要念成笑死蝼才好。"

朱侠武忽然抢前一步，道："萧兄，此人交给我了。"

萧西楼一怔道："莫非朱兄觉得我非其所敌？"

朱侠武道："不是非其所敌，而是这人，我选定了，你不该抢我的生意。"

——其实谁都看得出来，在三个来敌中，左常生的武功最神秘莫测，亦即是最难以应付的一个。

——然而打洞神魔却专挑萧西楼。

——莫非他已有必胜之把握？

——不管是不是，朱侠武却先挑上了他。

左常生那不在意的脸容，一下子变得如一条绷紧的弦！

弯弓射虎，绷紧的弦。

朱侠武突然就出了手。

就在左常生从不在乎到在乎，一百八十度转变之际，骤然出了手！

要是弓，弓尚未张。

要是弦，弦未拉紧。

朱侠武一招出手，那张网像天罗一般地罩了下去，左常生就是那网中的鱼！

可是网忽然裂了。

左常生手上多了两面钹一样的兵器，但在钹沿上都是尖锐无比的齿轮。

网一罩下时，左常生就推出双轮，双轮一转，钢索断裂，宽大袍影一闪，左常生破网而出！

左常生与朱侠武的恶斗方才开始，萧秋水一方面看急，一方面估量情势，战局颇不乐观。

朱侠武战左常生，谁胜谁败？

要是父亲力敌孔扬秦，那又有谁能制住沙千灯？

自己？还有玉函？或者加上左丘？

这时听雨楼上又出现一个人，全身黝黑，脸目苍老，这个人一上来时，邓玉函就震一震。

然后邓玉函就附嘴在他耳边，沉重地道："南宫松篁，百毒神魔唯一弟子。"

——沙风、沙云、沙雷、沙电，是飞刀神魔沙千灯的弟子。他为人极其专横，所以连他的弟子，也得改姓沙，但其中三人已被阴阳神剑张临意所杀。

——"无形"、"凶手"、秤千金、管八方，是铁腕神魔溥天义的助手，已被"锦江四兄弟"所歼灭，但他们也丧失了结义兄弟唐柔。

——雁字回刀李不支、长风短刀周圆忽、飞鹏舍身刀胡雨深、神经刀蔡月汗，都是长刀神魔何红火座下四大刀手，已在其他战役中给摧毁。

——辛虎丘的女弟子，已潜伏桂林；康出渔的弟子，也正是他的儿子康劫生，为左丘超然所擒。

——只是"打洞神魔"左常生的手下呢？还有"三绝剑魔"的三大剑手呢？

——他们来了，还是没来？出现了，还是没有出现？

——百毒神魔华孤坟的弟子南宫松篁，唐方可又应付得来？

萧秋水想到这里，思想就像在漩涡里打转，一直翻冲不出去：唐方、唐方、唐方挡不挡得住南宫松篁？

就在这时，萧西楼忽然在他耳边低沉而迅急地道：

"一有机会，你就冲出去，到桂林去，把分局的人都调来集中。记住，不可意气用事，以大局为重！"

萧西楼一说完，又退身注视场中的恶斗，萧秋水却整个人都呆住了。

左常生裂网而去，朱侠武连眼也不眨一下，抢身而上，左掌、右拳、左腿、右脚，都打了出去，手脚的招式都完全不同，左掌是垂云山的"穿天掌"，右拳是正宗少林伏虎拳，左腿是当年"千里独行"左天德的"活杀腿法"，右脚是"扫堂腿"中的"狂风扫落叶"！

一个人要同时攻出两手两脚，是绝不容易的。

何况手脚所施的武功招式，门派宗别又全然不同。

左常生脸色变了，这次是真的变了色。

他的双钺立时迎向朱侠武的双手，狠狠地剁下去。

朱侠武的双手攻势立时隐灭，铁手的手毕竟不是铁铸的。

但是朱侠武的双脚还是蹿踢出去！

两脚一齐踢在左常生的肚子上。

走？！

萧秋水是从来都没有想过，在面临大敌时，自己要先"走"！

不，他不走！

他的家人，他的朋友，都在这里，他的敌人，他的仇人，也在这里，他决不走，也绝不能走！

可是父亲却要他走，"以大局为重"！

面对溥天义时，萧秋水没有畏惧；面对康出渔时，萧秋水没有胆怯；而今遇见这一个抉择，却让他冷汗淋漓。

这时，他感觉到一双眼睛，向他瞟了一瞟，他急急看过去时，那刘海已如流苏一般低垂，那发仍像黑色一样浓，那张侧近的俏脸，萧秋水没有真的望见唐方的眼神，可是他肯定有一种关切，如一层轻柔的暖衣，披盖在他的身上、心头。

朱侠武外号"铁手铁衣铁脸铁罗网"，这外号与他的脚无关。

一个杀手，往往无名的，比有名的更可怕，因为无名的教人才更无从防御。

朱侠武的双腿，传说十九岁时已踢死一头白额虎。

然后距离他的脚踢死一头白额虎整整十年，他才又现江湖。

他一出道，就是朝廷公门，公认的第一流罕见的好手。

他出道迄今十六年，据说只杀了十一人，这十一人无不是杀人不眨眼，十恶不赦，又无人能制之的黑道高手。

朱侠武从来没有败过。

他又名"天罗地网"，真是天网恢恢，疏而不漏。

但是他的网，今日却破了。

他双腿踢出去，也踢到了无可名状的惊骇！

他两脚踢中左常生的肚子，踢裂了衣袍，然而衣袍里竟是一个空了的躯壳！

左常生没有肚子！

左常生没有小腹！！

朱侠武怎么也料不到这一着，他双脚踢了个空！

像一个人一脚踏在一个大洞里，不同的，朱侠武是双脚一齐踩在一个陷阱中！

衣衫裂开，闪电般一瞥，左常生是没有肚子的人！衣衫掀处，他的肚子肉已腐毁，臭气熏天，紫黑一片，只有腰脊接连着上下身躯！

谁也没见过这种人，谁也没遇过这种事！

朱侠武双脚踢空，左常生双钹冲出！

右钹上，打脸门，左钹下，插前胸！

一招必杀，一击必死！

朱侠武猝不及防，怎么也避不了！

钢钹打在他脸上，打个正中！

钹刃刺入他的前胸，刺个结实！

惊人的是，钹刃竟刺不透朱侠武的衣衫，而朱侠武脸上吃了一记，五官溢血，却仍不倒下！

这不可能的！

只有左常生才清清楚楚地知道，他的钹沿钢刃，比利刀还锋锐，他的钢钹威力，一记打下去，足可裂石开碑！

何况打的是朱侠武的脸门与前胸！

他马上闪过朱侠武他的号"铁手铁衣铁脸铁罗网"。

"铁罗网"已被他所破，但铁罗网只是朱侠武绰号中的最后一项而已。

还有铁脸，还有铁衣！

他的钹正切在朱侠武的脸上，他的钹刀正割在朱侠武的衣上！

还有铁手？！

他惊觉已迟，朱侠武突然消失的双拳又突然出现，双拳正打在他的左右太阳穴上！

少林正宗，"双撞钟鸣"！

他们距离本近，左常生又因得胜大意，这两拳，便足以要了他的命！

第壹贰回

我要去
那儿找
我的兄弟

　　残霞满天，暮泣苍茫，黑黝的树林后面是什么？黑漆的天空后面又是什么？可是萧秋水在心里长吟不已，时间隔阂，空间残忍，但萧秋水还是要冲出去，傲啸天下。

大变骤然来！

由左常生遇险，到朱侠武中招，又到左常生危殆，大家一时都呆住了，怔住了，一时措手不及。

左常生倒下去后，朱侠武摇摇晃晃走了七八步，一个骨碌倒栽了下去。

萧西楼急忙扑出，扑往朱侠武，只见朱侠武七孔流血，脸色紫金，胸膛殷红一片，已是出气多，入气少。

他的脸纵是铁铸的，大概也给左常生一钹震碎了脸骨；他的衣衫纵是铁镙的，也给左常生一钹捺断了血脉。

但凭铁脸与铁衣，却使他有余力先击毙了左常生，方才倒下。

萧西楼含着泪，迅速点了他几处穴道，把解药抛给萧秋水，要萧秋水替他止血，然后缓缓地起身，缓缓地抬头，一只手，却已搭上了剑柄。

孔扬秦一只手，也搭上了剑锷，暗暗叹道："可惜可惜。"

萧西楼没有说话，也像没有听到一般。

两天前，萧夫人、康出渔、唐大、朱侠武在一起应敌，而今，萧夫人受伤，康出渔背叛，唐大被狙杀。

这两天来，朱侠武一直在他身旁，在他疲乏时替他主持大局，在他应敌时替他当前锋。

而今，连朱侠武也身受重伤，生死未卜。

萧西楼的心情是沉重的，也是孤独与落寞的。

他仗剑而立，长髯无风自动，只要他在的一天，就算只剩下一个人，也绝不容人侵犯浣花剑派，萧家剑庐！

沙千灯却道："可惜什么？"

沙千灯是得意非凡的，令他挫败的，使他羞辱的，是朱侠武，然而朱侠武已经倒下，纵牺牲了左常生，也是值得的。

孔扬秦道："老左自少的肠子生满了蛔虫，胃部又溃疡蛀烂，所以给帮里的'药王'把他的肠胃全都割去，但他利用了身体这个缺憾，成了大名鼎鼎的'打洞神魔'，弱点反成了他的杀手……"

"药王"是"权力帮"帮主李沉舟座下帮内八大天王——"鬼王""刀王""剑王""火王""蛇王""水王""人王"与"药王"之一。

"药王"的医术，是当今医术排行第二的，他医人的手段，确也匪夷所思。

昔称华佗替曹操治头痛，即开脑下药，为关羽疗伤，也刮骨去毒，而今"药王"切除左常生肠胃，居然还能生存，一方面是医术令人咋舌，一方面是左常生的生命力，确也够强够韧。

然而左常生却死于朱侠武双拳之下。

孔扬秦叹道："可惜他大难不死，仍没有后福，朱老兄的铁拳，也未免太霸道一些了……"

左常生身患奇疾，居然残身而活，并练成奇技，确是人间英杰，不少人是死于左常生这奇特的缺陷下，只可惜今天他遇到的是朱侠武。

一个人练功到脸上，而且能练成"铁布衫"，一定花出过不少的血汗，付出过极大的代价。

左常生有耐力，但朱侠武更是一个有魄力的人。

左常生死在朱侠武手下，其实死得并不冤。

孔扬秦继续道："只是朱老兄一倒，我们这边虽缺了左一洞，但我和沙兄是两个，你萧大侠却只有一人了……"一面说着，一面拔出了如白布一般的白剑。

时过正午，已近黄昏。

阳光自斜西射来，白剑一片雪亮如透明。

孔扬秦的脸色完全庄严、凝肃，说："康兄，我的三绝剑法起手式，比起你的观日剑法，如何？"

萧西楼忽然道："一齐上吧。"

孔扬秦扬眉道："哦？"

萧西楼整然道："你不必指东话西，吸引我的注意力，其实只要我一出手，沙先生的飞刀绝不会在你长剑之后赶到的。"

孔扬秦一时倒是脸红了红，说不出话来；沙千灯却大笑道："好！好！痛快！痛快！萧西楼不愧为萧西楼，这就是我们剩下我和孔兄，而你只剩下你之不同了！"

忽听一个清扬娇俏的语声道："还有我。我是唐家唐方。"

沙千灯乜着眼睛道："你是姓唐的吗？我看你是姓萧的吧？"

唐方的脸色变了，变得煞白，这白皙自有一种惊心动魄的美，孔扬秦低声向沙千灯疾道："我们对付萧家，不必开罪唐门。"

唐方作碎玉金声："你们杀了我柔弟、唐大哥，蜀中唐门，将与权力帮不死不休！"

孔扬秦也变色道："唐姑娘，这句话可是你唐门的人先说的哦！"

这句话本是唐方怒极而言，但自古红娇也有一种倾国倾城的俏杀。四川唐家，四百余年基业，子弟族亲，已自成一城，暗器绝技，称绝天下；权力帮，是为天下第一大帮派，门众之多，遍布天下，外堂得力者有九天十地，十九神魔，内堂鼎力者，还有八大天王和一杀、双翅、三凤凰；智囊柳随风，娇妻赵师容，帮主李沉舟，都是世间人杰；一帮一门，本不到非战不可时，绝不致相互火拼，玉石俱焚，但唐方一句言语，落地作金石之声，竟亦有褒姒一笑的烽火，但比褒姒远为正气，掀起的不是狎戏诸侯，而是武林中帮派火拼的一场血腥风雨。

沙千灯冷笑道："丫头，你道行再高，也高不过唐老大，现在跟我斗，无疑是送死，只是你这般娇俏，我也舍不得杀，不如讨来做个——"

唐方的脸由白泛起了绯红，她没料到，以"飞刀神魔"沙千灯的前辈身份，居然说出了这种不顾廉耻的话来！

就在这时，只听一声断喝，萧秋水已连人带剑冲了过去！

萧西楼要他趁乱逃了出去，他没有逃。

他不但没逃，反而第一个冲了过去。

沙千灯开始是着实吃了一惊，随而眼睛闪动着狡黠的厉芒，大概是他已有让萧秋水的冲来等于送死的把握吧！

就在此时，忽然一个低沉的声音响起："住手。"

萧秋水冲到一半，居然止住了，不是因为那一声喝止，而是他瞥见了那喝止的人。

城楼的阴影下，立着一个人，他手上的剑，如阴影一般黝黑，又仿佛根本不存在。

这人竟是：

阴阳神剑

张临意!

康出渔仍趴在地上，嘎声惊叫："张……张临意!"

这一声呼唤，使沙千灯、孔扬秦变了脸色。

阴阳剑客张临意，成名犹在当世七大名剑之先，出道也比沙千灯等人早，武功呢?

这情势完全变了。

本来孔扬秦、沙千灯顾忌的只是萧西楼，现在却多了张临意!

何况还有唐方、萧秋水、邓玉函!

孔扬秦、沙千灯的目光收缩，竟闪动着一丝惶乱之色。

就在这时，地上有一人突然跃起!

一跃起，手脚并施，解了康出渔身上的穴道!

这下事出猝然，萧西楼不及阻拦，这人一解开康出渔的穴道，却又倒栽下来，力气已竭，康出渔一旦得脱，一手扶起此人，一掠三丈，仓皇急道："扯呼!"

"扯呼"就是逃的意思。

康出渔杀过张临意，却见张临意就在前面，真是心魄俱寒，三魂去了七魄，而且他吃败在先，斗志全消，这一声"扯呼"，更使沙千灯、孔扬秦心乱意慌，不禁退了一步。

既退了一步，便忍不住反身就逃。

那地上跃起的人是左常生!

左常生没有死，一个人可以给切除了肠胃仍能活着，他的生命耐力就必然很强。

也不是左常生能禁受得住朱侠武铁手一击，最重要的是，左常生先击中朱侠武，使朱侠武重伤之下，功力大打折扣!

所以朱侠武只是击昏了左常生，甚至可说把他击得重伤，但这一击并没有杀了打洞神魔！

左常生真是"常生"。

左常生纵不死，但也无力再战，甚至也没力逃遁，他转醒后，唯一方法是先救他身侧的康出渔，基于相救之情，康出渔一定会帮他逃离的。

他这一着果然算对了。

权力帮的神魔现在虽有四个，但左常生伤不能战，康出渔心无斗志，孔扬秦、沙千灯更无法恋战，四人一逃，剩下的权力帮众，更是溃不成军，纷纷撤退，被擒杀大半，仅剩五六十人退入林中。

权力帮一退，五路浣花剑派的组长向萧西楼报告战况，萧西楼一一点派了之后，抚髯笑道："夫人，萧家剑庐，今日得保，全仗你这一招要得漂亮。"

只听"张临意"清笑道："当然瞒不过您。"

"张临意"缓缓掀开脸部的易容之物，赫然竟是萧夫人孙慧珊！

萧夫人的父亲原是"十字剑派"的老掌门人"十字慧剑"孙天庭，夫人就是江湖上易容三大宗师"慕容、上官、费"的费家费宫娥。

费家易容，天下排行第三，她的女儿，自然也是易容的高手了。

孙慧珊见大局不妙，便想出这易容之策，先求退敌；但易容不过是精微而成功的乔装打扮，若不是站在暗处，又欺康出渔惊心动魄之际，加上孔扬秦、沙千灯、左常生等又并未真的见过张临意，才能吓退这四大神魔。

只听萧西楼叹道："可惜，可惜这只是一时退敌之计，苟安一时，这四名神魔再来犯时，我们又如何抵挡？"

萧夫人道："不管如何，康出渔等一退，事后定必发现张老前辈不可能未死，一定会再来犯……但在此刻，保持体力要紧。"萧夫人莞尔道："第一，要替朱大侠治伤；第二，要先饱吃一顿，天大的事，都要吃了饭之后再说。"

唐方凝注着当年的侠女萧夫人孙慧珊，像春风一般掠过人们本来忧患的心头，心里不由生起了深心的敬慕。

萧秋水、邓玉函、唐方去"黄河小轩"邀左丘超然共同进食，却见康劫生已然不见，左丘超然只说了一句话：

"我放了他，是我不对。没有得过老大和老三的同意，你们处置我吧。"

邓玉函铁青着脸，没有作声。

萧秋水忍不住道："我们知道你的心情。要是看守劫生的是我们，我们说不定也会这样做。"

唐方瞧着他们，忍不住问了一句："为什么你要放了他？"

左丘超然恭然道："因为他是我们的朋友。"

邓玉函道："甚至已经可以说是兄弟。"

萧秋水道："一朝是兄弟，一生是兄弟。"

唐方叹了一声，悠悠道："我真不了解。"

邓玉函忽然道："既一夕是兄弟，永远是兄弟：他就不该出卖我们！”

他握剑的手紧了紧，狠狠地道："尤其是出卖兄弟的兄弟，我见了，一定要杀！"

在饭桌上，大家都很愉快，但在吃完之后，大家都沉默了起来。

时候无多了，权力帮下一轮攻势在什么时候呢？

朱侠武在萧西楼悉心救治下，性命无大碍，但已失去了作战能力，而萧西楼足足派了五十六名虎组高手去维护他的安危。

权力帮的下一轮攻击，还是会来的。

萧西楼又要重提那一件事了，这次的事件却增多了人数：

"秋水，你一定要逃出去，到桂林去，把孟师叔、易人、开雁都请回来，听说玉平兄、唐刚、唐朋兄也在那儿，唯有等他们赶到，我们才有能力与权力帮决一死战！"

"孟师叔"就是萧西楼的师弟，"剑双飞"孟相逢。

易人就是萧易人，萧家三兄弟中，最露锋芒的老大。

开雁就是萧开雁，萧家三兄弟中最沉默寡言的老二。

"玉平兄"就是邓玉函的哥哥，南海剑派掌门邓玉平。

唐刚是唐家年轻一代武功招式暗器手法最刚猛者。唐朋则是唐家年轻一代最交游广阔的年轻高手。

萧西楼计划的是，集中兵力，对抗权力帮，以免被逐个击破。

萧秋水沉吟道："爹，我们不如先集中这儿的人手，把包围者一一击杀，才一齐去桂林……"

萧西楼蹙眉怒道："胡说！这儿是祖祠之处，怎可随便易据！而且以现今情况论，权力帮高手比我们多，他们之所以不敢贸然抢攻，一因辛虎丘已死，康出渔身份又被识破，他们已不知我们的底蕴，以为张临意前辈还在，方才不敢轻犯；二因他们带来的帮众，死伤大半，所剩无几，在下一批兵力未援及之前，亦不敢断然猛攻的。可是这样耗下去，他们的兵力定必赶到，与其在此处等死，我们不如有人冲出去，去召集武林同道，共歼巨仇。武林中人虽惮忌权力帮已久，但不见得就无侠义中人拔刀相助，这样总比大家都在这里困兽之斗一般无望好！就算无人回援，你冲出去把我们力拒权力帮的事公诸天下，也可讨个公道，教人知道有一批不屈于强权的人，敢将权力帮的虎髯，我们多支持得一天，别人就知道，权力帮也不是无对无敌的，更比在这儿一齐等死得好！"

萧秋水傲然道："是，爹爹。"

萧西楼长叹道："为父也知道你的个性，在这忧患与共的时刻，不忍相离。但是你一定要离开，萧家才有救，浣花剑派才有救，在这儿仗义援手的武林同道才有望！你不要担心这里，到万不得已时，我们还有办法……"

萧秋水热血填膺，霍然而起，大声道："爹爹，我去！"

萧西楼慨然道："就算你去，也不一定能逃得出去，还需要人手，也需要计划。在这儿虽是死地，但不失为固守之地，且仍有一线活路，冲出去后，敌暗我明，敌众我寡，更加危险了。"

邓玉函厉声疾道："我也去！"

左丘超然低声接道："我和老大、老三齐去。"

忽听一个清脆的声音也接着道："我们一起去。"

这声音一起，大家都静下来，萧秋水更是一阵好没来由的脸热心跳，只听唐方接下去道："刚哥、朋弟，都在那儿，我一起去，比较好说话。"

萧夫人欣笑道："唐姑娘肯一起去，那就最好不过了。唐姑娘的暗器，百发百中，有姑娘一起冲出去，能化险为夷的希望就大多了。"

萧秋水犹疑道："只是唐姑娘一走，这儿岂不少了个得力帮手……况且……况且援途……"

萧秋水本来想说的是冲出去之后，征途更为凶险，心里虽想唐方去，但又希望唐方不去，可能会安全得多了。

萧夫人笑叱道："唐姑娘一手暗器，比你高明，用不着你担心，但出门女不如男方便，你们多多照顾她便是；至于这里，权力帮硬要抢攻，纵多了唐姑娘援手，也于事无补……"

萧西楼接道："就算是这样，如果明目张胆地冲出去，难免跟权力帮硬拼；应须布下疑阵，声东击西，陈仓暗度，才有希望突破权力帮的防线，越过四川，经过贵州，直达广西，赶赴桂林。"

唐方微笑贝齿微现，盈盈笑道："还向世伯请教冲破权力帮包围之法。"

萧西楼抚髯呵呵长笑，萧夫人却向唐方笑道："唐姑娘你真是，聪明伶俐，真是唐家的福气……"

日暮苍茫，又是夜近。

邓玉函、左丘超然都是劲装打扮，肩上背了个小小的包袱，他们的脸容凛烈而庄严，因为一场突围，一场厮杀，顷刻间便会进行。

唐方恢复了她第一次出现时的劲装，衣黑如发，肤白如雪，在她身上形成了何其美丽的对比。

　　萧西楼与萧秋水并立在一起，他们父子从未感觉到那么亲近过。在风中，高楼上，极目望远，衣袂飘飞。

　　萧西楼虽然没有侧首去看他的儿子，但在心里，第一次感觉到，他一直目为顽劣爱玩、好弄文墨的小儿子，长大了，懂事了，要去挑起一个家族的重担，要去振兴一个门派的声望，要去仗剑行千里，要去单骑闯黑幕了！

　　他不由心里暗自一声长叹，平时他确是太少去了解这什么朋友都交的儿子；而在这一次患难中，他这儿子的朋友们，却跟他数十年的深交一样，虽有叛徒，但也有忠心赤胆，为朋友两肋插刀，既毫不变色，亦绝不退缩的。

　　秋水还有更大的可塑性，萧西楼心中想，可是再过一刻，这孩子就要出去冒最大的风险了。

　　萧秋水心中也有一种大气，无名目的大志，他跟父亲并立在一起，是第一次，几乎能感受到萧西楼昔日剑气纵横，名列七大奇剑的意气风发，也能感受到此刻萧西楼遭困剑庐，挺剑死守的萧索与落寞。

　　此际日暮西沉，残霞满空，是作战的第二天。

　　极目眺望，前山一片树林，树林里不知有多少敌人，多少埋伏。

　　萧秋水豪气顿生，忽然想起年前与自己兄弟们一次即席唱和挥就的曲词句子：

　　　　我要冲出去，到了千里飞沙的高原

　　　　你要我留住时间

　　　　我说连空间都是残忍的

我要去那儿找我的兄弟

因为他是我的豪壮

因为他是我的寂寞

残霞满天，暮泣苍茫，黑黝的树林后面是什么？黑漆的天空后面又是什么？可是萧秋水在心里长吟不已，时间隔阂，空间残忍，但萧秋水还是要冲出去，傲啸天下。

夜色已全然降临，大地昏沉一片。

"是时候了，"萧西楼说，萧夫人忽然走上前去，一连说了两声："要保重，要保重啊……"下面不知还要说些什么，萧西楼黑衣袖一举，只听喊杀冲天，只见灯火通明，一列龙组剑手，右手剑、左手火炬如火蛇一般迅速蔓延冲杀到坡下。

萧西楼、孙慧珊提剑赶了上去，抛下一句："我们全力冲向东南面，一旦东南面交战，你们立即全力冲破西北面包围，切记切记！"

萧秋水满目是泪，只见浣花剑派的精锐，在父母亲长剑的引领下，迅速冲下坡去、冲近树林，突听呼哨四起，东南面树林都是烛火，涌出百余名权力帮徒，厮杀了起来！

萧秋水手里紧紧握着剑柄，真想立即冲下去，身形甫动之际，忽觉有人一扯自己的衣角，萧秋水回首一看，只见黑夜中明亮的双眸，向他摇了摇头。

就在这时，下冲的浣花剑派高手去势已被截住，但东南面的权力帮徒显然所受的压力太大，不消一刻，只听异声四起，西北面又拥出七八十名权力帮众，极力反攻浣花剑派。

杀声喧天，然而进退有序，浣花剑派死一人，即抬走一人；伤一人，即救走一人，然后又回来作战。权力帮则踏着自己同伴的尸体，死力围杀，不让浣花剑派的人下山一步。

萧秋水多想过去与父母一齐冲杀，就在这时，唐方突叱："现在！"

一说完，飞身上马，左丘超然、邓玉函二人一架，支起萧秋水，同时掠起，飞落三匹马上，四马长嘶，楼门大开，四匹百中挑一的骏马良驹，同时怒鸣人立，如矢冲出！

凛风大力地击着他们的胸膛，是个无星无月、乌云涌动的夜晚，四周都是械斗的呼号，四周都是暗器、流星、疾雨，萧秋水也不知身上淌的是雨水，还是冷汗，忍不住高呼："你们在不在？！"

"在。""在。""在！"此起彼落的声音传来，三匹快马的蹄声依然在附近！

就在此时，"呀"的一声，唐方一声仓惶的娇叱，跟着下来是三四声惨呼，然后又是兵器碰击之声，显然是唐方已与人交上了手，不知安危如何！

这时天色太黑，细雨打入眼帘，都看不清楚，萧秋水勒马回首，便发现有七八种兵器向他招呼过来，他一面挡一面反击，一面直呼大喊：

"左丘！玉函！唐姑娘那边危险！"

只听左右应得一声，马蹄急奔，不到三步，忽然止住，然后是兵器之声，跟着是"喀喇——"几声，显然是左丘超然用擒拿手伤了人。

萧秋水心中一喜，却因分心而吃了一鞭，萧秋水猛省起责任在身，猛起反击，刺伤了两人，这时便听得邓玉函一声怒喝，"叮叮叮叮叮"连响，显然快剑都被敌人的兵器撑架过去了。

萧秋水心中一急，耳边隐约传来父亲叱喝之声，顿想起母亲伤腿，而今仍仗剑苦拼，把自己的敌人吸引过去，心痛如绞，长剑挥去，重创了一使月牙铲的杀手，忽闻唐方一声惶急的惊呼，萧秋水剑过去，又伤了一名使鞭的，但背上却中了一记跨虎篮，撞跌七八步！

这时猛地撞来一人，萧秋水发狠一剑刺出，那人一闪，萧秋水一剑三式，矢志要迫此人于死路！

没料到此人武功甚高，竟空手扣扳住剑锋，两人争持不下，萧秋水腿上又中了一钩，却听那对手也"呀"了一声，萧秋水失声道：

"你是二弟！"

那人也忙松手道："老大，是我——"一语未毕，又给兵器声音切断了一切语言。

天黑无情，风雨急切，权力帮的包围，却毫不松弛，萧秋水大吼一声，浣花剑法在黑夜中更使得如缤纷花雨，当者披靡，伤了一人，迫退三人，只剩下一支铜棍，两柄单刀，一支铁镶杖，一双丧门棍，毫不放松地与他缠战。

风声雨声厮杀声，谁也不知谁是否仍然活着，仍然苦战？

萧秋水大吼道："唐姑娘，三弟——！"

没有回应。

忽听也是一声隐约的呼声："三弟，唐姑娘——"正是左丘超然急切的呼声。

天怒人愤，萧秋水大吼道："我们冲出去，先冲出去再说——！"

雨忽然加大，而且急，一个闪电下来，萧秋水用手一抹，猛见自己一手都是血！

就在这时，他的左肩又中了一伞，一连跌撞七八步，剑回胁刺，把追杀他的人刺了一记，猛站直，又是一个电光，只见五六名如凶神恶煞、披头散发的权力帮徒，挥刃向他攻到！

——二弟、三弟，你在哪里？

——唐柔，唐大，我要替你们报仇！

——唐姑娘，你安好么？你安好么！

雨过天晴，又是黎明。

可是也是泥泞。

萧秋水在泥泞里，一身都是血污，扶着竹子走着。

竹子在晨阳下，露湿点点，说不尽的翠绿。

好美的竹子，好活的生机！

但是萧秋水身上都是伤，但外伤并不重要，重要的是他内心的悲苦。

他用剑拄着地，用手抹去额上的汗血，抬头望旭日，温煦且祥定，可是——

——二弟、三弟、唐姑娘，你们在哪里？

他也不知道自己怎样闯了出来，怎样杀出重围，怎样来到这片竹林，怎样从黑夜战到天亮。

他只知道林子里都是敌人，都是埋伏，都是暗器和伏击，他还记得有一次被长索绊倒，眼看就死于一人的倭刀之下，忽然三道寒星打入那人胸腹之间，那人就抛刀而倒，那精巧而细小的暗器，那暗器会不会是来自唐方？

——唐方唐方你可好？

——你可好？

——唉。

他虽冲了出来，可是他的兄弟呢？他的朋友呢？

唉，左丘！唉，玉函！

想到这里，他简直要支持不住，要倒下去了，就在这时，他听到一阵清扬至极的笛声。

——萧秋水你不能倒。

——浣花剑派的安危还系在你的身上。

萧秋水强振精神，才知道他负伤杀到的地方，便是闻名天下、荷花结子、丹桂飘香的新都桂湖。

第壹叁回

二胡·笛子·琴

　　白袍男子黯然道："因为……因为……因为我们就是三绝神剑的二名同门：笛剑江秀音，琴剑温艳阳，胡剑登雕梁。"

　　萧秋水失声道："你们……你们就是'三才剑客'！"

　　白袍男子点头，道："三剑联手，江湖莫敌！"

秋色艳湖滨，桂花香满城。

香风吹不断，冷露听无声。

扑鼻心先醉，当头月更明。

芙蓉千万朵，临水笑相迎。

这便是桂湖秋色，清美迷人。

但桂湖又岂仅止于秋色？岂仅止于月色？

华阳国志记载："蜀以成都、广都、新都为三都，号名城。"

新都的桂湖，浓绿艳红，柳暗花明，犹有小西湖之称。

笛声清音，传自绿荫深处。

萧秋水拄剑抬头，举目清潭如碧，红柱绿瓦，一片新喜的景意，雾气还氤氲在潭上，犹未散去，潭上荷叶清莲，新遇晨曦。

只见桂湖上一道金红的桥道，直搭到湖心去，给人一种在荫凉花景中轻曼绚丽的感觉。

萧秋水自幼长在成都，当然知道那就是"杭秋桥"。

笛声就从"杭秋桥"那端悠悠传来。

萧秋水只觉在烦躁中一片清凉，禁不住蹒跚着往"杭秋桥"走去。

碧湖映潭，何其新翠。

那湖上的水，深邃而宁静，像一面光滑的古镜，镜上没有鱼波。

杭秋桥尽处是桂香柳影的"聆香阁"。

这里水间旁的桂树，有六百多株，却有上五百多年的历史，还有一株丹桂王。

草亭如盖映清流。

亭上有人，笛声扬起，悠悠袅袅，正是共长天一色，辽远方尽，那二胡却哀怨方新地接奏下去。

啊，亲情、感情、远景、兄弟、朋友，一一都也许哀伤地在乐谱中点描着，让人深心的怆痛。

萧秋水禁不住往"聆香阁"上走去。

"聆香阁"中有三个人。

萧秋水快要走近的时候，那二胡已愈低愈沉，终渺不见。

然后那清婉铿锵的扬琴声又响起。

玎琮宛若流水，激在石上；如将军上马时的环佩，系在鞍上。

乐音中有清婉，亦有壮志豪情，闻者拔剑，闻鸡起舞。

萧秋水听着，不觉热血盈胸。

他本是性情中人，喜诗词，爱音乐，更嗜遨游天下，结交四方，行侠江湖。

现只见：阁中亭上，有三个人，两个男子，一个女子。

女子正吹笛子，相貌平凡，手持一异绿得清澈的短笛，笛子很粗，但笛孔很大，与一般笛子，很不相同。

灰袍男子拉二胡，胡琴古旧，棱棱高瘦，肩膀低垂，看上去只不过二十来岁，但他的神情，如五六十岁的老人，了无生机。

现在弹奏的是一白袍男子，这男子稍为清俊，相貌亦觉稚嫩，膝上的扬琴又宽又长，所发出的乐音，却是高山流水，清奇无比。

一曲剧终，萧秋水忍不住拍手叫好，才发觉脸上已挂了两道长泪。

白袍男子双手一收，姿势极是娴恬，举目笑道："幸蒙尊驾雅赏，为何不移尊入阁一叙？"

萧秋水笑道："在下面临兵凶势危，逃窜此地。能闻清音，实是万幸，不敢以俗步惊扰先生雅奏。"

那女子忽然道："见君眉宇，听君言语，公子可是受人追杀，追来此地？"

萧秋水一怔，掷剑长叹道："正是。在下走避仓惶，又与同行兄弟友侪失散，内心悲苦，无复可喻。"

灰袍男子缓缓道："兄台既然身逢大难，又有缘得此相见，蒙兄赏听，吾辈当再奏一首，以解兄台内心积郁。"

白衣男子与绿笛女子都点头说好。萧秋水见三人如此儒雅，且又投缘，更喜所奏之乐，心中很是欣喜，当下道："在下即将远行，难卜生死，能在阳关西出之前，再听三位仙乐，是在下之福也。盖所愿求，祈听雅奏。"

绿笛女子敛衽道："公子客气。"

白衣男子玲琮地调了两下弦，舒身道："请兄指正。"

萧秋水亦回礼恭敬道："岂敢岂敢。"

灰袍男子缓缓地提高二胡，置于腿间，缓缓道："那我们开始了。"

白衣男子与绿笛女子齐道："好！"

突然之间，自琴、自笛、自胡，抽出了三柄清亮的快剑，迸如瀑，溅刺到了萧秋水的咽喉！

三柄锋锐的剑尖，犹如长线一点，都抵在萧秋水的咽喉上！

萧秋水没有避，也来不及避！

萧秋水连眼都没有眨，他惊愕，他诧异，但他没有害怕。

萧秋水没有说话。他的剑还插在亭中地上。

白袍男子肃然道："好，好汉！"

绿笛女子道："你不怕死？"

萧秋水道："怕。我最怕的就是死。"

绿笛女子奇道："为何你现在不怕？"

萧秋水端然道："怕还是会死。"

绿笛女子道："要是我们觉得你怕，就不杀你呢？"

萧秋水道："我萧某人要生要死，不需要别人来决定！"

绿笛女子见他既无自负亦无自卑的神情，忍不住道："现在也是？"

萧秋水道："现在也是。"

绿笛女子眼中抹过一丝迷茫的神色，喃喃道："是……是……我也是……"

白袍少年忽然接道："我佩服你。"

萧秋水正色道："我也佩服你们。"

白袍少年奇道："为什么？"

萧秋水笑道："不是佩服你们的剑快，而是佩服你们的音乐好。"悠然了一会又接道："那还是很好很好，很好的音乐。为什么你们要个别吹奏，而不合奏？刚才一击，已足可见你们出剑配合高妙，了无形迹，如能相互调配，绝对能合奏出更好韵乐。"

白袍少年与绿笛女子听了这一席话，眼里都绽放出炽热的光芒，连握剑的手也抖了一抖，只有灰袍男子还稳稳地握着剑，但也抬了一抬目。

那目中的神采亦是奋烈的。

白袍少年忍不住道："你不怨我们？"

萧秋水奇道："怨你们什么？"

白袍少年道："你是被我们用计而擒，现在只要我手上一送，你就——"

萧秋水坦然笑道："有什么好怨！你们是用音乐吸引我，也就是用音乐击败了我，败就是败，有什么好怨！"顿了一顿，端然道：

"可惜，可惜我身上还有任务未了……"

白袍男子难过地道："但我们还是骗了你，"低下头去，咬着嘴唇，道："而且还要杀死你。"

萧秋水默然一阵，道："我知道。"

白袍男子忍不住道："你知道我们为什么要杀你吗？"

萧秋水苦笑道："不知道——不过，我想，你们一定有你们的理由的。"

白袍男子黯然道："因为……因为……因为我们就是三绝神剑的三名同门：笛剑江秀音，琴剑温艳阳，胡剑登雕梁。"

萧秋水失声道："你们……你们就是'三才剑客'！"

白袍男子点头，道："三剑联手，江湖莫敌！"

灰袍男子突然说话了，一说就是喝道：

"收剑！"

三柄剑又神奇般地消失了，消失在他们的琴下、胡琴里、笛子中。

萧秋水摸摸咽喉，抱拳道："既是孔扬秦同门，敢问因何不杀？"

灰袍男子沉声道："因为我们看得出来，你是条汉子，而且也是知音人，对知音人，我们要给他一个公道，但是掌门之命难违，还是要杀！"

萧秋水一怔道："那是——？"

灰袍男子道："拔你的剑。"

萧秋水缓缓把剑拔出，灰袍男子目光收缩，道："扁诸神剑？"

萧秋水道："正是。"

灰袍男子脱口道："好剑！"

萧秋水道："你们是权力帮中的？"

灰袍男子道："不是。我们自小无父无母，加入了三绝剑派一门，所以掌门要我们做什么，便得做什么。"

萧秋水道："闻三位琴音笛韵，当非匪患之辈，难道孔扬秦所作所为，不是权力帮傀儡？难道权力帮向来为非作歹，三位充耳不闻？！"

灰袍男子沉默良久，终于道："吾等非冷血之徒，然恩深如海，不能相忘。"

萧秋水长叹一声道："哦。"

灰袍男子道："我知你心中不服，但二十二年前，若无孔掌门人，我们又岂有今日？身不由己啊，身不由己！"

萧秋水静静听完了之后，忽然道："你们的心情，我很了解。只是音乐如溪流，自见格韵，若清浊不分，既未能清心，又清韶何来呢？"

灰袍男子进了一步，忽然厉声道："多说无益！我们练剑，向以三人合击，这是我最后提醒兄台之事！"

萧秋水爽然道："承兄抬爱点醒，在我死之前，还是要劝三位，摧陷廓清，存正辟邪，方为音乐之道，三人合奏，如剑合击，更有奇境。"

语锋一挫，抱拳道："三位联手，在下当知非所能敌，生死有命，富贵在天，请各位手下不必容情，若在下不幸战败，乃艺不如人，绝不怨怼三位！"

语锋一落，提剑虚刺！

剑指灰衣人，灰衣人身形往后一长，铮地自二胡中抽出长剑。

萧秋水一招虚刺，也不追击，抱一归元。

灰衣人长剑抽出，也不变招，一弹，剑势直走萧秋水胁下要害！

萧秋水剑身一黏，一招"移花劫玉"，以浣花剑派的轻巧，带过灰衣人洒落的一剑！

没料他的剑方才黏上去，灰衣人的剑忽然变成了三柄，三柄长剑若水无骨，嗖嗖嗖嗖几声，萧秋水情知压力太大，剑招太锐，即收剑飞退，但胸腹之间的衣衫，已被剑气杀得片片破碎。

灰衣人冷冷一句："得罪！"挺剑又游身而上，另外绿笛少女江秀音、白衣少年温艳阳的剑，也同时自其他两个角度刺到！

萧秋水抖擞神威，浣花剑派以招式繁复精奇为主，一连刺、戳、点、捺、掣、拦、划、割，刺出了八招二十七剑！

三才剑客挡了二十七剑，还了三剑。

这是第一回合。

第二回合就不同了。

主动攻击还是萧秋水，他攻出了五招十九剑，对方还了十一剑！

第三回合就更糟了。

萧秋水攻了三招十剑，对方反击了十三剑！

到了第四个回合，萧秋水接了二十一剑，才还了六剑。

第五回合，萧秋水只反攻过一剑。

第五个回合之后，萧秋水就完全落于下风，连反击的机会也没有。

第七回合、第八回合、第九回合、第十回合……萧秋水额上已渗出了汗水，所有的伤口，都在作痛，周遭的剑尖，都在他剑身的左招右架时形成一种"叮叮"连响之声。

萧秋水的剑愈弹愈快，对方三人的剑也愈刺愈快，就像三只不同颜色的蜻蜓，把水上点得起了一个又一个的涟漪。

不可恋战。

萧秋水猛地一剑横扫，带过三柄长剑，一连"叮叮"之声响了三十一次，原来这一带之下，对方三人已刺出三十一剑，都刺在萧秋水的剑身上，犹如音乐一样，煞是好听。

萧秋水长身而起，如飞鹞一般，正要掠出长亭！

但三点剑尖半空追刺，分成三个角度，却自同一方向刺来！

萧秋水人在半空，本避无可避，但浣花剑派的武功，确有其独到之处，萧秋水一招"花落无凭"，忽然身子脱力，犹如海天一线，平平跌落下来！

那三柄剑就在他眼前、鼻尖、胸襟"嗤嗤嗤"地闪过。

"飞花无凭"乃萧栖梧观落花，时随风起，时随风落，人生去来，无常无依，所以创出这一套身法，突如风吹，起伏无栖。三才剑客虽剑法自琴、胡、笛中悟理，但变化上却与浣花剑派的剑招各有擅长，以悟性及气质论，以一战一，萧秋水可稳胜三人中任何一人，纵二人合击亦可应付，但以三人力战萧秋水一人，萧秋水就远非所敌了。

这三剑一起疾点，萧秋水即刻陡落平跌，但在同时间，三点剑尖立时往下刺到！

三支剑锋划空"嗖嗖"之声，萧秋水足尖才告沾地，三剑已在他眼、鼻、胸三寸之遥！

萧秋水甚至无法等到足跟着地，他的"铁板桥"已倒弯过去，后脑沾地，三剑险险刺空！

这一下"铁板桥"，弯成如一道拱桥，应变之急，姿态之妙，世所难见；但三才剑客剑势突分，三人忽然急倾，向前俯身，居然剑越萧秋水头顶，三剑反刺萧秋水背心，三人的姿势，与萧秋水平胸而立，只是一向后弯，三向前倾，姿采之妙，从远远带着水光雾气望过去，红亭中的四人斗剑好不美妙，只是杀着却尽在里头。

萧秋水退无退地，进无进处，这三剑反刺，未着前忽然三剑剑身交错一起，发出了一声三种乐音的剑击之声，三剑一分，如一剑三刃，以三道死角，击杀萧秋水。

萧秋水足跟未着地，人未平衡，剑路已被对方三个身子封死，背后三道剑路，又无可抵御，除一死外，别无可能！

就在这时，忽听"呛嘟嘟嘟嘟"一阵连响，黑影顿清，旭日重现，萧秋水忽觉得眼前一亮，剑气突去，猛吸一口气，一个"鲤鱼打挺"跃了起来，只见澄湖碧水，人影熟稔，忍不住欢愉无限，长啸起来，一身污血，化为清明！

笛剑江秀音的剑锋，就连在笛身上。

所以她每一剑划出，笛孔破空，因而都带笛韵！

但是眼看她的剑刃就要刺中萧秋水命门死穴上时，她不禁暗自发出悠悠一声哀叹。

她喜欢这个潇洒，然而豪侠精悍的青年人。

可是她突然发觉了一件事！

她的笛韵忽然换成了杀声！

一柄雪亮如尖片的剑，在她以为不可能的情形，一振间攻出一十七剑！

她能在一振间刺出十三剑，可以说是三才剑客中最快的。

可是对方比她还多攻出四剑！

"呛嘟嘟嘟嘟"的声音，就是二人互拼剑锋，交击下响起来的！

可是对方多了四剑，而且突如其来，第一剑震飞了绿笛，第二剑刺伤了手腕，第三剑封死了退路，第四剑剑尖突然止住。

而剑尖就停在她的咽喉上。

江秀音闭起双眼，却发现对方毫无动静，缓缓睁开双目，只见一白衣、骄傲、无情的年轻人，手上稳如磐石，长剑平指，剑尖指在她咽喉上，眼睛眨也不眨，望定了她。

江秀音也不知为什么，竟然脸上一热，猛掠过一人的名字，吃惊道：

"南海剑派，邓玉平？！"

那年轻人眼角似有了笑意，已不如开始时那么无情，缓缓摇了摇头，道：

"不是邓玉平，是邓玉函。"

邓玉平，邓玉函。

人说南海剑派掌门年轻俊秀，风流倜傥，年方二十七，已是一派掌门，南海剑派到了他手上，不但发扬光大，而且长袖善舞，从称雄南屿，到侵入中原，是一个雄才大略的人。

邓玉平的身边充满了令人心动的传说。

然而邓玉平也有个出名的弟弟，就是邓玉函。

年轻的人都听过他们兄弟的传说，年轻的少女尤是。

江秀音当然听说过邓玉平，亦听说过邓玉函，而今站在她眼前，打落了她的剑，用剑指住她咽喉的快剑者，脸容冷峻、倨傲，但又十分无邪，眉宇间略带微愁的人，就是邓玉函，这消息令她震住，且也怔住。

……邓玉函？

白袍少年的剑招最好，因为三人中，他最有悟性，而且最骄傲。

骄傲的人都较注重杀招与花式，剑法多走偏锋、繁复或怪异。

可惜他撞上的不是邓玉函。

邓玉函也是个骄傲的人。

邓玉函一生中只服两个人：

一个是哥哥邓玉平。

一个是兄长萧秋水。

白袍少年温艳阳眼看一剑要命中萧秋水时，他心中亦有惋惜之情，这惋惜之情使他剑法缓了缓，剑劲也稍松了松。

就在这时，他忽然感觉到长剑剑尖被人双指所挟！

他立即反转剑尖，这一着能把对方二指割断！

但就在他变招的刹那，那人的手已改搭在他的剑身上！

他一扭之力，如嵌磐石之央，丝毫未动！

他心里一凛，连忙抽剑，但对方已搭上了他的手腕！

他的手腕立时如被铁箍扣住！

他此惊非同小可，抬头一望，萧秋水已不见，换来一个又高又瘦、看来懒洋洋的散漫汉子！

但于一瞥之间，那人另一只手已搭上他的手臂。

他的手臂立时酸了，剑锵然落地。

但他另一只空着的手已扬起扬琴，往来人天灵盖拍打下去！

不过他的手才扬起，那人另一只手又扣住他的脉门！

原先那只手已从他手臂改成捏住他肩膊关节！

温艳阳惊惧莫已，那人还是懒懒散散的，但刹那间已从"太极擒拿手"改换成"八卦擒拿掌"，换了七八种擒拿方式，钳拿住他全身十七道大小要穴，温艳阳连一根手指都动弹不得，只有苦笑道："你是谁？"

那懒汉懒洋洋道：

"我……的……名……字……很……长……我……叫……左、丘、超、然……"

复姓左丘，名为超然。

左丘超然是个懒人，所以萧秋水、邓玉函、唐柔、铁星月、邱南顾、康劫生等人戏称他为"散骨大仙"。

左丘超然懒起来，连吃饭都懒。

甚至连睡觉都懒。

但是左丘超然是天下擒拿第一手项释儒与鹰爪王雷锋唯一嫡

传门徒，他七岁练起，十三岁时一双手，连秃鹰爪子都抓之不伤，十五岁就把黑道上大名鼎鼎的"铁环扣"梁纪元双手拗断，十七岁时在"鹰爪门"中，仍属最年轻的一代，但门中高手，见之无不尊为"小师叔"，十九岁时认识萧秋水，结为莫逆之交。

无论谁双手沾上他，都要倒霉。

当日之时，若不是左丘超然一双手扣住铁腕神魔溥天义双手，萧秋水还真未必能刺杀得手。

三人中武功最高，内力最厚，应变最快，智谋最得者，其实是胡剑登雕梁。

登雕梁也较为无情。

也许他年岁也比较大，身份也较为高，也许是因为阅历与责任之故，他虽然也惜重萧秋水，但下手却绝不容情！

但在突然之间，他听到一声叱喝："着！"

一道白光闪来，他才意识到刚才那一声清叱是出自女子口音时，白芒已没入他的胸襟！

他仅及时闪了闪，但一柄七寸飞刀，已没入了他的臂膀里。

他脸色惨白，长剑一松，左手抚臂，血渗灰衣。

但他哼也不哼一声。

他眼前出现了一个少女，能使这样迅速及准确的暗器者居然是个美丽女子。

这女子清明的眼睛望着他。

登雕梁抚臂恨声道："唐家？"

这女子点点头，道："唐方。"

"唐方。"

萧秋水忍不住愉悦地叫道:"唐方,唐方。"忍不住过去要握她的手。

唐方也情不自禁伸出手来让他握。旭日已成晨曦,水汽满散,日暖水清,红桥媛媛,他们的情感自然得就像青天白日,水映亭云。

萧秋水还是忍不住叫道:"二弟!三弟!你们都来了呵!你们都来了呵!"

左丘超然道:"只要不死,自然都来了。"

邓玉函也笑道:"来得还算及时。"

唐方忽然道:"这三人,杀还是不杀?"

萧秋水怔了怔,道:"当然不杀。"

唐方笑道:"为何不杀?"

萧秋水搔搔头道:"好像……好像是因为……因为刚才他们也没有杀我……不,不不不不,我太高兴了,高兴得连话都不知该怎么说,连理由都不知道了……"

唐方笑道:"我知道了……"又向登雕梁道:"你走吧!"

萧秋水忍不住问了一句:"你……你真的放了他?"唐方回眸道:"你说不杀,我就不杀。"

然后她忽然脸飞红了起来,那红彩就如晨晕一般自然,自然得像绿,漂亮得像红,片片皆为风景。

唐方悠悠又道:"其实要不是登兄专注出剑要杀萧兄,我还绝对不能出手就伤得了登兄。"

登雕梁赧然道:"唐姑娘,你这一刀我也许接得下,但登某也知接不下你下一刀。"

左丘超然也笑道："温老弟，我的擒拿手要不是先发制人，先钳制住你长剑，恐怕胜负迄今尚未分哩。"

温艳阳脸红了一红，道："以一对一，我非你之敌。"

邓玉函没有说话，只是缓缓地收了剑，向江秀音长揖了一下。

江秀音回头就走。

萧秋水忙道："承蒙三位适才不杀之恩，今后两不相欠。三位亦知，我两位拜弟及唐姑娘已经到来，三位要杀我等绝无希望。三位器识、胸襟、品格，都属上乘，为何要附蛆到底，而不弃暗投明？大义灭亲，乃大侠之勇！唯举世浊流，君等何不仗仙乐清耳，亦清人世？此次别后，或再追狙，在下等亦无怨怼。然三位恩怨分明，胜败不狎，乃真君子也，为何不扬名立世，替江湖上清出一条坦荡之道？何苦甘心附丽权魔，自败身名于当世？！"

温艳阳听得这番话，年轻的目中一片茫然；登雕梁却长揖到地，也不答话，反身便行，终在远处消失。

他们又重逢了！

阳光满地，风动叶摇，红亭绿瓦，简直像婉丽的画图一般。

你想他们该有多高兴？

可是他们不能光只是高兴，前路茫茫，还在等着他们四人去披荆斩棘。

所以他们欢笑、互问、畅谈，然后：

继续向前走。

【丙】

第三天以后

第壹肆回

笑饮一杯
酒·杀人
都市中

唐方如燕子一般，掠过蓝天，自上而下，打出了几点一闪而没的黑点，射入了河中，然而巧妙地一侧，如燕子剪翅一般，又飞回乙秀楼中。

河里冒出的不是一道血泉，而是五六股殷红涌上。

五月十七。

六龙生气，大明天恩。

忌：出行动土安葬。

初七巳亥木危制亢。

宜：结网取鱼。

游祸天地横天朱雀。

冲煞二十六西。

穿过四川省，即进入贵州。

到了贵州，他们意欲取道黄果飞瀑，渡乌江，不久即可进入广西省。

入广西，就可以到桂林。

抵桂林，就可以见着孟相逢、萧易人、萧开雁、唐朋、唐刚、邓玉平……可是真的那般顺利么？桂林的浣花分舵，真的有这般平靖么？

……

这日，他们来到了贵州乙秀楼。

一路平安，但心中，却是惴惴不安。

所幸他们是天性乐观的人，何况，他们又在一起，虽然心急如焚，但心里还是很快乐，就算天塌下来，也一样当作被盖取暖。

水从碧玉环中出，

人在青莲瓣里行。

南明河上，就是名闻天下的乙秀楼。

乙秀楼，真是甲秀天下，横跨河上还有一道霁虹桥，登楼眺望，前临芳杜洲，北接浮玉桥，南临万佛寺、翠微阁，精华汇集，美不胜收。

他们一行四人，就在乙秀楼上充饥，因事急如燃眉，也无心赏景，只偶尔开几句玩笑罢了。

霓虹桥上，可以看见光彩夺目的乙秀楼，亦可以俯望南明河的浅浅清流。

他们四人走过。

邓玉函说："我饿了。"

左丘超然笑道："人家的传奇里，侠客们都是高来高去，银两花不尽，肚子不会饿，可是我们……嘿……肚子咕咕叫，银两又在突围时掉光了，哈！哈！"说到无奈，只好干笑几声。

萧秋水淡淡地道："难怪我们的遭遇，不会被录在传记里了。"

唐方忽然激动地道："不，你们一定会被记下，"大家站住，错愕地望着她："你们少年时就敢惹权力帮，冲出剑庐求援，对三才剑客饶而不杀，身上连一个钱也没有，还上乙秀楼大吃……"唐方眼神里充满着光彩，热切地道："你们这些虽然不像故事中的大侠、侠女，但是你们更亲切、更真实、更人间……"

大家都怔住了。邓玉函忍不住道："唐方，难得你相处时短，却这般了解我们……江湖上却有不少人说我们是无行浪子哩。"

萧秋水却柔声道："唐方，我们被记下，那你也将被记下。"

唐方抿嘴一笑，终于忍不住要笑个痛快，就像一朵花绽放，尽是芳心可可。

左丘超然接道："好。从今以后，我们都不叫唐姑娘了，要直呼你唐方咯！"

唐方笑道:"这当然。嗯,听说除康劫生外,你们另外的好兄弟,铁星月与邱南顾也要来吗?"

邓玉函道:"正是。可是他们向不失约,而今未至,很可能是遭了权力帮的……"

左丘超然接道:"不。我在放走劫生前有一条件,就是问明老铁和小邱的下落。据说是他们三次想自外攻入,但皆被挡了下来,之后便生死不明了……"

萧秋水长叹道:"老铁莽直冲动,但愿小邱能制住他的野性。"

左丘超然却摇首道:"可惜小邱也是疯疯癫癫的。"

唐方侧首问道:"听说你们对铁星月及邱南顾的感情,似乎比劫生要好?"

萧秋水、左丘超然、邓玉函三人几乎异口同声道:"要好多了!"

左丘超然笑道:"老铁最喜欢放屁……"

邓玉函笑道:"小邱什么都好,却是怕鬼……"

萧秋水忍不住也笑道:"他们俩,真是一对活宝。有他们在的地方,天下大乱!"

他们谈笑着走进乙秀楼,叫了几道小菜,大嚼起来。

乙秀楼本是名楼,是风景而不是饭店,但有钱有势的人却把它买了下来,换上个招牌,在这儿吃东西,自然都会贵一些,他们没有钱,但唐方从髻上摘下了一枚金钗,这金钗价值不菲,何况金钗上还刻有一个小小的"唐"字。

唐家的东西都是值得人信赖的。

奇怪的是这家店子的招牌竟空白无一字。

萧秋水、唐方、左丘超然、邓玉函四人走进了乙秀楼，叫过了菜，菜送上来的时候，萧秋水就要起筷，然而唐方却阻止了他，做了一件事。

就是摘取发上的银针，在每道菜里沾了一沾。

唐方的发上饰有银针与金钗，金钗可以作暗器，银针则探毒。

菜里没有毒。

萧秋水道："唐姑娘真是心细如发，三才剑客既截击我于桂湖，这一路上去桂林，绝不可能平静无波的，真的还是小心点儿好。"

左丘超然慢条斯理道："百毒神魔的嫡传弟子与打洞神魔座下的两个宝贝，只怕也会跟上来。"

邓玉函冷笑道："不怕他不来，要是南宫松篁来，说什么我也把他诛于剑下！"

唐方悠然道："这些人还不怎样，要是康出渔、沙千灯等来了，倒是不易应付。"

萧秋水道："不过要是他们追来了，也等于是替浣花派引开了部分强敌。"

四人吃吃谈谈，日正午阳，憩静如画。

这时一位伙计走了进来，脚下似给痰盂绊了绊，身子砰地撞在萧秋水等人的台角上，手也立时砰地按在桌子上！

萧秋水眼尖，喝道：

"此人易容！"

那人长身而起，倒蹿出去！

他倒蹿的身形恰好闪过萧秋水一剑！

可是却闪不过左丘超然的手。

左丘超然一手揪住他的衣领，虎爪抓脸！

那人竭力一闪，一张脸皮竟被抓了下来，跟着"嘶"的一声，那人衣领撕破，翻身而出，正要抢出窗外。

窗外是南明河！

萧秋水的母亲是孙慧珊。

孙慧珊家学渊源，父亲是当今十字剑派之老掌门十字慧剑孙天庭，母亲则是天下易容大家"慕容、上官、费"中排行第三的费宫娥。

孙慧珊虽是女子，但却喜弄枪玩刀，对十字慧剑练得直追孙天庭，然对母亲之易容术，却不感兴趣。

孙天庭自是高兴得笑呵呵，费宫娥却无可奈何。虽则如此，萧夫人孙慧珊的易容术，亦有她母亲的二三成本领，这二三成本领，在江湖上已是了不得、不得了的了，至少可以把"九天十地，十九人魔"中的康出渔、沙千灯、孔扬秦也骗到，以为阴阳神剑张临意复活了。

萧秋水是磊落男子，不喜易容，易容本领，根本没学，对浣花派的剑法，却自有悟性，也自创一格。

他自幼心奇颖，性格好奇且耳濡目染下，对易容术也略为通晓，虽只有他母亲的一二成本领，但天下三大易容高手的子弟，还会差到哪里去？他这一下本领，至少必远在一般宵小易容术之上。

所以那伙计行来时，他本不甚觉意，但待那人一摔，他立时警觉，立时瞥见此人耳后有一道黏痕，便叫了起来，要大家小心，那人一逃，即做贼心虚，他便立时出剑！

原来一般不精之易容术，耳际颈边总留一道缝痕，萧秋水懂得易容，自然一看就给他看出来了。

萧秋水一出手，第二个出手的就是左丘超然。

擒拿手本就讲求反应快，快得像自然一般，因为擒拿的时候，要制胜于人，则必须要比意念还快，不但运用到潜意识，甚至要无意识间出手也一样可以置人于死地才算到家。

所以练擒拿手的人，一招一式，无不练习千百遍，但这点对左丘超然来说，每招每式，从小到大，莫不练过十万遍以上。

甚至一个细节、一根指头、一个姿态，也是要苦学，因为擒拿手看来握拿之间便能制人，但如遇到高手，你不通变化，只求一招一式硬使，那等于是送上前去挨揍而已。

来人虽扯破衣衫，脱身而逃，但脸上易容，也给撕了下来，这人翻身就要出去，这时扑面阳光，湖清水明，只听邓玉函叫道：

"南宫松篁！"

南宫松篁！

百毒神魔华孤坟的嫡传弟子：南宫松篁！

华孤坟被唐门唐大所杀，但唐大因一时大意，为毒所制，却死于康出渔和辛虎丘的暗杀，也可以说是间接死于华孤坟之手的。

唐大倒下后，邓玉函曾与南宫松篁对峙过，差一些就着了南宫松篁的道儿。

想起那一场对峙，邓玉函犹有余悸，对南宫松篁，却是化了灰也识得他！

在认出来的同时，邓玉函就出了剑！

南宫松篁一旦被认了出来，立即就逃，连毒也不及施放！

他避过萧秋水一剑，挣脱左丘超然的双手，立即掠出窗外。

长空幻起一道血箭。

南宫松篁显然已中剑。

南宫松篁本来要落到霓虹桥上，然而却失足堕入河中。

清澈的流水，立即冒上一股红泉。

然后唐方就出手了。

唐家的女子素来不会妇人之仁，放虎归山的。

唐方如燕子一般，掠过蓝天，自上而下，打出了几点一闪而没的黑点，射入了河中，然而巧妙地一侧，如燕子剪翅一般，又飞回乙秀楼中。

河里冒出的不是一道血泉，而是五六股股红涌上。

谁都知道，在这世界上，再也没有，没有南宫松篁这个人了。

唐方轻盈地坐了下来，萧秋水叹了一声，道："我现在才真正感受到'笑饮一杯酒，杀人都市中'的滋味。以前以为这是豪迈行止，后来想及被杀者的心情，却又是另一般滋味，死者的悲落却造成了杀人者的意气风发。唉！"

邓玉函沉默了一会，道："不过南宫松篁这种人，确实该死。"

左丘超然道："快快吃吧，吃饱了好赶路，早日到桂林，早日好。"

唐方摇首笑道："你们吃吧，我已饱了。"

三人又吃了一些，忽听一人笑道：

"吃吧，吃吧，再吃多一些，黄泉路，路不远，宁做饱死鬼，不做饿鬼。"

萧秋水等人吃了一惊,只见对面桌上,坐了一位彪形大汉,足有七尺高,一身肌肉贲起,瞪目虬髯,却正在冷笑着,一面拿出了两根细针。

原来萧秋水等人,一进来就已看见此人,此人虽牛高马大,但在真正的武林中人眼中,体积的庞大是毫不足道的,愈是高手,容态反而愈是平凡。

而今这大汉并不使萧秋水等人吃惊,吃惊的是他取出两根细针,分左右握着,显然就是他的武器。

一个这般彪形大汉的武器居然是一双绣花针,这就不平凡了。

唐方想起一人,失声道:"'不见天日'慕志铭:慕双洞?"

大汉爆笑道:"不见天日,就是本人,哈哈哈哈……我这双绣花针,不绣鸳鸯不绣花只刺瞎子两个洞,好姑娘,我把他们几个刺成瞎子后,再来跟你抵死缠绵……"

唐方脸色怒白,双肩一牵,立即就要发出暗器,但背后陡然响起一阵巨大的风声,其中夹杂着一丝尖锐的厉声,狂袭而来!

萧秋水没有出手。

邓玉函也没有出手。

连左丘超然也不动手。

为什么?!

唐方来不及施放暗器,前有桌子,后有暗袭,飞身而起,慕双洞的双根针闪电般在她"环跳""四白"二穴刺了一下,唐方就摔倒下去。

唐方跌在地上，秀发如云，铺在地上，慕双洞竟看得痴了。唐方倒下去才看见背后暗算她的人。

一个商贾打扮的胖子，拿着一根长棍，奇怪的是长棍起端比一般的棍子都粗，如碗口般大，但棍子很长，愈到尖端愈细，到最后细如牛毛一般。

这根棒子可以使出棍法，但亦可以当作剑使。

拿这种武器的人，武林中只有一个人，就是"咽喉穿洞"洛蜡裙：洛壹窟！

慕志铭、洛蜡裙是"打洞神魔"左常生座下两员大将。

左常生是肚子一个大洞，他以这点残缺来杀人，所以外号称作"打洞神魔"。

然而他手边这哼哈二将，慕志铭与洛蜡裙，都是要人穿洞，眼睛穿洞及咽喉破洞，所以又名慕双洞与洛壹窟，都是武林中极其可怕的辣手人物。

唐方料不到还有权力帮的人在店里，是因为她料不到权力帮的人竟眼看南宫松篁被杀而袖手不救。

以唐方的武功，纵受暗算，两方夹击，也不致败于顷刻，这更是因为她料不到萧秋水、左丘超然、邓玉函等，竟没有在千钧一发之际出手牵制住这两个恶客！

为什么他们不出手？

唐方知道时已经迟了。

因为她也看见了萧秋水、左丘超然、邓玉函他们。

他们已倒了下去，手不能动，口不能言，但眼神是急切的、焦虑的。

为什么他们会倒下去呢？

一想到这点，唐方就明白了。

那一拍，南宫松篁迫近桌子时假装摔倒前的一拍。

这一拍，已在菜肴中布下了毒。

却唯独唐方未吃，其他吃的人都中了毒。

唐方紧咬着唇，咬得下唇都白了。

多年唐家的教塾告诉她：要坚强、不能在敌人面前哭。

所以她不哭，也不骂。

洛蜡裙的第一句话是得意非凡、狂妄自大的，但确也解了唐方心中的疑团。

"你们虽杀得了南宫松篁，却不料他一拍间下了毒，他料不到我们见死不救，却造成我们因你们中毒而得手！哈哈哈哈……"

慕志铭也妄笑道："你知道这是什么毒？其实没什么！就是软麻散而已！而你们现在，嘿，有脚，不能走，有手，不能打，有口，不能言。愈轻的毒愈易下，凭南宫松篁那死鬼，一拍间也下不了什么重毒！嘿，嘿，嘿！"

洛蜡裙也笑得意十分："而且这种毒啊，药力只一盏茶的时间，就消失了，但我们呢？喏——"一俯身，一探手，转眼间封了萧秋水"哑穴""渊液穴""京门穴""大椎穴"，再回头，照板照眼地也点了左丘超然的穴道，那边的慕志铭也点了邓玉函的穴道，接道：

"眼看你们功力又恢复，但又被我们点了穴道，还是不能动、不能打、不能叫、不能生、不死，哈哈哈哈……"

笑声一敛，又道："其实你们怎样都逃不出我们手掌的，就算逃得过这一关，下一关由我们帮里的神君出手，你们怎逃得了！哈！哈哈！"

洛蜡裙扬扬铁杵，又加了一句："而我们要你们怎样，你们就得怎样，哈哈哈……"

慕志铭一双怪眼，打量着唐方，眯眼笑道："尤其是这位如花似雪的大姑娘嘛——"忽见唐方脸色煞白，一双清水分明的眼睛大现杀机，美丽得让人动心中竟隐透俏杀，不禁一噎，竟说不下去，却侧首见萧秋水狠狠盯过来，嘴唇溢血的，显然因怒极而齿噬及唇，以致渗出血来，慕志铭勃然大怒："好！你这臭小子敢情看我不顺眼，我就要毁了你双眼！"

说着一步过去，提针便刺！

这一刺，就要把萧秋水刺成一个脸上有两个血洞的瞎子！

忽听楼下有人大声道："我们一直攻不进去，真他妈的憋气死了！"

另一人声音甚是尖锐，道："死了死了，又不见得你真的死了！"

这两声对话语音宛若破锣，人仍在霓虹桥上，但语音犹在楼上，简直像打钟敲鼓一般，洛蜡裙、慕志铭二人对望一眼，迅速地行动起来，一连拖了七八面桌布，然后把萧、左丘、邓、唐四人踢到一张桌底下，用桌布盖了起来，又压放几张凳子之类的东西，就像这间茶楼上忽然有那么一个摆置储物的地方。

洛蜡裙压低声道："你们暂且待着，我们看清楚对方来路后，做掉他们，再与你们同乐。"

四人在桌底下挤在一起，心中无限凄苦。唐方恰巧头枕在萧秋水胸前，发丝如墨，幽香若兰，萧秋水心中一荡，忙敛定心神，暗骂自己：这是生死关头，岂可如此轻薄！顿感无限赧然。

这时楼下的人又说话了："咦，这里有座茶楼。"

另一人没好气道："瞎的呀你！这偌大的一座楼，你现在才看到！"

原先那声音粗重的人道："嘿！我也是早看到了呀！就怕你瞎，只故意说给你听罢了！我还知道这楼叫作什么呢？叫作乙秀楼！"

第二个声音尖锐的人怪叫道："当然知道叫什么楼了！大大个'乙秀楼'写在上面，三里以外也看见啦！还用得着你说！"

那粗声大汉怒道："我又不是说给你听！"

那尖声大汉反驳："那这里又没有别人，你是说给鬼听了！"

粗声大汉道："那边有条狗，我是说给狗听！"

尖声大汉道："哦！你会讲狗话，一定是狗了！"

粗声大汉道："我现在就对着狗讲话！"

尖声大汉道："这狗话跟人话倒蛮像的嘛！"

粗声大汉怒道："放屁！"

尖声大汉也叱道："你放狗屁！"

粗声大汉怒不可抑："狗放屁！"

尖声大汉也怒极："你屁放狗！"

忽然一阵静默，粗声大汉竟呼天抢地地笑了起来，一笑不可抑，大家都觉纳闷，只听那尖声大汉没好气地道："他妈的！笑什么笑！笑你没有嘴巴啊？！"

那粗声大汉像笑得接不上气，边喘边道："哈——你——你输了——哈哈哈——"

尖声大汉忍无可忍，怒喝一声，这声音把远在楼上，但因穴道被封，无法运功的四人，震得跳了一跳，可见这大汉内功之精深。

"我输什么？！你说！你说！！你快给我他妈的说！！！"

那粗声大汉在尖声大汉大喝时，依然笑得死去活来，把对方喝问，置之不理，此刻忍笑喘道：

"哈……屁……屁那里可以放……放狗……你……你说错话了。我们说过……哈哈哈……骂架可以，但不通便不可以……你……你刚才就骂得狗屁不通……哈……所以你输了……哈哈……"

尖声大汉忽然大笑起来，笑得惊天动地，连楼上的慕双洞、洛壹窟也变了脸色。

这次轮到粗声大汉笑不出了，怔怔地望了一会，跺足怒道："你又笑什么？！"

尖声大汉径自仕笑，粗声大汉忽然怒喝一声，忽地打出一拳，尖声大汉声音陡止，也忽地打出一拳，只听"蓬"的一声。两人一时都笑不出。

这下楼上的慕、洛二人，相觑了一眼，手上的兵器不禁都紧了紧，从刚才两名大汉对打一拳的拳风里，可以得知这两人拳势之霸道，真可说是无坚不摧！

只听尖声大汉怒道："我为什么不可以笑！"

粗声大汉暴躁地道："因为你没有理由笑，我笑就可以！"

尖声大汉诧而问道："为什么你笑就可以？"

粗声大汉桀桀笑道："因为我有理由笑啊，蠢材！"

尖声大汉怒道："我当然也有理由笑啊！"

粗声大汉奇道："你已经输了，哪里有理由可笑？！"

尖声大汉哼声道："谁说的？！屁明明可以放狗，不信，我放给你看！"

粗声大汉嘿声道："屁哪里可以看！又不是脱裤子放屁！"

尖声大汉怪声道："那你不看，可以听啊，请君为我倾耳听，听好了啊——"

说到这里，忽然"蓬"的一声，然而这声音又有点像"汪"的一声，像一只睡着的狗忽被人一脚踢起，闷嗥起来一般，然后声音之大，他们人还在霁虹桥端，乙秀楼上却清晰可闻。

唐方虽身在险境，听来都不觉好笑，这两人怎么如此憨直，说放就放，相隔如此之远，犹闻巨声，如在面前，那还得了？！她游目可以看见萧秋水、左丘超然、邓玉函几人，虽无法语言，亦无法动弹，却看见萧、左丘、邓等人目中，却有一种很奇怪的神色。

这眼神似有笑意，又有欣慰，既发神采，又是焦急，更像有莫大的喜悦，要告诉她什么，但偏偏又说不出话来。

唐方百思不得其解，但又无法询问，但见三人似十分留意楼下那两个莽汉九不搭八的对话。

唐方不禁也留神地听下去。

只听那粗声大汉怪叫一声，捏着鼻子直嚷嚷道："好臭，他妈的好臭！"

那尖声大汉笑道："岂敢，岂敢，天下放屁第一臭者，是屁王，不是我。"

粗声大汉一呆，问道："谁是屁王？"

尖声大汉笑道:"屁王铁星月,就是阁下你啊!"

那粗声大汉不怒反笑道:"这还差不多,铁嘴鸡邱南顾。斗口你还可以,但要论放屁,你还不是我的对手。"

尖声大汉笑道:"这点当然。"

唐方心中一亮。

她现在终于了解萧秋水等人的眼神要告诉她些什么了。

原来楼下的两人,就是:

铁星月!

邱南顾!

萧秋水的好兄弟!

萧秋水等人从唐方恍悟的眼神,也知道她了解了,所以眼色更是欣悦。

可是更令他们担心的是:

这鲁莽的铁星月与憨直的邱南顾,应该还不知道他们被擒在这里,然而洛壹窟、慕双洞二人在此以暗欺明,会不会使他们二人也同遭毒手呢?

只听邱南顾嬉笑道:"论放屁你可以称王,但论口才,则是我霸口邱南顾!……不过嘛,我放屁虽不如你,但却能放屁放出狗的声音来,这点你该认了罢?"

铁星月怒道:"我承认你的确是屁放狗叫,但我也一样可以呀!我不但可以放出狗叫,还有猫叫、猪叫、鳄鱼叫、老鼠叫……你要不要听听?"

唐方只听得啼笑皆非,怎么这两人如此穷烦。幸好下面邱南顾已怪叫道：

"别别别别……我最怕你放屁的了，真是臭得绕梁七日，这样好，你对一半，呃，我对一半，一人一半，两不吃亏，好吧？"

铁星月不情愿似的沉吟了一会儿，终于道："好吧……"忽发现狗爬树似的叫了起来，道："喀，这楼原来是饭馆，怎么招牌是空白的？"

唐方一听，心中一喜，知道铁、邱二人，已经进入乙秀楼内了。

只听邱南顾却道："空白招牌，不行，让我上去摘下来看看……"只听一阵衣袂之声，又落到地上，落地十分沉重，但起落间足有四五丈，居然如此迅捷，邱南顾轻功之快急亦可想而知，慕双洞、洛壹窟二人脸色又变了变。

只听铁星月直着嗓子念："……力……什么……欢……又不是欢……什么力……什么居……"

邱南顾怒道："什么'欢力居'，这个是'权'字！'权'字都不认得！"

铁星月抗声道："岂有此理，谁叫他的楷书写得那么乱，不会写字！"

邱南顾反问道："谁说是楷书了？"

铁星月怪叫道："哈！不是楷书是什么？四书啊？篆书啊？经书啊？"

邱南顾道："放屁！是草书！"

铁星月反问道："谁说放屁是草书？屁是屁，书是书，你只能放屁，难道能放书？这次你放屁能放出一本四书五经来，我就服了你。"

这二人夹缠不清，强词夺理，听得慕志铭、洛蜡裙二人头晕脑胀，萧秋水等人若不是穴道被制，早已笑得满地滚，但回心一想：自己来时，确也曾看见空白的招牌，却不似铁星月、邱南顾二人真的扯下来察看，若他们先看见招牌背面有字，而且是"权力居"，当然会有所戒备，不致遭了暗算。

能把乙秀楼买下来开茶楼食馆的人，除了"权力帮"的钱多势盛外，有谁能够呢？

萧秋水等简直痛恨自己的疏忽大意，然而听来铁星月、邱南顾两个宝贝好像完全觉察不出什么，还大摇大摆地上了楼。

说话如雷，放屁巨响，出手如电，轻功如鸟，这四件事，早已令洛蜡裙、慕志铭下了杀心。

萧秋水等人塞在桌底，上面压满了凳子、桌布，甚至还有扫帚与箕斗，但在底下的一个缝隙里，依然可以望出去，看见慕、洛二人的两双脚，以及那把楼梯踏得咯噔作响、大步上来的两个人。

首先出现的是头。

唐方好奇地望过去，只见两颗很奇怪的人头。

一是彪形大汉，却有一颗很小的头，像瓜子一样，贴在脖子上。

一是较瘦小却精悍的汉子，牙齿却突了出来，他却力撮着唇，就像鸟啄一般。

彪形大汉是说话粗声的，大头人是尖声的，两人一面兴高采烈地骂着架，一面大步踏了上来。

这只是短短一瞥，也是给唐方的第一印象，这两人已经上了楼梯，从桌布箕斗的缝隙望过去，楼上远处多了两双脚，两双鞋子又黑又臭的大脚。

有一只鞋子，还破了一个洞，露出只脚指头，脚趾也破了个洞，唐方哪有见过这样的怪人，定睛看去，却见那脚指头竟向着自己转了转，招了招，唐方哪里见过此等怪事，真是给唬住了。

头小小的彪形大汉是铁星月。

头大大的瘦小汉子是邱南顾。

这点唐方也记住了。

但她不知道自己为什么要牢牢记住萧秋水结义兄弟们的名字。

她自己也没有觉察到个中因由。

只听铁星月没好气地道：“嗯？怎么有楼没人？有菜没伙计的？”

邱南顾却喜道：“喏喏喏，那儿不是有两个人吗？”

这时只见洛、慕二人的脚步移上去，洛壹窟笑道：“这儿客人通常来得不多，今天尤其少，客官要吃什么？我是掌柜的，伙计不在，我也可以代弄几道好吃的。”

铁星月道：“我早饿扁了，总之有好吃的，全部拿来！”

洛蜡裙恭卑地道：“是是是……”

邱南顾却道：“喂，掌柜的，旁边是你的伙计吗？”

洛蜡裙却道：“不是不是，这是我弟弟……”

邱南顾道：“嗬！怎么他这么凶神恶煞！”

洛蜡裙道：“唉呀客官有所不知，我弟弟他是个白痴……”

邱南顾道：“白痴？”

洛蜡裙叹道：“是呀。他小时也喜欢弄枪舞棍，有次遇到个武林高手，就把他打成了白痴，傻里巴巴的，简直成了人头猪脑，哎呀四肢发达，头脑简单啊，饭倒是吃不少哦。"

邱南顾奇道："打成白痴？好高的武功！"

铁星月不屑道："那有什么了不起，我有一次与人交手，把那人打成一口猪！"

邱南顾道："一口猪！哪里会把一个人打成一口猪！"

铁星月扬扬得意道："好简单哦！打到他满地爬，满街叫，当场拉屎，不是猪是什么？是邱铁口么？！"

邱南顾虎地吼了回去："你真他妈的老子又没惹你，你干吗骂人是猪！"

铁星月胜了一着，倒是不理他，向洛蜡裙道："打他的人是谁？"

洛蜡裙答道："我也不知道。但那人是用指凿，打在我弟弟的眼盖上，他……他就这样子了。"

铁星月嘀咕道："打在眼皮子上？那怎会这样子的呢？"

萧秋水听到这里，猛地想起一事，心中暗叫不妙，十分焦急，无奈又叫不出、动不得。

洛蜡裙会不会故意引铁星月、邱南顾去检查慕志铭的眼睛，而慕志铭的双针——

慕志铭的双针！

眼睛！

萧秋水急得额上布满了黄豆大的汗珠，唐方见了，也感觉出生死一发：

徒呼奈何！

这时只听铁星月那莽夫果然道：

"怎么会这样子？让我看看！"

只见那破鞋子走前两步，贴另一双鞋子而立，两人相距之近，真是鼻可相触，萧秋水的一颗心，几乎要跳出了口腔。

忽听邱南顾道："为什么要让你看，你以为你是大夫啊？让我看……去！……来，眼皮子翻翻？……"

萧秋水从缝隙望出去，只见原来那双破鞋子跄跄踉踉退了五六步，原先立足的地方又换了一双破鞋子，敢情是邱南顾推开了铁星月，他自己却抢着上前去探看。

蠢材啊！蠢啊！萧秋水心中又急又愤，心中忍不住大骂！

只听铁星月怒道："你干吗推人？！你难道治得好他！"只见那双破鞋已经踮高了脚，显然正在翻慕志铭的眼皮，凝神注视。

这时忽听"呼噜"一声，接着"嗤"之声破空，便是铁星月的狂吼与邱南顾的怪喝！

他们果然动上了手！

"呼噜"，是洛蜡裙铁杵的声音。

"嗤"则是慕志铭双针的声音。

第壹伍回

铁星月与邱南顾

——铁星月、邱南顾确是武林中、江湖上铁铮铮的好汉，也是一等一侠义之士，但他们又憨又直，行事乖戾偏激，萧秋水自是知情。

这两人也因为兄弟们这种情谊，以后在武林中不知闹了多少笑话，闯了多少龙潭虎穴，度过了多少血腥风雨……

地上的脚步迅速交错起来，时急止时迅动，以及搏斗声与怒吼声。

——他们怎么了？他们怎么了！

——铁星月啊，邱南顾啊，你们究竟怎么了？！

遇险了！

洛蜡裙先出的手！

十一尺长的铁杵，趁铁星月往后的时候，呼噜地疾刺了出去，然而重要的是"嗤"的一声！

这"嗤"的一声，是铁杵前端部分破空之声，真正可怕的不是杵柄的力量，而是这辛辣、迅疾的一刺！

"呼噜"是洛蜡裙长杵带起的声音，"嗤"才是杵端那一下急刺！

急刺铁星月后颈！

铁星月一闻声，立时回头，那一刺，等于是刺向他咽喉！

杵长，刺急，按理说铁星月怎么都避不开去。

可是铁星月不避！

他只做了一件事：

他一拳打了出去！

"嘣"！

血肉的拳头击在刺尖之上竟发出金石互击之声！

更令洛蜡裙大惊的是：铁刺被击断了！

铁星月似一点也不痛，另一只拳头已飞了过来！

因为惊愕，洛蜡裙竟避不过这一拳，"砰"地被打飞出来，天旋地转，天乌地暗，天惊地动，向后倒飞，"砰"地撞飞一张桌子、两张凳子，最后撞在那藏萧秋水、唐方、左丘超然、邓玉函的桌上！

"哗啦啦"……一阵乱响，所有的东西都塌了下来，白桌布扯裂，露出了萧秋水等……

洛蜡裙一出手，慕志铭也出手了！

慕志铭出手更快，但他的双针为何没发出声音？

因为发不出声音。

邱南顾似也料不到一个彪形大汉会使的是两口针，又因离得太近，难以相拒，竟做了一件事：

一把抱住慕志铭。

拦腰抱住慕志铭，慕志铭的双手，也挣脱不出来。

两人就这样对瞪着，一时都呆住了。

邱南顾强笑着打招呼道："嗨，你好。"

两人脸本来贴得极近，而今简直是鼻唇相接了，慕志铭青了脸色，怒叱："你……"

邱南顾笑嘻嘻地道："没办法，我不能松手，一松手你就一定会刺瞎我双眼，现在脸贴脸，两个大男人，多难看啊！真是，我都叫你不要用这种招式嘞！"

慕志铭又气又怒，一时说不出话来。

邱南顾嬉皮笑脸道："你很气是不是？哎呀，想暗算我们啊，我们其实一过霓虹桥，便知不妙，怎么河里一个地方的鱼全翻了肚子，一定有问题，这是当旺时分，茶楼上怎么没有人，只有你们两个怪物？招牌上明明写的是'权力居'，你当我们傻的呀？还想不到跟'权力帮'有关么？我们心里倒是早有防备啦！蠢材！"

慕志铭怒吼一声，拼命力挣，两人相距已无缝隙，慕志铭双臂使针已至半途，性命交关，邱南顾也死命抱住，哪敢放松？

——听到这里，唐方才知道这两个邋里邋遢的莽汉，居然是粗中有细的豪杰。

——也明白了铁星月、邱南顾二人，何以接得下慕双洞、洛壹窟二人的狙击。

——南明河中的死鱼，显然是因为南宫松篁的尸首：这百毒神魔之弟子，死在河中，还是可以毒死河中无辜的鱼群，令人不寒而栗。

桌椅翻倒，布裂人现，却听铁星月大喜怪叫道："哈！哇！妈妈喊哩哇呀！哈！呱呱！你们啊原来在这里！嘻！你们好哇！"

然后一个劲儿地冲过来，抓住萧秋水使劲地摇个不停道："妈妈的！老大你好！好久不见了哇！"

然后又抓住左丘超然就是一拳，再给邓玉函一脚，一面欢叫道："死老二，鬼老三，哈哈！我们又见着了！"

说着又走向唐方。唐方差点没给吓晕过去了。铁星月却皱眉摇了摇头道："奇怪？这标致的妞怎么没见过？"又抓住萧秋水打了一拳哇哇叫道："好哇！居然有个叮当啦，也不告诉我老人家！"

这下可惨了。原来萧秋水、唐方、左丘超然、邓玉函的穴道被封，铁星月兴奋过度，一时居然没有看出来，就硬手来了几下招呼的，萧秋水惨在不能言语，真是哑子吃黄连，有苦说不出。

铁星月径自兴奋，大声呼叫道："喂！喂！死铁口！老大他们来啦！哇哈哈！乐死我了——"

却猛见一人捂着脸自破碗烂凳中站了起来，原来是鼻血长流的洛壹窟。

铁星月奋然叫道:"好哇!你还没有死啊!来来来,我再补你两拳——"

飞奔着过去,洛蜡裙大叫一声,一杵打下去,铁星月兴奋过度,竟忘了闪避,洛蜡裙本已受伤,功力大减,却听"碰"的一声,铁杵打在铁星月背上,铁杵竟弯成半月形,铁星月闷哼一声,竟然没事,还一把抢过铁杵,一口咬了下去!

这一下大家都看呆了。

却听"嘣"的一声,铁杵竟给他咬了一个缺口!

只听铁星月躁道:"妈妈的,居然咬不断!"竟发狂地把铁杵往身上、腰间、臂上、腿间,又拗又缠,那十一尺余长的铁杵立时变成了棉花糖一般,卷成一圈又一圈,拗成一段又一段。

这下不但萧秋水他们看呆了,就连洛蜡裙也怔住了,铁星月拗罢铁杵,抬头看见他,大吼一声:

"哈!你还在呀,小老弟——"

洛蜡裙吓得三魄去了五魂,怪叫一声:"妈妈呀——"火烧屁股似的,没命似的飞跑,铁星月也一面叫"喂喂喂别走——"一面没命似的追!

一追一逃,两人在乙秀楼上,顷刻间绕了几十个圈。

左丘超然白了脸,邓玉函青了脸。

铁星月那一拳和那一脚,对无法运功抵御的左丘超然与邓玉函来说,实在不是好受的。

萧秋水当然也不好受。

那边的邱南顾与慕志铭,也分出了"胜""负"。

慕志铭既挣不脱，邱南顾也腾不出手。

慕志铭挣得一脸通红，忍不住骂道："去你妈的！"

邱南顾却光火了："我妈妈又没犯你，干吗骂我妈妈！"

一张口，就咬了过去！

这一下，慕志铭也没料到，这一口，就咬个正着。

慕志铭的鼻尖，竟给邱南顾这一口噬了下来。

慕志铭惨嚎一声，疼痛难当，也不知哪来的力气，一头就向邱南顾脸上顶了过去。

邱南顾也猝不及防，挨了一记，双手一松，退了三四步，又要冲来！

慕志铭虽然痛不欲生，但他体格魁梧，又足智多谋临危不乱，"嗤嗤"弹出双针！

这双针不是攻向邱南顾，因为他知道，以邱南顾武功身手，这双针是威吓不了他的。

这双针是射向萧秋水这边的唐方与邓玉函的。

攻其必救！

他已看出萧秋水等人与邱南顾等之感情非同凡响，而萧秋水等人穴道被封制，飞针射向他们，邱南顾必抢身去救，却没料到，邱南顾、铁星月二人，是大事细心、小节粗心的莽汉。

这两口飞针射向唐方与邓玉函，邱南顾根本不顾。

有什么好顾？！邱南顾心忖：萧秋水他们才不会连两根小小的飞针都躲避不了！

这飞针飞起时他同时飞起，慕志铭捂住鼻子，断未料到邱南顾又到了他面前，打出一记"鹤咀锄"！

这一记"鹤咀锄"虽没真个要了慕志铭的命，但也真的要了慕志铭一只眼！

慕志铭惨叫一声，翻身穿窗，飞坠落河，邱南顾也不穷追，但十分得意。

此番慕志铭虽未丧命，但在以后的"神州奇侠"故事中再出现时，他是名副其实的"慕有孔"，而且是活脱脱的"慕双洞"，鼻子一个洞，眼睛一个洞！

飞针极快，双双掠过铁星月前面。

铁星月本可双手接住，但他正忙着揍人。

原来他追洛蜡裙不到，追了十一二个圈，兴味索然，鞋子又破了大洞，脚板全伸了出来。他蹲下来要套好鞋子，却正在穿时，"呼"地一个人一脚踩在他背上，铁星月大怒，一挺身，仓皇间也摔了一个大跤，在地上打了一个照面：原来就是洛蜡裙！

原来铁星月蹲下去穿扎鞋子时，洛蜡裙脸部痛极，以为铁星月还在追他，失心丧魄，乱跑一场，竟已跑了一个圈，看不清楚，恰好撞到铁星月，跌了一大跤，猛见又是这天神般的壮汉，真是唬得傻了！

铁星月一见，简直是元宝天上掉，老实不客气，一连七八拳，擂在洛蜡裙肚子上，洛蜡裙开始还接了三四拳，到了后几拳，劲道之重，压力之大，简直接不住了，"砰砰砰"打在腹间，真是痛得死去活来，也不知哪里生出的力气，竟一把推开铁星月，亦翻窗出去，落入河中了！

铁星月揍得痛快，得意异常。

洛蜡裙此番虽得不死，但全身骨头欲裂，待下回出现于"神鼻梁都凹了进去，正是铁星月揍的，也恰合了他的外号："洛壹窟"。

两枚飞针，就在铁星月揽着洛蜡裙猛揍时掠过。

两枚小小的飞针？铁星月才不管呢！

然而这两枚小小的飞针，却是致命的飞针！

一枚飞向唐方的"人中穴"！

一枚飞向邓玉函的"眉心穴"！

夺命飞针！

飞针眼看就要取去唐方、邓玉函的性命，无人可救。

此时正是千钧一发，忽听一声暴喝，萧秋水忽然飘升飞掠了过来！

萧秋水可不及同时救两个人！

唐方在左，邓玉函在右，两人相隔恰好比人在中间而双手展开更阔一点，萧秋水救得了左，便救不得右；救得了右，却救不了左。

萧秋水立即跃起，把身一横！

这一来，他形同横搁在唐方与邓玉函面前，头右足左，手掌与脚胫，刚好截住了飞针！

他双掌一拍，及时抓住了飞针，救了邓玉函，但他的脚就没有那么灵活了，加上他穴道刚刚才冲破，运劲不上，所以就硬吃了一针，虽救了唐方，人也摔跌下来。

针嵌在腿肉里。

邓玉函眼中流露出感激。

左丘超然目中透露出敬佩。

唐方眼眸中隐有泪影。

萧秋水的穴道当然也被封了，可是他怎样能在一发千钧间跃了起来相救呢？

原来萧秋水是自己冲破了被封的穴道。

唐方、邓玉函、左丘超然与萧秋水内力相仿，左丘超然练的是擒拿手，内功稍为稳实一些，而萧秋水练的是浣花剑法，浣花剑派向来主张以气御剑，所以萧秋水的内息，又比左丘超然强一些。

这强一些儿，还不足以使萧秋水有能力自己冲开穴道。

原来萧秋水从开始到现在，就没有放弃过运内功冲开所封穴道的努力，加上铁星月那一拳，他硬受一击，却早有准备，把外力转成内劲：铁星月的刚劲何等犀利，萧秋水转移调息，自然一冲就破。

这种内息转移法极是伤身，何况萧秋水一旦得脱，即全力营救，所以更伤元气，而今又中了一针，脸色苍白，大口气地喘息了几下，即替左丘超然解开了穴道。

左丘超然一得以脱，指疾点解开邓玉函、唐方穴道，唐方、邓玉函即扶住巍颤欲跌的萧秋水，这时四人才真正松了一口气，好像从阎罗殿前打了一转回来，这时，铁星月与邱南顾已打跑了慕双洞与洛壹窟，也笑嘻嘻地走过来，左丘超然跟邓玉函一肚子火，忍不住都要发在这两个憨人的身上。

左丘超然、邓玉函也装作笑嘻嘻地走过去，唐方即扶住萧秋水。

邱南顾还笑道："嘿，月来不见，老大怎的得了哮喘病啦？"

铁星月居然也笑道："喂，刚才你们躺在那里，吃灰尘呀？"

左丘超然笑着握铁星月的双手道："不是吃灰尘，而是请你吃拳头。"

邓玉函也拍拍邱南顾肩头笑道："不只老大有病，你也闹肚子痛哇。"

一说完，两人同时猝然挥拳，"砰砰"痛殴，左丘、邓二人与铁、邱二人是好朋友，早已知道铁、邱的要害破绽，两拳下去，两人猝不及防，痛弯了腰！

铁星月嘶声道："妈的……打那么大力，你想死咩！"

邱南顾嘎声骂道："死人头！……你暗算本大爷……唷……王八蛋！"

邓玉函也怒道："妈的，刚才你揍我们那么大力，现在得报大仇！"

邱南顾怪叫道："我们见面礼向来是这样的呀！什么大不大力的？！"

左丘超然道："我们是穴道皆被封锁，命在砧上，你们过来还居然不解穴，不理我们生死！哼！"

铁星月一副精明地叫道："那老大又怎么能动？！分明说谎话！"

左丘超然怒道："要不是老大借你打的一拳，换劲冲穴，挺身挨针，咱们早都翘辫子咯，还等你们来救！"

铁星月、邱南顾这才想了想，知事态严重，也不敢再辩了。

邓玉函余怒未消，恨恨地道："妈的，今天差点给你们两个糊涂蛋害死了！"

铁星月哭丧着脸道："我们……我们又怎么知道……知道你们穴道被制嘛……"

邓玉函恨声道"还说！——"

那边的萧秋水强笑着道："算了。老铁和小邱今番来，毕竟是救了咱们的性命，咱们应感激多谢他们才是。"

邱南顾登时得意地道："嘿嗨，对嘞，无论如何，我总算对你们都有救命之恩——咦——！你们原本不是在成都浣花萧家剑庐吗？怎会来了这里？又给封住了穴道？"

——铁星月、邱南顾确是武林中、江湖上铁铮铮的好汉，也是一等一侠义之士，但他们又憨又直，行事乖戾偏激，萧秋水自是知情。

这两人也因为兄弟们这种情谊，以后在武林中不知闹了多少笑话，闯了多少龙潭虎穴，度过了多少血腥风雨，这两人，一直是一对活宝，也是神州结义的好兄弟。

萧秋水虽脸色苍白，但依然笑问道："老铁，小邱，看来你们的武功又有精进！"

其实萧秋水并不是看来的，而是想来的。

——铁星月铜皮铁骨，肯吃苦，胆子大，勇气过人，又不怕挨打，敢拼命，脾气大！武功专走大开大杀一路，为人也大气大概，不过亦因朴直无知，所以也有点古古怪怪、神神经经就是了。

——邱南顾为人刁钻机智，唯恐天下不乱，一张铁口钢牙，最好管闲事，武功走奇门异道，待人泼辣烂缠，因为血气方刚，所以时亦疯疯癫癫，古灵精怪。

——邱南顾、铁星月二人武功虽好，萧秋水亦曾与他们交过手，邱、铁二人武功略在左丘、邓二人之上，却仍在萧之下，而远不及唐。

——洛蜡裙、慕志铭的武功，纵不如左丘与邓，亦相差不甚远，而今铁、邱二人能片刻把洛、慕二人打跑，可见武功大有进境，只怕萧秋水亦未必能及。

——故此萧秋水料定在分手的这些日子里，铁星月、邱南顾二人武功必有奇遇精进。

——萧秋水是猜对了。

萧秋水这一句是没有含责备意思的话，反而有恭维之意，所以铁星月、邱南顾等十分乐意回答。

原来自萧秋水和他俩分手后，铁星月、邱南顾顺便到桂林浣花剑派分局去拜会萧易人，这一方面是因为言谈间萧秋水对他兄长的推崇，一方面是铁星月、邱南顾二人对萧易人的气度雄风早就心仪已久，亦想借此拜会。

萧易人与他们亦一见如故，论及武艺，萧易人便指点铁星月，应发挥所长，既天生神力，刚勇无匹，何不苦练无坚不摧的拳法，世所无匹的气势？又劝邱南顾，既然机警敏捷，何不练就以应变为主，令人意料不到，刁钻古怪的身法、绝技，可以出奇制胜？

铁星月与邱南顾都大觉有理，于是痛下决心，三个月的苦练，武功便发挥所长，已远远越过从前。

萧易人是武林间难得一见的奇才人杰，据说剑法已直追萧西楼，而对其他武艺，亦能妙悟明理，普通人所参悟不出来的武功道理，只要向他说一遍，往往给他一点就点出来了，可说受用无穷。

萧易人点授铁星月与邱南顾，亦是因爱才之心，浣花剑派的家传剑法，规定非浣花剑派子弟不能相授，铁星月、邱南顾二人当然不是浣花子弟，萧易人只好发挥他们的特性，加强他们原已有的武功：铁星月本来可以一拳裂分砖，现今却可一拳碎石！邱南顾本来擅长急拳快击，而今连腿也一样快了。所以这几个月下来，铁星月、邱南顾受鼓励下的潜心苦练，进步自是不少。

铁星月、邱南顾的武功，是自小苦练出来的，没有得自什么名家亲传。铁星月的拳，曾经打在土墙上，曾经打在瓦片上，撞得骨头进裂，割得血肉淋漓，但他一天天地练下去，练到现在，一拳擂下去，地上一个大洞，小树应声而断，这都是用血泪和汗，每天每夜苦练，累积而成的。

邱南顾打斗，以应变、机警、出招迅急著称，但是他五岁第一次和人打架时，一接触就给对方撂倒了，而且额角血流不止，门牙崩了一缺。

从此起他打了一百四十一次的架，没有一次不败，轻的是落荒而逃，重的是手脚骨头全折，鼻梁断裂、眼角、唇角、额角肿得像核桃，胸腹间的颜色就跟头发颜色一样，背部还有一道长尺半、深三分的刀伤。

但是在第一百四十二次架里，他赢了。

他赢后，没有欢笑，独个儿走到一个陌生的镇上，第一次买了一壶酒，一个人喝，喝了号啕大哭，哭到围观的人至少有四百二十一名，他才收住哭声，烂醉如泥。

他赢了。因为他输时一样没有失去信心，失去勇气，所以他终会赢的。

因此他赢得一点也不侥幸。

他的快拳、飞腿、急智、变化，都是从经验中、磨炼里得来的，所以很踏实，而且很有效，更不会轻易忘得了，因为他每一招每一式，一个动作或变化，都有它的血泪史。

一直在他们未认识萧秋水前，铁星月与邱南顾二人，不仅无师无派，而且连个引导的人也没有，两人也互不认识。

终于他们认识了萧秋水。

为一句好诗而间关万里来回跋涉的，为一句承诺而生死不计敢作敢为的，为一个朋友，可以上天入地舍死忘生的萧秋水。

第一个影响他们的人，是萧秋水。

铁星月、邱南顾自创一套的武功，虽然有用，而且有劲、有神采，但是历经几千百年来去芜存菁，淘汰历练下流传的武技，却更有实战或强身两种功效，萧秋水就把这些总结向他们提示，这可是他天性聪颖和通悟，以及实战与苦战所得来的心得。

故此，认识萧秋水后，他们功力是一进；由萧秋水引见，结识萧易人后，武功又是一进。

萧秋水等人便把他们这些日子以来，如何在秭归斗权力帮，长江杀溥天义，萧家剑庐的恶斗，辛虎丘、康出渔的狙击，保护岳太夫人的张临意如何身死，以及如何冲出重围而散失，如何在桂湖遭围攻后重聚，到如何在乙秀楼上格杀南宫松篁而后中毒……一一道出，只是铁星月、邱南顾两人性急气躁，每每听到紧张处，都忍不住要打岔——但是萧秋水、左丘超然、邓玉函等人早已熟习其性，所以还是坚持讲下去，唐方却忍不住抿嘴笑。

铁星月听得忍不住突地跳起来，大骂道："他妈的猪八戒王七十八加九千蛋！别人打杀我还可以忍！康劫生这小子也来出卖我们！我就憋不下这口气！我就憋不下这口气！"邱南顾也吼道："是不是！我早就说不管一切冲过去了！是不是？！这么大的热闹我们都错过了，没得玩啦！唉呀呀——要是我们在的话该多好！"

邓玉函冷冷地道："你放心，我们自桂林跟大伙儿回去的时候，还有得你玩的！"

铁星月嚷道："哎呀，还要等到去桂林请救兵回来呀，不行咧，万一都死光了，可没热闹——"

萧秋水闻言变了脸色，左丘超然狠狠地在铁星月肚子擂了一拳，痛得他大叫起来，邱南顾想想也觉不妙，赶紧笑道："喊，喊喊，老铁小孩子不识世界，童言无忌，唉，童言无忌，老大不要介意。"

铁星月才知道自己乱说话，说错话，也不敢出声。

唐方圆场道："桂林是一定要去的，萧老伯要我们在急需人手的时候冒死冲出来，　　是为求要我们到桂林请援，并且也借此示警，使浣花分局早有防备；另一方面也要把此事公诸天下，让武林同道做个警惕，团结起来共同驱敌，所以在情在理，浣花分局还是必定要走一趟的。只不知两位兄长到桂林来，可知桂林浣花的人手怎样？"邱南顾却失惊道："呀——那你就是……就是他们说的那个……那个方……方……方唐啊？"

邓玉函奇道："方唐？"

左丘超然忍俊不禁："荒唐？"

萧秋水忙纠正道："是唐方。"

邱南顾"哦"了一声道："唐方。"

铁星月又忍不住忽然加了一句："怎么裙子这么短。"

其实唐方裙子根本不短，直落垂踝，只是她自小足美，善舞蹈，长轻功，穿的鞋子是祖母唐老太太亲绣的，所以罗裙也就略短一点。

她原本是穿劲装冲出浣花溪的，但一路上赶来，女子劲装未免太引人触目，所以改穿紫衣罗裙，真是貌美不可方物。

只是铁星月是铁铮铮的鲁男子，最看不惯人花枝招展，素来见女子都是裾掩及足，而今见裙近足踝，更是看不惯了；其实他只评这句，已经是对唐方很看得顺眼的了。因为他遇着女子，跟邱南顾一般，总是百般不顺眼，一个老是摇着头说：

"唉，女流之辈！女流之辈！"

一个老是摆着手说：

"嘿，娘娘腔的！娘娘腔！"

唐方怔了怔，一时答不出话来。邓玉函没好气地问道："那你们好端端的在桂林，怎么又会到了此处？"

邱南顾怪眼一翻道："嘿，我们不是约好清明节后在剑庐见面吗？"

萧秋水倒是松了一口气道："哦，那你们来的时候，桂林剑门并没有发生事儿了？"

铁星月道："当然没事啰。孟师叔、易人兄、开雁都在那儿，还有唐……唐小姐的兄长，好像也在，还有……玉函你哥哥，也来了，有他们在，怕什么，有什么人敢来惹事！何况……何况还有咱们两个！"

邓玉函喜道："我哥哥来了？"

铁星月点点头道："来是来了，不过一副好像责怨我们教坏了你的样子……"

邓玉函赧然道:"他就是那样的……老是不放心我。"

唐方也喜道:"来的是刚哥还是朋弟?"

铁星月道:"我不知道。"

唐方沈吟一会道:"很会说话的,还是凶神恶煞的?"

邱南顾倒是接道:"凶?倒是一点也不凶,人缘蛮好似的。"

唐方莞尔道:"那是唐朋……他的人缘一向都很好。"

左丘超然倒是问道:"那你们干吗到了贵州,却不去四川剑庐,溜到乙秀楼来干吗?"

铁星月跳起来道:"吓!你以为我们想留在此地么!根本冲不进去啊,一共冲了七次,最后一次冲到山中成都杜甫草堂了,却遇见三名剑手,一个拿琴,一个拿笛,一个拿二胡,打了半天,铁骑神魔又来了,我们又被击杀得倒退八十里,回到贵州来了——根本杀不进去呀!"

萧秋水变色道:"铁骑神魔?!"

铁星月叫道:"对呀!'铁骑神魔'阎鬼鬼和他六个徒弟'飞骑六判官'呀!"

萧秋水赫然道:"这次'权力帮'真是倾巢而出了,'铁腕神魔'溥天义、'无名神魔'康出渔、'打洞神魔'左常生、'飞刀神魔'沙千灯、'三绝剑魔'孔扬秦、'百毒神魔'华孤坟、'灭绝神魔'辛虎丘,现在连'铁骑神魔'阎鬼鬼也来了!"

邱南顾道:"见到阎鬼鬼也来了,我们就知道剑庐那儿一定不妙,所以拼死冲入,但阎鬼鬼这厮好厉害,我们两人斗他一个,也占不到便宜,加上他六个徒弟,一个使马鞭,一个使长枪,一个使长索,一个使长链,一个使长矛,还有一个,哼,哈,居然使马鞍，实在难缠得很，所以每次都给他们打得落荒而逃，实在是憋气，这几天，倒是做了一件妙事……"

左丘超然笑问道："什么妙事？"

邱南顾小眼睛咕溜溜睐起来一转，然后道："我们两个人，他们七个人，我们打不过他们，便边打边逃，追得他们气喘，歇息的时候，便猝然打回去，打他们一个措手不及，等他们定过神来时，我们已抢了他们的马，跑啦。"

唐方笑道："抢马？"

铁星月得意地一拍大腿，道："对！抢马！既打不过他们，就抢！抢不到，就偷！偷不到，就劫！"

邱南顾也得意地道："是嘞！一次摸两匹马，三次抓了六匹，足足偷了六匹马！哈！那六个王八，没了马匹就变成肚朝天的乌龟啦，提不起丝毫劲儿，大概是赶回去骑马再来打过了。"

铁星月也哈哈笑道："他们再骑来，我们再盗一次。我们当不成大侠，先当盗马贼也无妨。"

邱南顾道："哪要？！我们现在多了四个人，还怕他干屁？！"

铁星月摸摸头道："是呀，是呀，我怎么没想到……"

萧秋水道："你们今日得以来此处，就是因为那六个判官到别的地方调度马匹去了？"

邱南顾道："是啊，那六个死鬼的马好偷，那个阎老鬼的马就不容易扒了，几次试过，都偷不到。"

铁星月道："所以他还在左近，我们打听到今日乙秀楼来了四个形迹可疑的人，所以想来先下手为强，没料是你们……"

萧秋水道："幸好你们来，救了我们……不过，马呢？"

铁星月忸怩地道："哪里的话，应该的，应该的……"说着得意无比。

邱南顾也喜不自胜："马给我们藏起来了，好马嗳！"说着喜形于色。

唐方忽然问了一句："你们出来的时候，桂林剑门真的一点特殊的状况也没有吗？"

铁星月想了半天，道："没有。"

邱南顾猛然想起道："有！"

唐方问："是什么事儿？"

邱南顾道："别的事都很正常，只是我们临出来的那一天，桂林剑门的鸡鸭，总共九百多只，忽然间死了一半，也病了一半，这事似有些蹊跷……"

萧秋水脸色陡变，道："这跟权力帮攻浣花剑庐的先兆，完全一样，鸡犬不留。"

左丘超然道："在成都剑庐下此毒手的是'百毒神魔'华孤坟，那在桂林剑门的想必是'瘟疫人魔'余哭余了！"

邓玉函道："余哭余？！这人毒冠天下，下毒本领，尤在华孤坟之上。"

唐方道："那也就是说，在你们出桂林而赴成都时，权力帮已大肆进攻剑门了！"

铁星月变色道："那还得了！"

邱南顾怪叫道："我们快去！"

左丘超然疾道："事不宜迟，我们快赶赴桂林吧！"

唐方忽道："慢着。"

铁星月奇道："怎的？"

唐方道："你们抢得的马呢？有马才好赶路！"

邱南顾喜道："是呀！我们恰好六个人，而又有六匹马，这马，我们可把它们藏起来了！"

他们一行六人，沿着跨玉桥，经涵碧亭，在钓鳌矶附近找了藏着的六匹马。

这六匹马，高近丈，髦至膝，尾委地，蹄如丹，日行千里，日中而汗血，正如"中荒经"所描写的汗血宝马一样。

"铁骑神魔"阎鬼鬼，原本就是西南大荒的异人，他养的马种都来自锡尔河畔大宛国，精通骑术，百丈杀人，所向披靡，兵不血刃。铁星月、邱南顾二人偷盗的马，正是此种千中无一的良驹宝马。

他六人上了马，但觉风和日丽，心中豁达，有纵横天下的大志。

萧秋水笑道："晋时王嘉形容周穆王八骑飞骏为：八龙之骏——一名绝地，足不践土；二名翻羽，行越飞禽；三名奔霄，夜行万里；四名超影，逐日而行；五名逾晖，毛色炳耀；六名超光，一行十影；七名腾雾，乘云而奔；八名挟翼，身生肉翅。这八骏齐驰，直奔西昆仑之巅，是何等雄姿。今日虽仅六骑，但亦有跃马黄河的大志。"

铁星月、邱南顾二人听得齐齐发出一声长啸，甚是愉悦，意兴霓生。

萧秋水道："事不宜迟，我们就策马上娄山，翻白云峰，渡黔江，经牂牁水，东北而上，直入广西扑桂林吧！"

众人一声大唤："好！"意气顿生。唐方在旁嫣然一笑，风和日丽，蓝天绿地，无限美意，尽在心头。

第壹陆回 怒杀双魔

就在这时，天来乌云，月华顿灭。

亦在这月将隐未灭的刹那，萧秋水猛然又闪过一丝不祥的念头，猛瞥见急流之中，竟有一样东西直伸了出来，在月亮下闪了一闪。

剑！

娄山亦名大娄山，在遵义县北，高峰插云，为白云峰，形势险峻，上有娄山关，为川黔间要隘。

娄山之麓有怀白亭、会仙亭遗址，均以纪念诗仙李白。

牂牁水亦即蒙江，源出贵州定番县西北，南至罗斛县，又名北盘江，再经云南贵州广西与南盘江汇合，总称红水江。

黔江亦名涪陵江，世称乌江，源出贵州威远县之八仙海，东北流入四川境，经涪陵东入大江，由黔入川，乌江待舟最为不易。

六骑飞骏，行马甚速，入夜，已至娄山麓，过怀白亭，宿于会仙亭。

会仙亭在当时已破败不堪，只有几处遮蔽的地方，仅留残垣碎瓦而已。

时已十七，月已有缺。

是夜风云密布，月时现时蔽，乌云游走，夜黑风急。

邱南顾有火折子。

左丘超然有蜡烛。

邓玉函找到了一只烛台，于是就着残墙遮掩，点着了一双蜡烛。

烛影摇曳，马就系在断柱之后，各人倚危墙小息，奔驰了一天，他们都累了，按照行程来计，明日即可抵广西。

到了广西，可又是一番风云际会了。

所以他们先求稍息片刻，他们的战志就如月芒乌云一般，时闪时灭。

蜡烛也是一闪一明，像在黑夜里打着讯息，撑着一线微芒；

而黑夜就似权力帮一般,庞大、威皇、可怖,而且无孔不入。

萧秋水、唐方、左丘超然、邓玉函、邱南顾、铁星月等人心里都想着事情,都没有作声。

突然,其中一匹马长嗥一声,引起其余五匹马一声长嘶,六人都惊了一跳。

六人这一惊,彼此都有些不好意思起来。

马又静息下来,只有蝉声的知了知了,叫个不停。

六人又进入调息的状况,只有萧秋水一直在想着事儿,一些毫不着边际的事情。

萧秋水就坐在蜡烛的前面,蜡烛的后面是丛林。

萧秋水在想:为什么马会嘶鸣?

在这时候想这些,好像并无意义。

可是萧秋水老是在想:为什么马会在这个时候叫?

这些马都是优秀的良驹,不是受到惊吓,不会乱叫的。

以刚才的马嘶而言,又不似受到任何惊怖,倒似遇到了熟人,发声而招呼一样。

遇到了熟人?

对马而言,熟人就是旧主人!

旧主人就是"铁骑神魔"阎鬼鬼!

萧秋水忽然之间,那种奇异的、奇妙的、奇特的感觉,又升起了。

就在这时,"嗖"的一声,一道竟比电还快的白光,迎面飞来!

"咄",白芒打灭了烛光,烛蕊爆出了几缕黑烟,白芒却犹未止，直射向萧秋水面门！

发刀在先，来势极快，要是平时，萧秋水是绝躲不过去的。

萧秋水在前一瞬间，幸好已有了准备！

他拔剑，"叮"，撞落飞刀！

就在这时，一条无声无息，但威力惊人的黑鞭，已自黑暗中卷了出来！

鞭扫唐方颈项！

这一鞭威力奇猛，偏又无声无息，而且迅快绝伦，又发鞭在先，唐方是绝躲不过去的。

鞭与刀，几乎是同时出手的。

鞭比刀长何止十倍，但刀却是飞刀。

飞刀比鞭更快！

飞刀打熄了烛火，鞭才递了出去。

也因为这样，鞭就像鬼影一般，一点都看不见。

可是飞刀打灭了烛火时，唐方也立时警觉。

唐方是一个极端冰雪聪明的女孩子。

烛火一灭时，她也没有看见鞭影，但她立时机警地做了一件事：

她立时移动她在烛火未熄间原来的位置。

她甫离开，便听见她原来坐的石凳碎裂的声音。

那鞭子也"嗖"地收了回去：来时无声，收的时候才有一记如裂帛的急风。

这一下，左丘、邓、邱、铁都知道了，叱喝、拔剑、互斗、怒吼声响起。

萧秋水冷静的声音自黑暗中响起："大家别乱，镇静应付，唐姑娘你……"

只听唐方之声自另一角落悠悠传来："我没事。来的人是沙千灯。"

唐方毕竟是唐门后人，在飞刀灭烛的刹那，她还是可以分辨得出飞刀的手法，乃发自何人之手。

只听邱南顾道："还有阎鬼鬼！"

这几日来，邱南顾与铁星月二人数度力战阎鬼鬼，自然对他的鞭声甚是熟悉。

在黑暗中，大家除了警醒戒备外，心中都更加沉重。

连"飞刀神魔"沙千灯也追来了，成都浣花萧家剑庐究竟怎么了？

月亮，月亮怎么没有出来？

乌云，乌云愈来愈浓烈。

良久，没有任何动静，更没有任何攻击。

显然，沙千灯主力是以飞刀袭萧秋水，是因为萧秋水隐然是六人中的领导者，杀了他可以乱大局。

唐方则是六人中最难应付的，阎鬼鬼的鞭想先毁了她，也是理所当然的。

黑暗中过了良久，还是没有任何声息。

一击不中，再也没有暴露行踪。

铁星月如怒豹一般，随时噬出，邓玉函手已按剑，左丘超然十指耸动，邱南顾也伏着，但随时飞弹而起，可是再也没有任何动静。

萧秋水沉声道："既然我们已给盯上，就星夜过贵州，入广西吧！"

铁星月一声大吼，道："好！挡我者死！滚开者生！"

他们在月黑风高之际翻上娄山，登白云峰，连夜下镇宁，到了黄果镇黄果瀑附近。

连夜奔驰，在疾风中众人又是酣畅，又是提心吊胆，敌人想必追踪而至，而且只怕就在附近。

这时已近中夜，黄果镇上空荡无人，但水汽弥漫，空蒙一片，水声如雷，在远处响，萧秋水一勒马，道："再过去就是犀牛潭了。"

唐方蹙眉扬声道："犀牛潭？"

萧秋水道："对，这是西南最大的瀑布，听说就是这儿。"

铁星月猛一勒马，骏马人立长嘶，铁星月兴致勃勃地道："对！那儿就是黄果飞瀑！好大！一千只犀牛在吼，一万个铜锣在同时敲打，十万只鸡蛋同时滑落，好大好大！"

邱南顾气咻咻地道："好了，老铁，你别形容了，你的形容是最离线的。"

萧秋水笑道："不过那真的是惊人，真是鬼斧神工，我们上次在白天掠过，阳光朗照，气氛绝胜，逼遭数十丈彩幻迷蒙一片，你看，这镇上还距离黄果飞瀑那么远，但已水汽弥空了。"

唐方道："那我们要不要去看看？去看看咯。"

萧秋水道："我们正要绕白水河直上，再走盘江岸路渡乌江，此番正要一并去见识黄果飞瀑！"

六人一舒辔，六马齐鸣，破天冲去！

黄果飞瀑。

贵州本来就是著名的崇山峻岭、怒瀑危滩之地。

白水河的河水自六十公尺悬崖直泻而下，吼声如雷，水花四溅，水珠雾气时化作迷蒙细雨，落在附近的黄果镇上，故称"雨夜洒金街"，前人有诗云：

银河倒泻下惊湍，万壑雷轰珠落盘；
匹练长悬光似雪，轻飞细雨逼人寒。

六侠绕飞瀑疾驰，人马尽湿，而心中对黄果飞瀑之惊险雄峻，更是非言语笔墨所能形容的。

水湍流急。

瀑布将泻之河流，更是激起一个又一个漩涡。

萧秋水等人行走在峻石危岸上，因径道险窄所以与急流相隔极近，只见在月夜下，黄果飞瀑不但声势惊人，而且那急流像一只魔鬼的手掌，不断地在扭曲、挣扎、辗转，形状骇人。惨青的月亮照在水流上，更似亘古以来一种无由的神秘力量，就潜蛰在水流之中。

就在这时，天来乌云，月华顿灭。

亦在这月将隐未灭的刹那，萧秋水猛然又闪过一丝不祥的念头，猛瞥见急流之中，竟有一样东西直伸了出来，在月亮下闪了一闪。

剑！

萧秋水大叫一声，反身一掌拍在唐方肩上。

这一下应变极快，唐方不及闪避，砰一声跌落马来。

只听左丘超然怒喝道："老大，你——"

这时唐方的马背忽地冒出一件东西来：

剑！

带血的剑尖！

这剑竟穿过疾奔中骏马的下腹，而且刺穿了马鞍，而直冒了上来，这剑简直是一种神奇的力量。

那剑又立刻"嗖"地收了回去。

那匹壮马连奔了十二三丈，才悲嘶一声，萎倒于地，落在河中，刹那间被摔落水潭，转眼不见。

要是唐方还在马上……

一柄这样霸道的剑，却用这种暗算的手段，而且用那么卑鄙的角度，向唐方这样的一个女子刺出了这样的一剑……

萧秋水变了脸色，河水怒吼，无尽无止，犹如千军万马，金兵齐鸣，但这柄剑威力再大，也阻止不了萧秋水的决心：

"出来！"

五匹马都已勒止。

五匹马都是在愤怒中勒停的。

五匹马上有六个愤怒的人。

唐方摔下去，左丘超然一手就扣住了她。

萧秋水左手一抄，唐方就落在他背后马上，惊魂未定，粉脸煞白。

在白水河的急流里，黄果飞瀑上游的激流中，冒出一柄剑，然后冒出了一个人头，然后冒出了整个身体，在水流暗夜下，犹如一个水怪一般，"呼"地飞上了岩，唐方唬得脸都白了。

这人的剑身在幽暗里雪亮一片。

这人能在激湍中稳住身形，出剑暗袭，剑穿马腹，煞是惊人。

萧秋水目光收缩，缓缓地道："三绝剑魔？孔扬秦？！"

暗夜下，月亮隐在云层里，河水像一条怪异的白布，诡秘地扭曲抖动着，那人就站在岩边，持着雪一样亮的剑，涩笑了一笑，道："我的剑是在水底练成的，叫作'白练分水剑'，这是三绝中其中一绝。"

他说着，剑斜垂指河，湍流立即水花溅飞，剑尖指处空落了一片岩石。

萧秋水道："好剑。"

邓玉函冷冷地道："可惜。"

孔扬秦忍不住问道："可惜什么？"

左丘超然却接道："可惜人是极卑鄙的人。"

邱南顾冷然道："凭一代剑术宗师还施这种鄙劣的暗算，失敬得很！"

铁星月傲然道："简直不配使这柄剑。"

孔扬秦怔了一怔，全身激怒得抖动起来，过了一会，又仰天长笑道："原来如此！"

左丘超然忍不住也问道："什么如此？"

孔扬秦笑道："一个人有五张口，骂架是可以，吃饭也挺行，打起来嘛……除非是狗咬狗！"

六人脸色都变了，孔扬秦继续扬笑道："没料到女孩子有两张口……你们这几个男孩子也有！"

这几个初出江湖的少年人初时还不知道孔扬秦讲的是什么，好一会才知道是极下流的话，唐方怒叱道："孔扬秦，亏你还是武林名宿，居然讲出这种话，你……！"

孔扬秦笑道："你什么！反正你们已活不过今天晚上，我讲的话，又有谁知道，哈哈哈哈……不过我对你嘛，就可以温柔体贴一些——"

他下面的话还没有说下去，五个人一齐发出怒吼，一齐冲了过去！

萧秋水拔剑，冲出，突然之间，在这暗夜之中，急流之畔，悬崖之下，又起了，那种不祥的，不祥的念头。

可是问题出在哪里呢？

萧秋水一顿，就瞥见一道刀光！

刀光如电！

萧秋水一掌推在邓玉函背门，邓玉函跌出七八步，但当他跌出第一步之际，刀光已没入了他的背中。

邓玉函大叫一声，停住。

左丘超然一手扶住了他。

萧秋水大喝道："不要乱，还有强敌伺伏！"

可是铁星月与邱南顾已冲了过去。

他们虽快，但有一样东西更快！

唐方的暗器！

唐方恨孔扬秦轻薄，一出手就是三道五棱镖。

孔扬秦挽起三道剑花，砸开三道五棱镖，但这刹那间，铁星月、邱南顾已冲到！

唐方没有继续对付孔扬秦，因为她立时察觉邓玉函已中刀。

唐方反手撒出一蓬金针，直射飞刀来处！

一个人影立时自一处岩石中跃出，唐方转身，面向着他，萧秋水的剑尖立时也向准着那人。

可是在黑夜中，湍流边，那人影忽然不见了，幻作一团红灯笼。

左丘超然赫然道："小心那灯笼！他就是'红灯魅影''飞刀神魔'沙千灯！"

灯笼一亮，人影就不见了。

只见灯笼。

黑黝中要是亮起一线火，那注意力必定都全神贯注在那火光中。

那红灯笼并不亮烈，可是令人心血偾动。

心血偾动后面是致命的一刀。

飞刀神魔沙千灯的飞刀。萧秋水与沙千灯的弟子决战过，当然知道沙家飞刀的厉害。

左丘超然则曾目睹沙千灯与朱侠武之战，要是朱侠武当时不立破红灯，现在萧家剑庐早已镇守不住了。

邓玉函脸色纸白，他背后胛骨处没入了一柄飞刀。

要不是萧秋水及时一推，他此刻早已沉尸白水河了。

背后孔扬秦、铁星月、邱南顾三人喊杀如水声冲天，这儿只有一盏红灯笼，以及四个静静的人影。

他们没有回头。

因为不能回头。

沙千灯的飞刀不让他们回头。

飞刀神魔的红灯笼更使他们别不过头。

灯笼红。

红灯笼后是什么?

人在灯后。

红灯笼后是黑。

要杀沙千灯,先破红灯笼。

可是他们没有朱侠武的定力。

这灯笼,他们破不了。

只要他们破不了这红灯笼,沙千灯随时可以动手。

因为他们看不见。

看不见的事情最可怖。

他们额上已沾上了汗珠,唐方尖秀的鼻尖也有水珠。

是汗珠?还是水珠?

水气雾漫,水声回环,周遭愈来愈看不清楚,愈来愈暗淡。

忽然眼前一亮。

一亮更亮,原来月亮已出了云层。

月亮的光华恰好笼罩了灯笼的光芒。

红灯笼背后露了人影。

灯笼似震了一震,红芒仿佛动了一动。

就在这刹那间,唐方立时出手。

擅使暗器的人永远最懂得把握机会。

唐家的人尤其懂得把握时机。

唐家的唐方更是能掌握时机的女孩子。

她的暗器不打灯笼后的人，而是专打红灯笼。

毁灭了灯笼，才能与沙千灯决一死战！

"破"，灯笼撕裂。

如血浆一般的液体溅出，同时长空飞起一轮刀光！

唐方飞起，刀光一闪而没。

唐方在唐家还不算是精于暗器，而是长于轻功。

另外一道剑光飞起！

萧秋水的剑！

沙千灯既已现了形，他就要把沙千灯刺杀于剑下。

他一定要，不为什么，只为沙千灯杀伤了邓玉函。

邓玉函是他的兄弟，是他的朋友，他抄起了邓玉函的剑，矢志要把沙千灯杀之于剑下。

可是血浆般的液体，带着腐臭射来，他只有避开。

他一避开，沙千灯就退。

沙千灯挪动脚步，忽觉双脚已被人扣住。

左丘超然的一双手。

左丘超然不知何时已潜到他身下，双手扣住了他的双脚。

沙千灯急忙欲脱，但左丘超然飞快施擒拿法，从下抄起，抓住凹陷之骨缝，大指压内侧，中食二指运劲扣拿。

沙千灯忍痛欲踢，左丘超然闪电般抓住他脚胫前后两面，大指扣拿主筋，中食二指在后助力，双手一滑，已钳住小腿胫骨与腓骨中间之空隙，据戳力按！再捏膝弯的伸屈筋，闪身而上，大指搭住沙千灯内转股筋，中食二指，再搭拿搜其外转股筋，双手一分，再全力扣住沙千灯胯节内侧麻筋，不过眨眼间的工夫，沙千灯下盘错节麻筋，痛苦不堪，寸步不能移。

"擒拿第一手"项释儒以及"鹰爪王"雷锋的后人，毕竟不可轻侮的。

可是沙千灯还有一双手。

他一双手，发出了两柄刀。

在这样的短距离下，沙千灯照样可以发刀，确有过人之能。

只是唐方也是暗器的第一流高手。

她发出了两颗石子，碰开了两把刀，飞落入瀑中。

沙千灯怪吼一声，他现在才弄清楚了这几个少年人的分量。

可是已经迟了。

萧秋水的剑已经到了。

他一刀就飙了出去。

萧秋水挡住了他，唐方的暗器射不到。

至少他要把萧秋水杀于刀下。

但是萧秋水的剑变了，他一柄剑变成了千百把剑点。

"漫天花雨"。

浣花剑派三大绝招之一。

沙千灯只有一刀，同时也是致命的一刀。

眼看这一下就要同归于尽，但同时突然出现了一个人。

这人扑到萧秋水身前，那飞刀就没入了他的胸膛，这人却拔出了原先嵌在他身体里的刀，一刀捔出！

这一刀刺穿了沙千灯的咽喉！

同时间，萧秋水的剑也到了，沙千灯的身体被刺了上百个血洞。

沙千灯惨叫，倒在那血浆一般的液体上，立即又弹跳惨嚎起来，全身发出腐臭的焦味，窜弹了几下，便翻落入瀑布中，直掉落入黄果飞瀑中，粉身碎骨。

沙千灯惨叫之际，也就是萧秋水发出一声大叫的时候。

中了飞刀的人是邓玉函。

左丘超然放开了沙千灯，扶住了邓玉函。

邓玉函脸如白纸，又忽泛红潮，在水雾中咳嗽起来。

左丘超然扶住邓玉函，放在他胸前及背后的手都湿黏黏的，都是血。

左丘超然是触及，萧秋水是看到，他们的心都在抽痛着，唐方掠至，忍不住惊呼了一声。

邓玉函煞白看脸色，没有说出任何一句话，深深地看着萧秋水、左丘超然、唐方，一直挣扎着，动着嘴唇，却说不出一句话来。

终于缓缓地闭上了眼。

永远地闭上了眼。

左丘超然扶着逐渐冷却的邓玉函尸体，一句话也说不出来。

萧秋水别过脸，面对黄果飞瀑，天也雨蒙，地也雨蒙，天地云雨凉如冰，逝者如斯夫，老三，老三，你就这样走了么？

——玉函，我要替你报仇。

——唐柔，我不会忘了为你报仇的，你知不知道？

铁星月什么都不知道，他的一双拳头，在瀑布巨响中依然虎虎可闻。

他已中了三剑，可是孔扬秦不敢挨他一拳！

有一拳自他额顶飞过，打在坚石上，石为之凹；铁星月的拳头马上又"呼"地转了过来，朝着他的胸膛猛擂！

孔扬秦从来没有见过这样的敌手。

更令他心魄俱悸的是邱南顾的"蛇拳"，他出剑，邱南顾便攻他腋下"攒心穴"，他一收剑，邱南顾居然偷步踩他的脚趾！

孔扬秦可以在水中运剑，这是一绝，更可以心分二用，这是二绝！

他的剑如雪，忽裂为二，左右两片雪光，还是迫住了邱南顾与铁星月的攻势！

铁星月打得急了，忽然把上衣一脱，露出精壮的身躯，在瀑布飞溅中，愈打愈神勇，居然双手抓住孔扬秦的剑，用力一拗！

要是别的凡铁，早给铁星月一指捏断了，但这是"白练分水剑"。

剑依然不折，但是弯了。

孔扬秦脸色也变了。

忽然一道水光飞来，在水气漫雾中，孔扬秦看不清楚，也不在意，但这一道水打在他脸上，脸上热辣辣的一阵痛，两只眼睛几乎睁不开来。

那一道水是唾液，邱南顾的口水。

邱南顾在这刹那间，趁机游身而上，一招"蛇窜一窍"，啄打在孔扬秦脚背上！

孔扬秦狂吼一声，退了五六步，邱南顾一招得手，再要进攻，忽然剑光一闪，大叫一声，急中生智，一跤跌下去，饶是跌得快，肩上还是被划中了一剑！

只见孔扬秦闭着双眼，手上两道白练，上下游走，迅若游龙，招招都是要害，原来这正是孔扬秦的"三绝神剑"绝招之三："冥瞑剑法"。目不必视，但毫不影响剑法的发挥。

这两道剑光，一道迫住了邱南顾，但对铁星月那一道，因已被铁星月拗曲了，所以发挥较不自如，反给铁星月的勇悍迫住了。

三人打得难分难解，瀑布怒吼，飞雨溅血。

忽然之间，邱南顾觉得压力一轻。

一柄扁平而轻利的剑，封住了孔扬秦的剑势。

孔扬秦哼了一声，道："浣花剑？！"

来的人没有出声，但出手愈来愈急，似势必要把孔扬秦攻杀于剑下。

来人是萧秋水。

他是在愤怒中出剑。

他的剑运舞起来，所有的水珠都变成了他的剑花，浣花剑把水珠串成点点飞剑，在月色下，如神龙吐珠，游龙吸水一般，煞是好看。

不单好看，而且招招俱是杀招。

孔扬秦奋力抵挡着浣花剑势，但是邱南顾却趁隙攻了过去：只要孔扬秦稍分心、微分神，他就即时予他最猛烈的伤害。

孔扬秦又是惊恐，又是愤怒。

惊恐的是没料到这几个年轻人，有如许卓越的武功，以及勇悍的胆色，愤怒的是料不到沙千灯竟没有挡住他们。

他一招暗算不成，便亮出来说话，有意激怒对方，吸引对方的注意力，好让沙千灯一刀得手；他们本来以为以他们两大高手之力，合力对付几个小辈，实在是绰绰有余了。

他不知道沙千灯已经死了。

萧秋水一加入战团，浣花剑法便控制住他的三绝剑法，邱南顾乘机便攻了进来，铁星月也加强了攻势。

不能再打下去了：孔扬秦全身都湿了，也不知是雨还是汗！

他大喝一声，双剑飞出！

铁星月一拳砸开飞剑，慢了一慢；邱南顾矮身避开飞剑，顿了一顿；孔扬秦长空而起！

打不过，便要逃！

水雾迷漫，他冲入雾中！

忽然感觉双腿一紧，一名青年已抓住他足踝，如铁锁一般紧实！

他一扯不脱，正待出力，但忽然全身热辣辣地阵痛：难道、难道雾雨也有刺？

他才想起唐方——这儿有一位唐家的小姑娘。

听说唐门还有一种著名的暗器，就叫作"雨雾"。

他猛想起，意气一萎，正在这时，厉芒一闪，长空划起半道弧形，直闪入他的腹中，飞贯而出！

萧秋水的剑。

"长虹贯日"。

浣花剑招三大绝招之一。

"铁腕神魔"溥天义是死在萧秋水这一剑招下的。

"三绝剑魔"孔扬秦也是。

孔扬秦连人带剑飞落黄果飞瀑中。

这一代剑手死时还身怀两柄绝世的宝剑陪葬。

白练分水剑与扁诸神剑。

第壹柒回　铁骑神魔　六判官

对岸有七匹马迎了上来。高大的马，高大的人。

六个壮硕的人策马分水，走在前面。

六个人六种不同的武器，长枪、飞索、铜矛、皮鞍、皮鞭、铁链，在手上不住地挥舞着，声势十分惊人。

过鸡足山，掠祝圣寺，到了南盘江，亦即古牂牁水，就是蒙江之所在。

——玉函，你死得惨。

——唐柔，我要替你报仇。

风和日丽，萧秋水一行五人，到了盘江。

贵州居中国西南的中心，地势高峻，海拔一千公尺上下，大部是由石灰岩构成的高原。境内山峡崎岖，峰峦重叠，是一个典型的山地。

由于褶曲、断层和侵蚀的影响，形成了所谓"地无三里平"的现象。

境内河水湍急，大部分横切山脉，形成一系列纵深五百到一千公尺的大峡谷。河床高低不平，落差极大，所以出现许多激流与瀑布。

河水流经的地带，有时由溶洞流出地表，成为明流，有时又流进溶洞潜入地底。因此，这些天然的因素，也造成了贵州的山岭、河谷、丘陵、盆地间的峻奇美景。

在红水河南盘江地带尤然。

尽管山色奇胜，但是——

萧秋水心中很难过。

蓝天白云，水暖风寒，到处都像有邓玉函的影子。

邓玉函一路上跟他们一起来，可是到了此地，却失去了他。

在长江之役、剑魔之战，邓玉函也是在一起的，可是在黄果飞瀑畔，却失去了邓玉函。

邓玉函啊邓玉函！

唐方的眼睛红肿，在风中，那浮漾如波的眼，更添几番媚人。

她认识邓玉函只不过些许时候，可是对这一群热切可爱的朋友，已经有了深切的感情。

左丘超然、铁星月、邱南顾更是悲伤无限；想起邓玉函生前傲气又爱热闹，从不让他自己有沉寂寥落的时候。

邓玉函从不希望朋友兄弟沉落悲悒。

所以他们要强撑欢乐。

可是欢乐是强撑就可以获得的吗？

天下那么大，世界那么辽阔，可是缺少了邓玉函。

邓玉函，他不再活着了。

铁星月强笑道："溥天义、沙千灯、孔扬秦，都是死在咱们手中，权力帮也该醒醒，知道咱们的存在了。"

邱南顾道："岂止要知道咱们的存在，还要知道，有一天，要权力帮瓦解在咱们手里。"

——他们都很年轻，艺高胆大，而且胸怀大志，这几句话下来，已无视权力帮的权威。

萧秋水心中一动。

若然剑庐有难，天下英雄来救，还怕什么权力帮？

然而急人之难，助人于危，举世非之而不加沮的人，实在太少太少了。

在任何一个需要救援的地方，得到的往往不是雪中送炭，而是雪上加霜，往往不是仗义援手，而是落井下石。

需要救援的时候，往往自顾门前雪，而不顾他人瓦上霜，也因为如此，恶者强取豪夺愈多，权力帮等反而成了光明正大，黑道成了正派。

萧秋水年少而有大志，又激于友人兄弟唐柔、邓玉函之死，忽然意兴陡生，说了一句："好。我们为什么不组织一个为侠而聚、为义而立、为道而战、为理而存、文武合一的社呢？凡是有难而存义之道，明知不可为，我们仍要舍身去奋斗、去争取，去坐言起行，维护正义，打抱不平！"

"好！"左丘超然也意兴顿生，这些日子以来，以他们数人"后生小辈"，居然可以屡挫"权力帮"，心中也大有豪气："只是，只是就我们几个人——"

"喝！"铁星月呼吼一声，豪气方起，"有我们就够了！有志于此的人自然会跟我们在一起，无志无胆的人，再多也是滥竽充数！"

萧秋水也豪兴大发，"我们不但要组织起来，而且还要扩大，而今宋辽交兵，有志于复国退敌，还我河山的，就在一起，要苟且偷安，贪图逸乐的，且由他去！"

"正合我意！"邱南顾一拍马屁股，骏马人立长嘶，邱南顾兴冲冲道："我们只要把正义的大旗一插，一定愈多人来，只是……只是我们叫什么名目？叫什么帮，什么派，什么门，总是不好。"

萧秋水笑道："咱们义结金兰，就叫'义结金兰'好了，生死同心，忧戚相共，誓灭外寇！"

唐方笑道："好名字！但神州北望，国破山河，应以国为本，家为先，不如就叫'神州结义'，把'金兰'二字去掉！"

萧秋水抚掌叹道："如此甚好。"此时莺飞草长，白云天远，但见盘江水滚滚东流，无尽无忧，萧秋水叹道："此番一结义，不知日后江湖上如何说咱们？年少结义，不惧危难？少有大志，狂妄自大？一旦功成，是不是就让万人膜拜，崇为英雄盖世？如果失败，会不会就让人讥笑诋骂，藐视唾弃？！哈哈哈哈！"

铁星月仰天大笑道："我家如何我家事，好汉自有英雄胆，管他怎么来说着？青灯丹心，自有丹心青灯照！"

邱南顾也大笑道："狂就狂！妄就妄！有什么了不起的！要成大事、立大业，误会、攻击，怎免得了！"

唐方笑靥如花："还不一定哩。说不定你们是幸运的人，不但力挽狂澜，定有一日主掌江湖，树起正义的狂旗呢。"

左丘超然舒然道："那我们就在盘江结义吧。"

萧秋水翻身下马："要是玉函、唐柔也在就好了。"

萧秋水忍不住下意识说了这话，大家的心也都沉下去。

——唐柔，唐柔，你仍在么？

——邓玉函，你活着该多好，武林中正需要你主掌正义的剑芒。

他们翻身下马，撮土为证，歃血为盟，皇天后土，他们立下了"神州结义"的简章。

唐方是女孩子，不在结义兄弟之内，但也列入了"神州结义"的组织里。

——直道而行，仗义而战，锄强而扶弱，救国而抗敌，是他们颠扑不破的真理。

——神州结义！

乱石峥嵘，风景如画。

盘江怪石峭峻，但也如石涛的画一般，自具苍劲雄魄。

风吹过，萧秋水心情美好，却看见岸边有一处，辽阔的天地，鹅卵般的石子，生长着几棵小丛树。

　　绿油油的叶子，深的绿，浅的绿，一叶小小的叶子，就像小小的手指头，就像唐方小巧的可珍可惜的手指头。

　　好清秀的小指头。

　　风吹来时，所有深的浅的绿意的小手指头都在招手，所有的小手都在招手。

　　萧秋水走过去，小树只及萧秋水腰身。

　　萧秋水珍惜地看着那无名的树，青绿的叶子，却意外地发现那小树结着一串串，有熟了变橘红色的果子，青涩时像叶子一般青绿的果子。

　　好美丽的果子：人生除了壮大的志向，朋友兄弟，定有如此美好的小小生机。

　　萧秋水向来不喜采摘：采摘虽然随心喜欢，但也形同于扼杀了生机。

　　当风吹来的时候，他的心思像小溪一样更加清晰见底，不会如絮似云，乱成了一团，整理不清楚。

　　这次他禁不住采了一把小小的果果，"江南可采莲"，他采的虽不是莲，但满心满意，都是江南。

　　他把那盈盈的小果子，有鲜亮的橘红，有清新的油绿，交给了唐方那白生生如玉的小手，他说："你看。"

　　唐方就垂下头来看了：那小小挺挺的鼻梁一抹，很是秀丽。

　　萧秋水又说："给你。"

　　唐方就收下了。唐方没有说话。

　　风自然地吹来，唐方的眼睫毛很长，一眨一眨的，很美。

　　萧秋水也没有说话。

　　奇怪是那班兄弟在此时，都躲到远远那边去，小声说大声笑，不知在干什么。

乌江。

这里的乌江虽不是安徽霸王自刎时的所在地，但一样有截断霸王前路的气势。

此处乌江源出贵州咸宁县西之八仙海，东北流入四川境，又名涪陵江，经涪陵东入大江。乌江两岸峻岭，河虽不宽，亦不甚深，却为著名的天险。

贵州最著名的一楼一寺一江一洞，楼就是甲秀楼，寺就是鸿福寺，江就是乌江，洞就是仙人洞。

萧秋水五人要赴广西，更得渡乌江。

乌江待渡，最是困难，于是铁星月找了一处河汉浅显的，决定乌江跃马！

跃马乌江！

跃马是年轻的日子，年轻人豪壮的事。

他们涉水渡江，方才一半，水花飞溅中，铁星月却铁青了脸色。

对岸有七匹马迎了上来。

高大的马，高大的人。

六个壮硕的人策马分水，走在前面。

六个人六种不同的武器，长枪、飞索、铜矛、皮鞍、皮鞭、铁链，在手上不住地挥舞着，声势十分惊人。

六个人后面有一匹更高大的黑马，其黑如铁，缓缓地涉水而来，既没有鞭策，也没有辔勒。

马上有一个极其高大的人，他坐在马背上的身段，就像站在马背上一般高昂。

他拿了一条鞭子，前段是铁链，系在腕上，中段是长索，套着几个活动的圈圈，末端是皮鞭，像毒蛇一般灵活与敏捷。

邱南顾勒止了马，向萧秋水道："前面是'铁骑六判官'，后面是'铁骑神魔'，我们该怎样？"

左丘超然道："乌江果不易渡。"

铁星月大声道："就冲过去！还能怎样？！"

大家望向萧秋水，萧秋水点点头，道："冲过去，但得要有计划地冲过去！"

唐方忽然问道："上次你们二人战对方六人，胜负如何？"

邱南顾沉吟了一下，道："虽无胜机，亦无败理。"

唐方点点头，问道："那是二战六，和局了？"

邱南顾道："是和局。但若阎鬼鬼一至，就不易应付了，我们二人战他一个，亦无超过四成把握。"

铁星月忍不住嚷道："怕什么？！我们可以去拼——！"

萧秋水见七骑已渐渐逼近，道："当然不怕，但要避免无谓牺牲，我们刚才结义，立志为天下事，怎可如此唐突冒失，不成大器！"

这一声叱喝，铁星月垂下了头。唐方道："那'铁骑六判官'由你们四人应付，阎鬼鬼暂时交给我。"

左丘超然皱眉道："这万万不可。唐姑娘暗器虽胜我等一筹，但以个人力敌阎铁骑，却尚未足，未免过于冒险。"

唐方道："这是逐个击破，先以强大的兵力，压服对方次要力量，再集中全力，扑杀对方主力。"

萧秋水忽然道："我明白。"

唐方转目，一双妙目望住了他。萧秋水道："悉闻四川唐门人多势大，而且豪杰蛰伏，暗器无双，而且熟悉兵法，人才辈出，今日才得一见。"

唐方嫣然一笑道："你真会说话。"

萧秋水向众人道："唐姑娘是想要先以她个人冒险缠战阎鬼鬼片刻，而我们要在这片刻间毁灭'铁骑六判官'，再全力以助唐姑娘。这计虽有百利，对唐姑娘来说却是百害，但这是唯一可行的善策，也唯有此法可出奇制胜，减少无谓的牺牲，争战中应纯以大局着想，我们虽不愿意唐姑娘冒险犯难，但亦不可意气用事，匹夫之勇，反累大局。"

铁星月道："那我们四人，对方六人，有两个人，还得以一战二。我——"

萧秋水截道："我与南顾以一战二，你与左丘超然迅速歼敌，即助唐姑娘。"

铁星月怪眼一翻，心中一想，这也爽快，一声断喝道："好！就这么办！"

这时六骑飞骏，挟带六种呼厉的兵器，相距已不及五丈，萧秋水豪气顿生，锵然拔剑，大喝道："杀！"策马冲杀了过去！

五人一齐呼喝，冲了过去：这片刻间所议定的兵法大计，生死大事，都要在这风和日丽下，付之于行动，决之于存亡。

"铁骑六判官"冲近时，见五骑没有反应，以为对方是吓呆了。这一下子轻敌，五侠忽策马飞跃急进时，着实给唬了一下。

马蹄激溅，水花四射，五骑当中，铁星月是第一个冲到的。

"铁骑神魔"阎鬼鬼与"铁骑六判官"本来也有计划：由六判官缠住铁星月与邱南顾，阎铁骑一人先诛其余两男一女。

他们与铁星月、邱南顾早有交战，知道厉害，却没把那两男一女——萧秋水、左丘超然、唐方——放在眼里，所以阎鬼鬼想以一人之力，先摧之毁之，再合力歼灭铁星月、邱南顾二人。

却不料"你有张良计，我有过墙梯"，萧秋水等也打算先破弱者，再集全力攻杀强者。

六判官就是弱者。

五马一起，六判一惊，五侠就夺得了先手。

铁星月似箭一般地冲过去！

箭快，但是知道是箭，铁星月连人带马冲过去，快接近之际人离马疾飞，快得不似人形！

他的对手拿的是马鞭，一鞭及时抽了过去！

他的马鞭打在岩石上，可以叫石头对半而裂。

他的外号就叫"一鞭裂石"，名字就叫作石判官。

他那一鞭铁星月一定得避，就算铁星月避得过，也保持了一个长距离，在那样的距离下，以他的骑术与鞭法，绝不惮畏铁星月。

可是铁星月根本不避。

石判官一鞭就抽在他背上。

铁星月狂吼一声，跃上了石判官的马，在石判官鞭未及之前，已扭断石判官的脖子，跃下了马，石判官猛力抽回的鞭子"啪"地打回自己的面上，打得一脸鲜血。

铁星月飞到另一匹马上时，石判官才轰然倒了下来，掉在乌江水里。

铁星月飞上自己的马——因为他要立即去协助唐方。

他的背后皮破肉绽了一大块,可是他毫不在乎。

好个铁星月!

一匹马跃过六匹马的头顶,一下子变了前锋,这就是原来进行最缓的:阎鬼鬼的坐骑!

这马跃到半空,唐方的手就在风中,一扬,三枚金钱镖旋打了出去!

三枚金钱在日光下绽放出三点金毫,马蹄溅水,在半空中纷纷洒落,唐方原要在阎鬼鬼坐骑未落定前即把他杀伤,因以阎鬼鬼的骑术论,一旦落定,就绝不易应付了。

但在半空中的阎鬼鬼,也一样难以应付。

"啪""啪""啪"长空扬起三鞭,三枚金钱镖立时被粉碎,水花激起,阎鬼鬼人马落地。

唐方身子一倾,身子竟像一只轻燕一般,稍挂在马头上,一仰身,一扬手,"嗤嗤"又发出两颗银丸。

阎鬼鬼落定时,水花正遮住了他的视线,水声也掩盖了暗器的声响,阎鬼鬼心中亦正在惊疑,自己不该轻敌,飞马跃空,而对手这一名年轻女子,暗器手法竟如此之高。

这两颗银丸,一打在马身上,一打在阎鬼鬼胸膛上,两颗银丸都被激弹出去,唐方心中一喜,却见阎鬼鬼只震了震,那高大的黑马只长嘶一声,居然若无其事。

唐方脸色煞白,阎鬼鬼与他坐骑的实力,远超乎她的想象;她立即左手扣了五支飞剑,右手抓了一把毒砂,准备一把毒砂遮天，五枚飞剑绝命，全力施杀手。

只是机会稍纵即逝，阎鬼鬼和铁马各吃了一颗银丸，却知道了唐方的厉害，两骑之间相距虽有四丈之遥，唐方暗器快，阎鬼鬼虽长于远距离的搏击，但亦不及暗器广远，所以他立时做了一件事！

一连十七八鞭，击打在水面上，水汽激溅，射向唐方脸上、身上！

唐方横手一遮，手下一慢，加上水汽甚寒，唐方顿觉奇冷，就在这刹那间，阎鬼鬼已策马冲进，回手一掣，竟亮出一柄大关刀，迎头劈下！

近五十六斤重的大刀，一刀劈下来的力道，也有五十六斤，总共一百一十二斤的大力，要把唐方连人带马，劈成两半！

唐方要发出暗器，已然迟了。

阎鬼鬼决志要一刀劈唐方于马下，他已看出，唐方的暗器，正好是他长刀远鞭的克星。

天高云开，风大如狂，左丘超然的敌手在三丈外就抛出了长索！

这长索看似易避，但在空中倏然变成了三个圈套，无论你往哪一个方面闪躲，还是要被套个正中，一旦套中，便会索紧。

这人就叫作"一绳上吊"索判官。

他最高的纪录是一条绳子同时圈出九个套子，一索同时勒死九个人。

九个不会武功的平民。

左丘超然不是平民。

而且武功甚高。

左丘超然没有闪避。

那三个套子，同时圈中了他，他在圈套未索紧的瞬间，已解开了三个套子的活结，而且迅急地把绳索缠在他手间臂上腰间，一下子，已逼近到了索判官的马上，那时索判官手上的绳子，只剩下不到半尺长的一截。

索判官瞪大了眼，无限惊讶，左丘超然在他未定过神来之前，已一手箍住他的脖子，道："'擒拿第一手'，授徒前，弟子未入门前先得学打一年的绳结，学拆一年的绳结；'鹰爪王'的第一课，便是以徒手裂索：我就是他们的弟子。"

一说完，就像平时索判官勒死那些残弱的人一般，一手捏死了他。

左丘超然就是左丘超然。

阎鬼鬼一刀斫下去，势可开山裂石！

他这一招也就叫作"开山裂石"！

他自信这一刀无人可挡，不料眼看唐方就要溅血马上之际，忽然一个人闪来，双手抓住了他的刀刃，不给他砍下去！

居然抓得住他的刀！

阎鬼鬼不相信！

所以阎鬼鬼死力斫下去！

可是对方也死力撑着，不给他斫下去！

阎鬼鬼就真的砍不下去！

阎鬼鬼忽然心中一凛，这样斗下去也不是办法，还有唐方在旁边，以及她那要命的暗器！

他想到了这一点时，唐方也发出了暗器。

因为有人挡在阎鬼鬼的前面，唐方既不能打出雨雾，也不能撒出毒砂，所以她射出两柄柳叶飞刀！

阎鬼鬼急退，两柄柳叶飞刀也向他疾追！

阎鬼鬼一旦把距离拉远，一扬鞭，连排两道鞭花，激飞了柳叶刀！

阎鬼鬼一排飞双刀，即望向来人，他要看看，究竟一手抓住他力钩一百一十二斤的大关刀是何方神圣！

他看到的是一个又黑又壮、大嘴巴、白牙齿的青年，就用一对肉手，抓住他的关刀，掌中有血淌下，可是这人照样是笑嘻嘻的，一点也不在乎的样子。

这不在乎的铁汉当然就是铁星月。

萧秋水选他第一个来援唐方，是选对了，他的确是第一个腾得出手赶来救援的人。

萧秋水本身却单剑斗双骑，厮杀得好不灿烂！

萧秋水的对手一个拿枪，一个拿鞍。

也就是说，一个是长兵器，一个是短兵器。

萧秋水在风急水溅中，已与对方策马来回交手五个回合了，都没有分出胜负。

五次的交锋，主要的都是枪剑相交，使枪的枪长势猛，五次交锋，萧秋水都险险以"浣花剑派"的"落"、"飘"、"回"、"扫"的剑诀，勉强圈开，勉力带过。

这使枪的外号叫"一枪夺命"，人家就叫他向判官，他五枪夺不到萧秋水的命，已经非常震愕了。

萧秋水担心的还不是他，而是那使马鞍的。

这使马鞍的就当作藤牌用，兵家所谓"一寸短、一寸险"，若没有几分真功夫，是绝对不敢使用这种短兵器的。

何况"铁骑六判官"中，只有这一人用短兵器，可见他武功之特殊。

这人虽一直没有出手，但在一旁，牵制住萧秋水的死角，对萧秋水牵制很大。

因为萧秋水知道，一旦让此人欺近身来，定必凶险异常；而拉远距离，却又有向判官的长兵器，一长一短，搭配得正好，萧秋水很觉左支右绌。

这使短兵器的外号就叫"一击落马"安判官。

萧秋水虽不知道他叫什么名家外号，但绝对相信他有一击落马的本领。

萧秋水没有和他们交手的经验，又苦于远攻受制于向判官，近攻受制安判官，萧秋水可以立于不败之境，却无法制胜！

就在这时刻，左丘超然来了。

左丘超然要救的是唐方，而不是萧秋水，这是原先就安排好了的。

可是左丘超然要赶到唐方那儿，首先要经过萧秋水、向、安二判官。

左丘超然策马溅水，安判官却以为左丘超然来袭，马鞍"呼"地撞了出去！

这一下，形势立变！

左丘超然冷不防受袭，而对方一出手，势无可避，眼看就要吃亏，但左丘超然最擅长的就是近身搏斗，这一下子遇上安判官，正是棋逢敌手!

左丘超然左手一招"小扣擒拿",已按住马鞍,只觉来势极烈,单手无法应付,右手再一招"螓螬擒拿",刁住了马鞍。

马鞍一被箍住,左丘超然立时欲施"豹虎擒拿",套下对方这怪异的武器,就在这时,左丘超然只觉双手一痛,然后又是一麻。

左丘超然立知不妙,只见马鞍上原来长满了尖钩与倒刺,刺尖与钩嘴,全嵌入了左丘超然的掌心里。

左丘超然大惊,欲抽手,安判官马鞍一压,已钩住了左丘超然双手,只要左丘超然欲全力拔回,只怕连掌骨都会被扯断。

左丘超然出道使擒拿手以来,向未遇如此困境危机,这一下子,几乎马上就会遭致杀身之祸。

那边的萧秋水,情势却大为逆转。

几乎是在左丘超然接过安判官的同时,萧秋水便全力出袭!

这时他的气势,可谓与前面的受掣肘完全不一样,萧秋水策马飞驰,水花自两边散开,直冲向判官!

向判官抖擞精神,一枪刺过,萧秋水人马合一,俯首挥剑斩!

两马交错而过,各冲出七八丈,萧秋水猛然勒马,回缰,只见向判官没有回过马首,却绰枪竖立不动,半晌,身子摇晃不已,萧秋水剑眉一耸,催马驰至,右手一抄,接过长枪,向判官终于"扑通"一声,掉下水去。

血染乌江。

双马交错时,萧秋水险险闪过向判官一枪,向判官却闪不过萧秋水剑以刀使的拦腰一斩!

萧秋水一抄住枪,回手一掷,人马不停,直奔向唐方的战场中!

那儿唐方与铁星月，也正面临危机。

阎鬼鬼一旦拉远了距离，他的奇形马鞭就成了他的菩萨千手，唐方一共躲开他十一鞭，铁星月也闪开了八鞭！

阎鬼鬼的鞭，多打唐方，是因为他还是比较惮忌唐方的暗器。

铁星月虽勇悍，但是他不敢硬挨阎鬼鬼的鞭子。

阎鬼鬼的鞭子不似石判官的鞭子，石判官的鞭子虽可以裂石，但在铁星月来说，还可以硬挺，阎鬼鬼的鞭子就不一样了。

鞭子他们是躲过了，但鞭抽在水上，激起的水花射到二人身上，那种痛楚几与挨上棍子没什么两样。

所幸阎鬼鬼也不能出太多的鞭子，因为唐方的暗器，比他的鞭子更要命，铁星月夺得的大关刀，也是长距离武器，阎鬼鬼多少有些忌畏。

就在这时，萧秋水来了！

萧秋水本来向阎鬼鬼后面冲来的，但他不愿意暗算，所以发出了一声大叫："看剑！"

他的剑未到，阎鬼鬼未回身一鞭已卷住了他的剑！

阎鬼鬼用力一抽，眼看萧秋水的剑就要脱手飞去，却不料萧秋水连人带剑一齐借势飞了过来。

阎鬼鬼反身卷剑，用力一抽，正大喝道："起！"一回过身，以为剑到手来，却不料连人也飞撞过来，这一下，避已来不及，萧秋水座下坐骑，也来势不止，"砰"地撞在阎鬼鬼马上，这两下连撞，居然把阎鬼鬼撞落马下，萧秋水有备在先，虽勉力抓住马鬃，但撞在阎鬼鬼庞大的身上，也撞得金星直冒，昏眩欲跌！

铁星月大喜呼道："好！"

这一声"好"字，正是在阎鬼鬼"哗"地掉下去的同时发出的。

铁星月虽勇于拼命，萧秋水也是大勇的人，只是看拼命拼得值不值得而已，这一下连人带马，全力冲撞，因为情知"铁骑神魔"，大半工夫，全在马上，不先撞他落马，只怕难操先机，所以冒险犯难，硬来这一下！

萧秋水手中已无剑，剑被阎鬼鬼的长鞭卷去，一齐落入水里；萧秋水的扁诸神剑，早已在杀孔扬秦时落到"犀牛潭"里，现在他手中本来所持的，是原来萧东广佩带的古松残阙，乃是半截断剑，但是世间难觅的利器。

这剑外表看去，又钝又旧，而且是半截断剑，阎鬼鬼摔落水里，正是情急，扑得一脸是水，连忙一抖长鞭，那柄"古松残阙"便呼的一声，划空而出，飞落不知何处去。

第壹捌回 神州结义

萧秋水仰天大笑道:"过瘾过瘾!痛快痛快!前途崎岖,但'神州结义'的旌旗高扬却要回首叫云飞风起!"唐方见大家在马上,其时风大,日下江中,意兴飞跃,抿嘴笑道:"剑庐紧急,我们还是催马赴桂林,再图大计。"

　　阎鬼鬼落水的时候，却亦是左丘超然扭转局势的契机！

　　萧秋水先前那百忙中的一枪，原是向安判官掷来。

　　安判官马鞍虽然厉害，但觉左丘超然的双手重若千斤，也须以双手力扳，才能制住。

　　安判官把心一横，欲借倒刺回钩之力，扭住左丘超然的手反方向一扭，先把左丘超然一双手废掉再说。

　　要知道这种牵制法则，实力最为主要，但左丘超然受制于双手被钩刺钉住，只得往相反方向力拔，安判官欲往另一方力拔，左丘超然极可能因疼痛而力弛，双手便要废了，左丘超然竭力相抗，拼死忍痛，岂不知情势严重？

　　正在这千钧一发间，萧秋水的长枪掷至！

　　安判官换作平时，要格这一枪十分容易，但此刻正全力与左丘超然争持之际，无法兼顾，而长枪来势凶险又不能不接！

　　安判官急中生智，虽腾不出手来，却借力一拗，连同左丘超然双腕，力荡一拦，"乒"一声响，马鞍格飞长枪！

　　但在这刹那间，左丘超然的双手突然挣脱了出来。

　　安判官一怔，左丘超然的手在安判官未及任何变化之前，已扣住了他的双腕。

　　"擒拿第一手"项释儒不但是第一流擒拿高手，而且同时也是第一级反手擒拿或"反擒拿擒拿"的好手。

　　左丘超然自小在他调教下，可以在水中抓住游鱼，亦可以如游鱼一般，脱出八条大汉的扣拿。

　　因为马鞍钩刺所制，左丘超然一直无法挣脱，而今就在安判官一分神间，双手得脱，知安判官的厉害，随机即上，即刻以"蟋蟀擒拿"扣住安判官双腕！

安判官双腕被扣，顿觉一麻，马鞍落地。

跟着下来他便听到自己双腕折断的声音。

他想大嚷，但觉左丘超然又闪电般制住他双臂关节。

这时手腕关节的痛才传达至脑神经来，安判官怪叫一声，但他立时又听见自己双臂折臼的声音。

安判官恐惧至极，怪叫一声："不！"

左丘超然双手已搭上他的双肩，在搭上的同时，安判官只觉左右琵琶骨"格勒"一声，双手便全无力量地垂了下来。

左丘超然连挫安判官几处筋骨，即飘然身退，喘息道："你武功很好，马鞍上虽出诈，但我赢得不公平。"

安判官忍着痛，豆大的汗珠不断地淌下。

左丘超然笑道："你去吧。我不杀你。"

安判官狠狠地盯了左丘超然一眼，两人相搏，乃左丘超然跃近安判官而战，而今安判官仍在马上，他双腿一挟，勒马长嘶，涉江而去。

安判官一去，左丘超然便摇摇欲坠，手扶身边的骏马，喘息不已。

原来那马鞍的钩刺上都有淬毒，而今左丘超然双手上有数十小孔，都有黑血淌出，若换作旁人，早已毒发不支了。

唯左丘超然得"鹰爪王"雷锋的调教，"鹰爪王"到了最后一阶段，擒拿的对象都是五毒，要擒蛇而不伤手，拿蝎而不受噬为训练，所以左丘超然的一双手，对安判官马鞍上的毒，还勉强可以逼住不发。

过往在武林中，除开"鹰爪王"雷锋之外，真能把双手练得无坚不摧、百毒不侵的，仅有"四大名捕"中的铁手三几人而已。

阎鬼鬼一落水中，大吼，出鞭！

阎鬼鬼毕竟是"权力帮"中的"九天十地，十九人魔"之一，虽落败象，但临危不乱！

唐方、铁星月在此时也发动了攻击！

唐方一出手就是三枚铁蒺藜，迫得阎鬼鬼扫势易回势，挑开三枚暗器！

铁星月趁机冲近，一刀砍了下来！

这一刀原有五十六斤重，铁星月这一刀之力，却有一百一十二斤重，合起来竟有一百六十八斤的大刀，直劈而下！

阎鬼鬼的三节鞭，以麻索、铁链、皮鞭交织而成，故可以抽扫敌手，即可挑落唐方的暗器，但若要硬接这一刀，还是断不可能的。

就在这时，只听大声"噔"的一响，刀花四溅，不知何时，阎鬼鬼已抽出一柄鬼头铜环大刀，硬接了铁星月一刀！

这一下互击，铁星月双腿在水中连退七八步，阎鬼鬼则一跤坐倒在水里；两人都是膂力奇大，平时若在马上，阎鬼鬼左手长鞭右手大刀，所向披靡，也不知斩杀了多少敌手。

这一下相互震退，铁星月神志未复，唐方未料及阎鬼鬼有这一刀，一时未及施发暗器，缓得一缓，阎鬼鬼重新回气而立，以长鞭大刀，呼呼狂卷斫杀，萧秋水挺剑急攻，两人一时杀得难分难解。

那边的邱南顾，局势一直最是均衡。

他的对手有两人，他打从开始就找上了他们，他们也一开战就找上了他。

"铁骑六判官"本来的责任就是要缠住铁星月、邱南顾。

这两个"判官"，一个使铁链，一个使长矛，都是长兵器。

使铁链的叫"阴曹使者"铁判官，使长矛的叫"一矛穿心"茅判官。

这两人斗邱南顾，邱南顾以身法矫捷、招式刁钻著称，两人也奈他不何，走了十余招，仍分不出胜负。

这时正好是铁星月杀石判官、急援唐方时。

铁判官长链虎虎，邱南顾腾挪闪躲，尚可应付，茅判官则可怕了。

茅判官的长矛，不止一支，他的长矛每次掷出，邱南顾就几乎是在阎罗殿前打了一个转，差点活不回来。

茅判官掷到第三矛，邱南顾便因竭力闪躲，不小心给铁判官在屁股上抽了一鞭，痛得哇啦乱叫。

这时正好是左丘超然杀索判官，解萧秋水之危时。

这样打下去，不是办法！邱南顾心忖。

这刻茅判官正要掷出第四矛！

邱南顾翻了一个筋斗，怪叫道："嗨，住手，你们知道我是谁么？"

这一下使铁判官都呆了一呆，互觑了一眼，不知所以然。

邱南顾扬扬下颔，得意地道："我就是慕容家的人，要是立意杀你们，你们早已不知死过几次了。"

铁、茅二判官脸色都变了变：要知当时武林的四大世家，正是"慕容、墨、南宫、唐"四家。

本故事里，唐家的后辈弟子已出来三个，他们的武功、学识，都是非常不凡的；南宫世家仅出来了一个不肖子弟：南宫松篁，但武功也非常了得。

墨家者，是直系自墨翟。墨翟乃我国第一位大侠，急人之难，勇人之事，虽杀身成仁，而足不旋踵。至于慕容世家，排名犹在其先，素以易容、水袖、剑法著称，更可怕的是，慕容世家那一种"以其人之道，还其人之身"的神秘绝学，更世所无匹。

所谓"以彼之道，还彼之身"，乃不管对方用什么兵器、招式、绝学、武技，慕容世家的人同样可以用其兵器招式，击杀对方，江湖中人一闻慕容世家，任何秘密武器，不传绝招，都成了自己的致命丧生死门，是故无不退避三舍。

而今邱南顾自称慕容世家后人，铁、茅二判官本自以为手中铁链、长矛，乃世间奇技，如遇上慕容世家的人，岂不自讨苦吃？所以都不免一时犹豫。

邱南顾试图以语言乱二人之心，却不知此番胡言乱语，惹上日后一场大祸，这且按下不表。

这边铁、茅二判官又对视一眼，怔了怔，茅判官没好气地道："放屁！你要是慕容世家的人，为何不懂得'以其之道，还其之身'？！"

邱南顾一听，便知二人心中实信了几分，当下道："那是我手下留情！好！现在我不留情了！出你们的绝招吧！好让你们知道，什么是'以彼之矛攻彼之盾'！"

邱南顾这一下，尤其冲着茅判官说的，茅判官、铁判官互打一个眼神，又发动攻击，邱南顾以一敌二，勉力周旋。不过铁、茅二人心中都有了节制：宁可信其有，不可信其无，以免被人奇招制绝招，枉送了性命，当下出手不敢太绝。

这一下，铁链不及原先猛烈，长矛良久只掷出了一根，邱南顾便游刃有余了。

这时候，正是左丘超然力挫安判官，萧秋水撞倒阎铁骑之际。

正好茅判官又掷出了一矛！

这一矛，因为扔时心虚，邱南顾一滚一挑，竟接个正中。

邱南顾接矛，横矛一格，架住一链，以矛柄点地，翻飞过茅判官头顶，落到马后。

茅判官一共有九支长矛，已掷出的有四根，手中持一根，马背左右还夹有四根，茅判官都是抽矛掷矛，因方位早已熟透，所以根本不必回身的。

现在邱南顾一落到他马后，他就必要回马了。

他回马的刹那间，邱南顾做了一件事。

迅如急雷地把手中之矛倒插入茅判官马股旁的皮鞘中。

茅判官正好回马，看不到这一动作。

铁判官大感不解，却以为是邱南顾袭击失准，反而失矛，当下劈头一铁链打至！

茅判官一回马头，又发出了一矛！

邱南顾几经艰苦，用话来套住铁、茅二判官，得以潜身过去，却只把夺得之一矛插入对方皮鞘之中，却是何用意呢？难道真是急乱中失却准头？

这时正好是阎鬼鬼奋起以长鞭大刀，力战萧秋水、唐方、铁星月三人之际。

这边的邱南顾间不容发抓住铁链，打结一扣，竟扣住长矛！

电光石火间他双手抓住铁链，正欲解下长矛，这是敌人抢攻的最好时机！

茅判官立即发现了这点，即刻拔矛，发矛！

在拔矛的一刹，他不禁一怔，因为他清楚记得，自己仅剩四矛，怎么还有第五根矛？

但时机稍纵即逝，他已不及细想，拔矛就掷！

在拔矛未掷的前一瞬，他已感觉到矛虽是矛，但不称手，却已无暇细辨，一矛掷了出去！

就在一连两次稍顿，邱南顾已一手抓住铁链，一手把夺得的长矛，反投出去！

这一下变化极快，邱南顾夺矛掷矛，茅判官拔矛发矛，几乎是同时发出，在这种短距离下，也几乎无从闪躲，所以也几乎是同时中矛的。

但是两人中矛的情形，却完全不一样了。

茅判官被一矛贯胸，血洒乌江。

邱南顾被矛柄掷中，口中一甜，吐了一口鲜血。

铁判官见状大惊，发力一抽，欲夺回铁链。

这一抽，铁链是扯了回来了，但邱南顾轻如落叶，捎住链梢，一齐荡了回来！

铁判官见状大惊，撒手弃链，邱南顾半空出链，却不打铁判官，而打在他坐骑上，坐骑惊唳一声，负痛驰奔，载着七魄去了三魄的铁判官，上岸而去，转眼不见。

在铁判官马伤人逃之际，邱南顾勉强笑道："是不是？我都说我是慕容弟子邱南顾了；是不是？现在我不是以子之道，还子之身了么？"

铁判官在马伤而奔时，本尚有回身决战之念，但见现场阎鬼鬼已落马苦战，石判官、茅判官、索判官、向判官已死，安判官落荒而逃，自己岂有挽狂澜之力，哪敢再作逗留？唬得夹马急奔，一面暗忖：

邱南顾确以矛杀茅判官，以链击退自己，难道真是慕容世家的人不成？

铁判官心想：这次栽在慕容家的人手里，慕容家在武林中是响当当的，总算不冤，所以他就认定是慕容世家下的手，以致日后江湖上掀起了另一场翻天巨浪。

这边的邱南顾摇摇晃晃，扶在马上，苦笑了一下：铁判官在臂部的一链，茅判官在胸前的矛击，毕竟是有十足的分量的。

幸好邱南顾毕竟是邱南顾，他挺得住。

阎鬼鬼知道自己快要见鬼了。

他的大刀全遭铁星月所压制，长鞭无法罩得住唐方的轻功与萧秋水的"仙人指"与"飞絮掌"！

"锦江四兄弟"曾以萧秋水、左丘超然、邓玉函三人之力，行险搏杀"铁腕神魔"溥天义。

何况现在的铁星月，武功只在邓玉函之上，绝不在邓玉函之下，至于唐方的轻功、暗器，也比左丘超然更上一层楼。

然而阎鬼鬼的武功却不见得比溥天义高。

再加上他已失坐骑，而且兵败卒逃，手下"铁骑六判官"有四个真的去了地府见判官了，另两个也落荒而逃。

这些对他作战的心情，都大有影响。

偏在这时候，又发生了一件事。

他本来也想趁机逃命，但这件事，终于使他活不了命。

他的鞭子断了。

他的鞭子当然不容易断的，但他刚才卷住萧秋水的剑，发力一拖。

萧秋水的剑是丢了。

但是萧秋水那把毫不起眼的剑就是"古松残阙"。

那一拖之下，长鞭已有了极大的缺口，阎鬼鬼并没有察觉到，大力挥舞下，鞭子终于"呼"地断成一截，半截"嘘"地飞上了半天。

就在这刹那间，铁星月、萧秋水、唐方，都已全力发动。

铁星月大关刀压制他的大刀。

萧秋水的指掌牵制住他的断鞭。

唐方就猛下杀手。

她原来扣着的毒砂与五把飞剑，就在这一刻间，全都打了出去！

阎鬼鬼什么都看不到，因为毒砂眯住了他的眼睛。

唐方撒出毒砂时是戴上轻薄的手套的，这毒砂虽只有轻微的毒量，但也是唐方身上暗器毒性最重的一种。

唐方本身就痛恨淬毒的暗器。

她打出的五枚飞剑，方才是致命的。

阎鬼鬼倒下去的时候，鲜血自乌江水中冒了出来。

大家都吁了一口气，唐方轻吁道："幸亏他倒了，因为我的暗器也快发完了，不然……"

不然真不堪设想。

萧秋水、铁星月、邱南顾、左丘超然、唐方翻身上马，众人的衣衫都湿了，且在江中，经大风一吹，无限清爽，大家忽然都冒起了豪情壮志。

铁星月豪笑道："名震天下的'权力帮'，横行武林的'九天十地，十九人魔'中的'铁骑神魔'阎鬼鬼，'三绝剑魔'孔扬秦，'飞刀神魔'沙千灯，以及他们的手下弟子'三才剑客''双洞二鬼''铁骑六判官'都或死或败在我们手里，我看'权力帮'虽名震天下，李沉舟虽冠绝江湖，也没什么惹不得的。"

萧秋水笑道："只要我们这些人存在，就算剩下一小撮，也要荡除他们……只是我们也要充实自己，武功要练好，学识要够，才能成廓清天下之志。"

左丘超然道："那么这连番的搏斗只是日后平天下大志的一个前提罢了。而今跃马乌江，好不痛快！"

萧秋水大笑道："此乌江虽非昔日万人敌之的楚王自刎地，但天险地绝，今天我们在此涉江而过，就要替江湖开创出一个局面来！此际饮马乌江，他日澄清天下，扬威中原，再来携手同进，跃马黄河！"

邱南顾哈哈大笑道："昔汉高祖开道斩蛇，我们是飞瀑除妖，乌江歼霸……这是我们'神州结义'的第一战首功！"

萧秋水仰天大笑道："过瘾过瘾！痛快痛快！前途崎岖，但'神州结义'的旌旗高扬却要回首叫云飞风起！"

唐方见大家在马上，其时风大，日下江中，意兴飞跃，抿嘴笑道："剑庐紧急，我们还是催马赴桂林，再图大计。"

萧秋水闻言一省，向唐方笑道："是。我们正要渡乌江去。"

唐方一笑，灿若花开，芳心可可，温柔无限。

稿于一九七八年十月十七日台北办神州社八部六组时期

校于一九八三年五月香港北角

新加坡南洋商报开始刊载"骷髅画"

重修于一九九三年六月八日台湾大苹果版权代理公司安小姐传真洽谈我书版权事／新民晚报曹兄约写武侠连载

四校于一九九七年十二月中旬

因调查"WAH"事件，使华、礼、铭、何、梁等社友团结，更刺激、更改进、更融洽，推理、好玩，耐人寻味极了。离间不成反得益。其中余最见知省自惕。

《剑气长江》完

请续看《两广豪杰》

（京权）图字：01-2024-6202

图书在版编目（CIP）数据

神州奇侠. 剑气长江 / 温瑞安著. -- 北京：作家出版社，
2025.1（2025.9重印）

ISBN 978-7-5212-2744-4

Ⅰ. ①神…　Ⅱ. ①温…　Ⅲ. ①长篇小说 - 中国 - 当代
Ⅳ. ①I247.5

中国国家版本馆 CIP 数据核字（2024）第 054529 号

神州奇侠：剑气长江

作　　者	温瑞安
责任编辑	秦　悦
特约编辑	焦无虑　张长弓　陆破空
装帧设计	合和工作室
出版发行	作家出版社有限公司
社　　址	北京农展馆南里 10 号　　邮　　编：100125
电话传真	86-10-65067186（发行中心）
	86-10-65004079（总编室）

E-mail: zuojia@zuojia.net.cn

http://www.zuojiachubanshe.com

印　　刷	河北京平诚乾印刷有限公司
成品尺寸	142×210
字　　数	264 千
印　　张	11.5
版　　次	2025 年 1 月第 1 版
印　　次	2025 年 9 月第 3 次印刷
ISBN	978-7-5212-2744-4
定　　价	52.80 元